KB254093

DIMEN
SION WAR

디멘션 워

미르영 퓨전 판타지 소설
FUSION FANTASTIC STORY

디멘션 워 7

미르영 퓨전 판타지 소설

초판 1쇄 찍은 날 § 2009년 7월 24일
초판 1쇄 펴낸 날 § 2009년 7월 31일

지은이 § 미르영
펴낸이 § 서경석

편집장 § 문혜영
편집책임 § 서지현
편집 § 주소영

펴낸곳 § 도서출판 청어람
등록번호 § 제1081-1-89호
등록일자 § 1999. 5. 31
어람번호 § 제1-1062호

주소 § 경기도 부천시 원미구 심곡동 2동 163-2 서경B/D 3F (우) 420-822
전화 § 032-656-4452· 팩스 § 032-656-4453
http://www.chungeoram.com
E-mail § eoram99@chollian.net

ⓒ 미르영, 2008

ISBN 978-89-251-1879-6 04810
ISBN 978-89-251-1464-4 (세트)

차원대전(次元大戰)

DIMENSION WAR

미르영 퓨전 판타지 소설
FUSION FANTASTIC STORY

디멘션 워

7

[완결]

차원진화(次元進化)

CONTENTS

Chapter 1
어긋나는 지구의 축

　한철을 향해 다가오는 흑암성체가 유혹하듯 손을 내밀었
다. 그녀의 손길을 따라 검은 장막이 바람에 펄럭이는 깃발처
럼 휘몰아치며 사방을 맴돌았다.
　쾅!!!
　강렬한 폭발음과 함께 거센 충격파가 배리어를 두들겨 댔
다. 간단한 손짓이었는데도 제일 먼저 한철이 주변에 친 배리
어가 터져 나갔다.
　미네르바와 대결할 때 보여준 것과는 완전히 차원이 다른
힘이었다.
　'이런!! 곤란하다.'

정말이지 무지막지한 힘이었다.

앤틀러와 상대할 때 보았던 힘과는 느껴지는 감각부터가 질적으로 달랐다.

흑암성체가 가진 힘의 극히 일부만 보여준 것 같았음에도 자신의 방어막이 터져 나가자 한철은 다급한 마음이 들었다.

'같은 힘이 아니라면 막아내기 힘들다.'

배리어를 비집고 빠져나가는 흑암성체의 파장을 막기 위해 한철은 다급히 젠가이드에서 비롯된 능력을 사용했다.

순식간에 네 가지 절대력이 융합되고 흑암성체가 펼친 것과 같은 장막을 빠르게 쳐 나갔다.

"미네르바, 빨리 상황을 파악해 봐!"

인간이 만들어낸 핵폭탄과는 차원이 다른 힘이었다. 차원의 질서를 어지럽힐 수도 있는 힘이었던 것이다.

순간적으로 빠져나간 힘이지만 그로 인한 피해가 심각할 것이기에 한철은 미네르바로 하여금 알아보도록 했다.

―함장님, 다행히 호텔 근처만 피해를 입었습니다. 하지만 제가 친 배리어도 지금 금이 가고 있는 중입니다. 이러다가는 서울 전체가 날아갈 수도 있을 것 같습니다!

미네르바도 다급한 듯 답신을 보내왔다. 한순간에 터진 차원 주관자의 진정한 힘에 당혹스러운 듯했다.

"흑암성체와 함께 자리를 옮길 수 없나?"

한철은 다급하게 미네르바에게 물었다. 이대로라면 문제

가 커지기 때문이다.

흑암성체의 힘을 완전히 파악하지 못한 상태라 젠가이드가 완벽히 기능을 발휘하지 못하고 있었다. 시간이 더 있다면 모를까, 이대로 가다가는 자신이 친 장막도 깨질 염려가 컸다.

폭발력으로 인한 파괴도 파괴지만 차원의 질서가 흔들림으로 인해 발생하게 될 자연의 재해가 더 문제였다.

상상할 수조차 없을 큰 재앙을 불러올 수도 있기에 한철은 어떻게 해서든지 피해를 최소화할 수 있는 장소로 워프가 가능한지 물었던 것이다.

―함장님, 지금 제 힘으로는 워프가 불가능합니다. 이미 제가 조정할 수 있는 한계를 넘었습니다.

'으음.'

미네르바의 말이 맞는 이야기였다.

어둠의 딸이라 불리는 흑암성체가 뿜어내는 힘은 이미 미네르바가 다룰 수 있는 한계를 넘어버렸다. 이 상태로 무리하게 워프를 시도하다가는 미네르바는 물론 자신까지도 타격을 받을 수 있었다.

'미네르바의 말대로 연동해서 이동했다가는 타격이 심각할 수도 있다. 그렇다면 우선 내 힘만으로 이동해 보자. 공간을 만들어 흑암성체를 가두고 그 상태로 이동한다면 그다지 큰 타격은 없을 수도 있다.'

한철은 어쩔 수없이 자신의 힘만으로 손을 써야 함을 알았다. 미네르바의 힘으로 불가능하다면 지금 선택할 수 있는 것은 오로지 자신이 가진 힘만으로 이동을 시켜야 했던 것이다.

"미네르바, 너에게 전해지는 에너지 중 가장 필요한 것들만 빼고 전부 회수하겠다."

한철은 자신의 내부에 머물고 있는 에너지의 대부분을 회수하도록 했다.

─알겠습니다. 기초대사 에너지를 제외한 모든 에너지를 함장님께 전송하겠습니다.

한철의 의도를 파악한 미네르바는 지시를 바로 시행했다. 한철이 생각하는 것이 지금으로서는 가장 타당한 방법이었던 것이다.

─에너지 전환 완료. 네르키즈와 골든나이트의 기초대사를 위한 에너지를 제외하고 모든 에너지를 함장님께 전송합니다.

한철의 지시에 자신의 운용을 위한 에너지와 골든나이트의 완성을 위해 쓰이는 기초대사 에너지만 빼고 모든 에너지를 전환한 미네르바는 곧바로 전송하기 시작했다.

'이렇게나 많다니!!'

거칠 것이 없었다. 그동안 미네르바에게 나누어 주느라 자신이 가진 힘의 양이 얼마나 되는지 실감하지 못했던 한철은 전송되어 오는 에너지를 느끼며 놀라지 않을 수 없었다.

자신이 생각했던 것과는 비교할 수 없으리 만큼 거대한 에너지였던 까닭이다.

하지만 흑암성체가 뿜어내고 있는 에너지양도 만만치가 않았다. 전력을 기울이는 듯 에너지의 양이 기하급수적으로 늘어나고 있었다.

'일단 배리어를 강화시켜 모두 틀어막아야겠다.'

밀려 나오던 흑암성체의 에너지 파장을 막기 위해 한철은 거의 모든 에너지를 끌어모았다. 그리고는 자신과 흑암성체를 감싸는 구체를 만들었다.

거의 절대적이라고 말할 수 있을 정도로 강력한 에너지 배리어였다.

결계를 칠 수도 있었지만 배리어를 친 것은 이유가 있었다. 지구 차원에 존재하는 결계로는 흑암성체의 힘을 절대로 막을 수 없다는 것을 직감한 것이다.

흑암성체는 지구의 차원 중 하나를 주관하는 주관자였다.

차원을 주관하는 자가 가진 힘의 크기는 거의 동등하다고 봐야 했다. 그런 차원 주관자가 폭주 상태에서 권능을 발휘한다면 막기 위해서는 그와 동일한 크기의 힘이 필요했다.

하지만 그렇게 한다면 파멸만이 존재할 뿐이었다. 두 개의 힘이 폭주해 부딪친다면 그 여파가 어디까지 미칠지 한철로서도 짐작할 수가 없었던 것이다.

그래서 생각한 것이 에너지 배리어였다. 구조가 완전히 다른 겐트리온 연합의 에너지 배리어를 이용해 자신과 흑암성체를 가두는 공간을 만들어 차단시킨다면 지구 차원에 미치는 영향을 최소화할 수 있을 것이라 생각한 것이다.

우르릉!!

핵융합 에너지와 같이 자신의 힘을 내부로 끌어들여 새로운 힘으로 전환시키는 것이 흑암성체의 힘이다. 그렇게 뻗어나오는 흑암성체의 힘은 차원의 힘마저 흔들릴 정도로 강력했다.

거기다가 한철이 발휘한 이계의 힘인 에너지 배리어도 겹쳐져 있는 지구 차원을 흔들 정도로 강력한 것이었기에 일시지간 지축이 흔들렸다.

"제기랄!!"

자신도 모르게 한철의 입에서 욕지거리가 튀어나왔다. 에너지 배리어를 통해 새로운 공간을 만들어내기는 했지만 미치는 여파가 너무 컸기 때문이다.

간섭을 하지 않을 것이라 예상했는데 뜻밖에도 지구를 중심으로 돌아가는 차원들이 한철의 힘에 동조를 하기 시작했던 것이다.

한철로서도 예상하지 못한 또 다른 재앙이었다.

막는 것만으로도 힘든 탓에 대부분의 에너지를 사용한 것이 실착이었다.

지구 차원에 대한 간섭을 최소화하기 위해 밖으로 뻗어나간 힘을 안으로 끌어들인 것이 화를 불러온 것이다.

미네르바는 한철이 흑암성체를 막는 동안 가네가와의 수하들과 일부 주천문도들의 도움을 받아 호텔 주변의 사람들을 빠르게 대피시켰다.

사람들의 대피가 끝나고 난 후 한얼을 책임지고 있는 사람들과 파장을 막기 위해 남아 있는 주천문도들마저 시간이 없었기에 급히 공간이동으로 지리산 인근으로 대피시켰다.

모두 대피가 끝난 후 만약의 사태를 대비하여 한철과 흑암성체의 대결을 지켜보고 있던 미네르바는 지구가 변하는 것을 모니터링할 수 있었다.

"아!! 이럴 수가!! 함장님의 힘과 지구 차원이 동조를 시작하다니… 정말 큰일이다. 넵코로 인해 절대 벌어질 수 없는 현상인데 어떻게 하지?"

한철이 펼친 에너지 배리어로 인해 미네르바로서도 생각하지 못한 놀라운 일이 벌어지고 있었다.

차원 주관자들의 힘이 부딪친 결과라고 하지만 절대로 벌어져서는 안 되는 일이 지금 시작되고 있었던 것이다.

다른 차원의 에너지인 넵코가 지구 차원의 에너지와 동조를 한다는 것은 대차원질서를 거역하는 것이었기에 불가능한 일이라 생각하고 있던 미네르바는 어찌할 바를 몰랐다.

아무리 초자아를 가진 미네르바라지만 이런 현상은 이해할 수 없었던 것이다.

넵코는 지구 차원에는 거의 존재하지 않는 에너지다. 존재하기는 하지만 극히 극소량만 존재하는 것으로, 미네르바에 의해 인공적으로 만들어진 에너지가 바로 넵코다.

에너지 동조는 근원이 같은 것이라야 가능한 것이었다.

그래서 한철의 시도를 긍정적으로 받아들였었다. 한철이 사용하려는 에너지는 차원이 다른 겐트리온 우주의 에너지였기 때문이었다.

그런데 지구 차원의 힘과 넵코로 만들어진 에너지 배리어가 동조를 시작하고 있었다. 이것은 무척이나 심각한 문제였다.

'어떻게든지 방법을 찾아야 하는데… 아!! 지구의 축이 변화하고 있다. 지구의 축이! 가이아가 깨어난 것인가?

미네르바는 더 이상 의문을 가질 수 없었다.

모니터 되고 있는 지구의 변화가 새로운 형태로 접어들고 있었기 때문이다.

극축이 2도 정도 올라가며 모니터에 보이는 지구의 모습이 서서히 다르게 바뀌기 시작하고 있었다. 자전축이 변하며 지금까지와는 다른 형태의 공전주기를 보이고 있었던 것이다.

문제는 그것뿐만이 아니었다.

극축의 급격한 이동으로 끔찍한 사태가 지구촌 곳곳에서 감지되고 있었다. 남아메리카와 호주 인근 등지에서 진도 10이 넘는 대규모 강진이 발생했고, 동남아시아 인근과 인도 근처에서는 빌딩을 삼킬 만한 엄청난 해일이 발생하고 있었다.

또한 북유럽과 시베리아 인근의 북극을 중심으로 만년빙들이 급속도로 부서져 내리고 있었고, 만년설로 뒤덮인 남극 인근에는 때아닌 비가 오고 있는 중이었다.

이외에도 전 세계 곳곳에서 강도 높은 지진과 함께 기상이변이 발생해 수많은 사상자를 내고 있었다.

"함장님!!"

다급한 마음에 미네르바는 한철을 호출했다. 일련의 사태에 대해 한철에게 알려야만 했던 것이다.

"……."

아무런 대답이 없었다.

에너지 배리어를 통해 다른 공간을 만들어내고 흑암성체와 함께 들어선 터라 한철은 미네르바가 다급하게 호출하는 신호를 들을 수 없었다.

세상과 완전히 단절된 까닭이었다.

"큰일이다. 아직 준비가 끝나지도 않았는데……."

가이아가 깨어나 정화의 작업을 시작하리라 예상하고 준비한 일들은 아직 시작도 되지 않은 상태였다.

차원 주관자들에 대한 일을 안 이후에 최대한 서둘렀지만 이제야 왕복셔틀을 완성했을 뿐이었다.

극축이 멈추지 않고 이대로 이동하다가는 인류는 물론 지구상에 존재하는 거의 모든 생명체가 멸종될 것이 분명했기에 뭔가 방법을 마련해야 했다.

"어떻게 하지? 완성되었다면 모를까 아직 골든나이트가 완성되지도 않았는데……."

골든나이트가 완성되어 있었다면 그나마 방법이 있었다.

지구로 무한 전송이 가능하기에 자재를 만들어 보낸 후 기존에 운용하던 대형선박들을 개조하면 스타쉽을 쉽게 완성할 수 있기 때문이다.

스타쉽을 빠르게 완성한다면 전부는 아니지만 인류를 비롯해 지구에 사는 생물종의 10퍼센트는 구할 수 있는 가능성이 있지만 지금 상태로는 불가능한 일이었다.

"함장님이 흑암성체를 제압하기를 기다리는 수밖에는 어쩔 수 없다."

자신이 가진 대부분의 에너지를 한철이 쓰고 있는 중이었다. 지금으로서는 할 수 있는 일은 거의 없었기에 미네르바는 낙담했다. 한철이 그동안 쏟아온 노력이 물거품이 될 위기에 처한 것이다.

한철과 소통을 할 수 없는 탓이었다.

뭔가 조치를 해야 했지만 그럴 수가 없었다. 사소한 것이야 임의대로 처리할 수 있다지만 이런 상태라면 반드시 한철의 명령이 필요했던 것이다.

자아를 가지고 있는 자신이었지만 한철이 명령을 내려야 하기 때문이다.

미네르바의 염려를 아는지 모르는지 흑암성체를 자신의 공간으로 끌어들인 한철은 힘들게 싸움을 지속하고 있었다.

자신도 어쩔 수 없는 새로운 공간에 갇혔다는 것을 느낀 듯 흑암성체의 공격이 더욱 거세졌기 때문이다.

콰콰쾅!!

흑암성체의 간단한 손길을 따라 거대한 에너지가 한철을 향해 몰아쳤다. 그것은 감당하기 힘든 마신의 분노였다.

몰아쳐 오는 공격을 간신히 막아내고 있었다. 보이지 않는 기운들이 덮쳐들 때마다 한철은 그것을 막기 위해 식은땀을 흘려야 했다.

어찌 된 일인지 모든 에너지를 동원했음에도 자신과 흑암성체를 감싼 공간의 경계가 흔들리고 있었기 때문이다.

흔들리는 것은 당연했다. 흑암성체가 내뿜는 힘의 파장이 한철을 직접적으로 타격했기 때문이다.

한철은 자신과 흑암성체가 부딪쳐 발생하는 에너지가 밖으로 퍼져 나가는 것을 막아야만 했던 것이다.

두 존재가 부딪치는 파장은 어쩐 일인지 사라지지 않았다.

소멸되어야 정상인데 사라지지 않고 오히려 누적되어 점점 쌓여만 갔다.

에너지 배리어를 걷어버리는 순간 어떤 일이 발생할지 한철은 짐작조차 할 수 없었다.

어쩌면 지구가 순식간에 소멸해 버릴 수도 있는 일이기에 에너지 배리어를 거둘 수 없었고 흑암성체의 공격을 어쩔 수 없이 몸으로 막아야만 했다.

힘의 파장을 막기 위해 에너지 배리어로 새로운 공간을 창조한지라 에너지가 분산되어 대부분 방어만 할 수밖에 없었던 것이다.

자신의 몸에도 에너지 배리어를 친 후 공격을 막고 있었지만 한계가 있었다. 계속되는 충격에 급기야 에너지 배리어가 흔들리고 있었던 것이다.

쾅!!

콰콰쾅!!!

에너지 배리어가 흔들리자 공격의 강도가 더욱 높아졌다. 한계가 없는 것인지 한번에 뿜어내는 양이 가히 핵폭탄이 폭발하는 것 같은 위력을 지니고 있었다.

연신 두들겨 대는 흑암성체의 공격을 에너지 배리어로 막으며 한철은 머리를 굴렸다. 한계에 다다른 까닭에 어떻게 해서든지 제압을 해야 했기 때문이다.

'크으, 아무것도 생각하지 않는다면 충분히 제압할 수 있

지만 이대로는 힘들다.'

　주변이 어떻게 되든지 간에 흑암성체에 자신의 힘을 집중하면 제압하는 것은 어렵지 않을 것 같았지만 그럴 수 없었기에 한철은 안타까웠다.

　흑암성체가 뿜어내는 힘은 자신이 감당하기 힘들 정도로 점점 더 거세지고 있었다.

　제대로 된 반격을 하지 못해서이기도 하지만 뭔가에 쫓기고 있는 듯 수비는 무시한 채 공격을 해대고 있었기 때문이다.

　'으으으! 방법을 마련해야 되는데 어떻게 하지? 저 녀석은 내 육체를 차지하기 위해서 사력을 다하고 있는 것 같은데 어떻게 그걸 이용할 방법은 없을까?'

　자신의 육체를 가지기 위해 모든 것을 쏟아낸다는 것을 알기에 한철은 그것을 한번 이용해 보기로 했다.

　한철은 자신과 흑암성체를 두르고 있던 에너지 배리어의 공간막을 제외한 모든 힘을 거두어들였다.

　육체를 방어하고 있던 배리어가 사라져 버렸다. 갑작스러운 사태에 흑암성체는 뻗어내던 힘을 거두어들였다. 자칫 한철의 육체가 소멸된다면 자신의 염원이 요원해지기에 손속을 급히 거두어들였기 때문이다.

　콰아앙!

　급한 것은 체하게 마련인 듯 흑암성체는 갑작스럽게 힘을 거두어들인 탓에 되돌아간 힘이 폭발하며 흔들리고 있었다.

자신이 뿜어낸 힘만큼 충격을 받은 것이다.

"차앗!"

한철은 기회를 놓치지 않았다.

자신이 가진 온 힘을 다해 흑암성체를 에너지 배리어로 가두어 버렸다. 외부에서 가해지는 타격을 막는 것이 아니라 에너지 배리어의 상성을 바꾸어 흑암성체만 가두어 버린 것이다.

쾅! 콰쾅!!

자신이 갇혔다는 것을 인식하자 흑암성체가 다시금 힘을 뿜어냈다.

푸른 강막처럼 흑암성체를 둘러싼 에너지 배리어가 찢어질 듯 부풀어 올랐다.

"치이, 할 수 없다."

이대로 가다가는 죽도 밥도 되지 않을 것이기에 한철은 외부와의 단절을 위해 펼쳤던 에너지 배리어를 거두어들이며 모든 힘을 흑암성체에게 집중했다.

츠츠츠!

에너지 배리어가 줄어들기 시작했다. 점점 축소되는 에너지 배리어를 향해 흑암성체는 검은 기운을 마구 쏟아냈다.

"크으!!"

한철의 입에서 신음이 흘러나왔다. 전력을 다해 흑암성체를 막고 있지만 가지고 있는 힘이 대등하기에 한계가 있었다.

혹암성체가 뿜어내는 힘도 힘이지만 에너지 배리어가 압축되며 전해지는 반발력이 점점 더 커지고 있었다.

혹암성체 또한 자신의 에너지가 이대로 가두어진다면 소멸에 이르기에 최선을 다하고 있었기 때문이다.

광활하게 퍼져 가는 에너지를 가두어둔다는 것이 그리 쉽지만은 않았지만 결과는 좋았다. 아주 미미한 양이었지만 혹암성체가 뿜어내는 힘이 쌓이지 않고 점차 줄어들기 시작한 것이다.

쾅! 콰쾅!

상당한 폭발이 연속적으로 이어졌다. 자신의 힘이 빠져나갈 곳을 찾지 못하자 혹암성체가 힘을 모아 에너지 배리어의 한 점을 향해 공격을 집중한 것이다.

한두 번이라면 모를까 핵폭탄만큼의 폭발력을 가진 공격이 한 점에 집중되자 한철의 정신이 점차 흔들리기 시작했다.

'크으, 본체가 가진 힘이 이 정도라니… 이대로는 안 된다.'

배리어를 개방하고 전력을 다해 소멸을 시키거나, 혹암성체의 힘을 완전히 흡수해야 하지만 어느 것도 쉬운 것은 없었다.

어느 정도 힘을 죽이기는 했지만, 남아 있는 힘만으로도 혹암성체를 감싸고 있는 에너지 배리어를 개방하는 순간 대한 민국엔 그야말로 지옥을 방불케 하는 참상이 벌어질 것이 분명했다.

일단 어느 정도 제압을 하기는 했지만 흡수하는 것도 여의치 않았다. 흑암성체의 정신에너지는 한철의 수준에 육박했기 때문이다.

순순히 협조해도 흡수하기 버거운 판에 반항하는 흑암성체의 힘을 흡수한다는 것은 자멸할 가능성을 내포하고 있었다.

'크으, 어떻게 하지?

쾅! 쾅!!

정신없이 공격을 해대는 흑암성체를 바라보며 방법을 찾지 못하는 한철에게 변화가 찾아왔다.

그것은 갑작스러운 움직임이었다. 흑암성체의 공격이 에너지 배리어에 연속적으로 집중해 깨지려고 하는 찰나에서 찾아온 변화였다.

한철의 가슴을 중심으로 흰 기운이 쏟아져 나왔다. 연이어 심장 부근에서 붉은 기운이 쏟아져 나왔다.

푸른 기운과 검은 기운, 그리고 노란 기운이 팔과 다리, 배꼽 부근에서 쏟아져 나왔다. 쏟아져 나온 기운들이 회오리를 이루었다.

시계 반대 방향으로 회전하는 기운들은 회전을 하며 점차 흑암성체를 감싼 에너지 배리어로 몰려들었다. 그리고는 이내 흡수되어 버려 안으로 침투했다.

피피피핑!

갑작스러운 변화에 다급해진 흑암성체가 연이어 공격을 해댔지만 에너지 배리어로 들어온 후에도 회전하는 다섯 가지 기운의 힘에 속절없이 튕겨 나갔다.

"크아아아!"

흑암성체가 괴성을 질러댔다. 이제 막 빠져나가려는 순간 자신을 옭아매는 새로운 힘의 등장에 분노한 것이다.

그렇지만 그저 분노로만 끝날 뿐이었다. 새롭게 나타난 것들이 흑암성체의 힘을 흡수하고 있었던 것이다.

오색의 기운들이 도는 속도가 점차 빨라지고 있었다. 회전 속도가 한계선을 넘자 흑암성체가 뿜어내 배리어 안에 가득 찼던 힘을 빨아들이기 시작했다.

그와 동시에 배리어의 중심부에는 희미하게 구체들이 생겨나고 있었다.

나선형으로 도는 거대한 은하가 중심부로 빨려들듯 오색의 기운은 흑암성체의 힘을 흡수하며 점차 단단한 구체들로 뭉쳐 나가고 있었다.

밖에서 회전하며 흑암성체의 힘을 빨아들이는 역할과 안에서 그 힘을 응축하는 역할로 나뉘어 다섯 가지 기운이 이중으로 분리되어 버린 것이다.

밖에서 돌고 있는 것은 에너지를 전달하고 안에서 뭉쳐지

고 있는 것들은 에너를 증폭시키며 응축되어 가고 있었던 것
이다.

줄어드는 에너지로 응축된 구체들과는 달리 밖에서 돌던
기운들은 에너지 배리어와 융합되어 점차 커지기 시작했다.
그것은 순식간에 한철을 집어 삼켰다.

배리어 안으로 다시 들어온 한철은 상황을 한눈에 확인할
수 있었다.

중심부에서는 오색을 띤 다섯 개의 구체가 흑암성체의 힘
을 집어삼키고 있었고, 갑작스러운 변화에 대응하듯 흑암성
체도 뿜어내던 기운을 멈추고 자신의 기운을 하나로 뭉쳐 가
고 있었다.

자신이 가진 힘을 빼앗길 것을 염려한 것인지 흑암성체는 자
신이 뻗어냈던 기운까지도 모두 거두어들이고 있었던 것이다.

그렇게 밖으로 뻗어나가는 힘이 줄어들자 팽창하던 힘이
점차 사라지기 시작했다.

'어, 어떻게 된 일이지?

자신과 흑암성체에서 나타난 변화가 어떻게 일어난 것인
지 알 수가 없기에 한철은 불안한 마음이 들었다.

'분명 저것 때문인 것 같으니 일단 살펴보기로 하자.'

얼핏 살핀 것이기는 하지만 에너지의 균형은 안정 상태였
다. 흑암성체의 기세도 많이 줄어든 상태라 한철은 한결 여유

로운 마음으로 방금 일어났던 현상을 관찰할 수 있었다.

모든 변화는 숨어 있다가 자신도 모르게 나타난 다섯 가지 기운에서 비롯됐다는 것을 알 수 있었다.

'나로부터 비롯된 것 중에 내가 알지 못하는 것은 젠가이드 하나뿐이다. 이 현상도 젠가이드가 가진 능력 때문에 벌어진 현상인 것인가?'

한철은 젠가이드를 떠올렸다. 흑암성체의 힘을 완전히 차단하며 밖으로 퍼져 나가는 일말의 기운까지 차단하는 것을 보면 이런 현상이 일어난 원인은 젠가이드가 틀림없었다.

'저 정도로 완벽하게 차단된다면 일단은 안심이다. 그렇지만 저것이 무엇인지 확실하게 살펴야 한다. 젠가이드로 인해 변한 것이라 할지라도 만약 내 의지로 제어될 수 없다면 새로운 화근이 될 수도 있다.'

이제는 흑암성체의 공격을 막아낸 것으로 보이자 한철은 자신의 몸 주위에서 돌고 있는 다섯 가지 기운과 중심에서 형체를 갖추기 시작한 구체에 정신을 집중했다.

젠가이드로 인해 벌어진 현상이면 반드시 확인이 필요했던 것이다.

정신을 집중하자 에너지의 변화가 어떻게 일어난 것인지 알 수 있었다. 하나는 모으고, 하나는 응축하고 융합하는 역할을 수행하고 있었다.

회전하는 기운들에게서는 별다른 것이 느껴지지 않았다.

그 역할이라는 것이 에너지를 흡수해 중심에 만들어지는 구체들에게 전하는 것이 다였다.

한철은 중심부에 뭉쳐지고 있는 구체들이 중요하다는 판단하에 좀 더 정신을 집중했다.

'저것이 어떻게 흑암성체의 에너지를 변화시켜 응축시키는 것인지 모르지만 정말 대단하다.'

회전하며 뭉쳐지는 다섯의 구체 속에는 가공할 만한 에너지가 쌓이고 있었다. 자신이 미네르바에게 전해주고 있었던 우주의 네 가지 절대력보다 강력한 힘이었다.

자신이 알고 있는 것과는 완전히 다른 이질적인 기운을 품고 있는 구체들이었다. 미네르바로부터 전해진 지식 속에도 없는 현상이었다.

'어찌 되든 이대로만 된다면 흑암성체를 막을 수 있을 것 같다.'

이대로 진행된다면 가공할 힘을 압축하고 있는 흑암성체를 막을 수 있을 것 같았다. 그만큼 다섯 구체 속에 담겨진 힘은 한철의 상상을 벗어나고 있었던 것이다.

흑암성체의 힘을 흡수하는 속도도 점차 빨라지고 있었다.

'위기를 느꼈나 보구나.'

한철은 흑암성체가 만들고 있는 검은색의 구체를 바라보았다. 오색으로 물들어가는 다섯 구체 옆에서 흑암성체도 안간힘을 쓰며 점차 뭉쳐지고 있었다.

알 수 없는 현상으로 만들어지고 있는 오색의 구체가 기세 등등한 것과는 달리 흑암성체의 정신체가 만들어낸 구체는 약간씩 흔들리고 있었다.

자신이 흡수해야 할 에너지를 오색의 구체들에게 빼앗기고 있었기 때문이다.

흑암성체의 모든 힘이 집중되고 있었지만 한철은 그다지 걱정이 들지는 않았다. 두 가지 힘을 마주하고 있어 위험한 상황이었지만 이상할 정도로 마음이 푸근했다.

흑암성체의 앞에 만들어진 검은 구체가 천천히 한철을 향해 밀려왔다. 자신의 힘을 빼앗는 구체가 한철에게서 비롯된 것임을 알고 있는 까닭이었다.

한철의 육체를 차지할 수만 있다면 자신이 겪고 있는 위험을 타파할 수 있을 것이라 판단한 것이다.

'으음, 태양에 맞먹는 열기라니……'

다가오는 기운은 막대한 열기를 품고 있었다. 그것은 자신 이외에 모든 것을 불살라 버리는 강력한 열기를 감춘 암흑의 태양이었다.

'반격을 시작하는 것인가?'

한철도 흑암성체의 의도를 짐작할 수 있었지만 어쩐 일인지 걱정이 들지 않았다. 젠가이드가 변화한 것으로 보이는 오색 구체들이 모든 것을 해결할 것 같았다.

한철의 생각이 들어맞았다.

암흑의 태양이 밀려들기 시작하자 한철의 앞에서 만들어진 다섯 구체가 서서히 모이며 모든 것을 녹여 버릴 만한 강렬한 열기를 막기 시작했던 것이다.

모여든 다섯 구체는 일정한 간격을 유지하고는 제자리에서 회전을 하기 시작했다. 노란 구체를 중심으로 청적흑백의 다섯 구체가 맹렬히 회전했다.

회전하는 속도가 빨라지며 다섯 구체 사이에서 에너지의 교류가 일어나기 시작했다. 교류가 일어남과 동시에 노란 구체를 중심으로 네 개의 구체가 원을 그리며 회전을 시작했다.

가가가각!

회전하는 속도가 빨라지기 시작하자 암흑의 태양이 뿜어내는 기운과 부딪치는 것인지 기괴한 소리가 공간 안에 울리기 시작했다.

우르르르!!

양측의 기운이 부딪치는 여파로 새롭게 만들어진 배리어가 흔들리기 시작했다.

암흑성체가 마지막 발악을 하는 것인지 조금 전과는 차원이 다른 반발력이었다.

자신에게서 나온 기운이었지만 이미 한철의 통제를 벗어나 있었다. 다섯 구체는 살아 있는 것처럼 흑암성체가 뿜어낸 검은 구체를 향해 뻗어나갔다.

콰직!

섬뜩하리만치 강렬한 파열음과 함께 검은 구체가 부서지기 시작했다.

"크아아악!!"

사력을 다한 듯했지만 감당하기 힘든 듯 비명을 지르며 흑암성체의 정신체가 이지러지기 시작했다.

콰지지직!!

유리가 부서지는 것처럼 산산이 부서지는 검은 구체의 파편이 사방으로 비산했지만 이내 다시 끌려들어 가며 다섯 구체 사이로 사라졌다.

"끄아아아악!"

처절한 비명이 계속해서 메아리쳤다. 유부에서 들려오는 호곡성처럼 전신에 소름이 돋게 하는 비명이었다.

회전하는 오색의 구체가 점점 커져 갔다. 흑암성체의 잔재 속에서 힘을 빨아들이며 크기를 더해갔다.

흑암성체의 정신체가 점점 흐릿하게 변해갔다. 자신이 가진 근원의 힘이 빨려 나가며 의지를 상실하고 있었기 때문이다.

흑암성체의 정신체가 투명하게 변하고 어느 순간 아무것도 없었던 것처럼 세상에서 사라져 버렸다. 존재 자체가 완벽히 소멸한 것이다.

'제기랄!!'

강력한 적이 사라졌지만 한철은 안심할 수 없었다. 흑암성체의 힘을 빨아들인 오색의 구체는 마치 블랙홀처럼 주변의 에너지를 빠르게 흡수하고 있었던 것이다.

"통제할 수 없는 힘이라니……."

부지불식간에 튀어나온 정체불명의 힘이 모든 것을 빨아들이고 있었다. 오색이 기운과 융합되어 공간을 차단한 배리어의 힘도 빨아들여 삼켜 버리고는 이내 한철이 가지고 있는 본신의 힘도 서서히 뽑아내 흡수하고 있었다.

한철은 당황스러웠다. 통제를 해보려 애를 써봤지만 통제가 불가능했다.

"어, 어떻게 이런 힘이 나도 모르게……."

자신의 내부에 이러한 힘이 있었다는 것도 몰랐다. 존재감이 전혀 없다가 갑자기 나타난 힘이다.

젠가이드에게서 비롯됐다고 짐작하고는 있지만 정말이지 예상 밖의 힘이었다.

한철은 미네르바가 건네준 지식을 훑어나갔다. 모든 단계의 차폐가 풀려 우주의 비밀에 한층 접근했지만 지금 나타난 힘에 대해서는 아무것도 알아낼 수가 없었다.

한철은 자신의 몸에서 빨려 나가는 네 가지 절대력을 애써 차단해 나갔다. 이대로 모두 빼앗겨 버린다면 어떤 일이 발생할지 모르는 상황이었기에 현 상태에서 최선을 다할 수밖에 없었다.

“미네르바! 어떤 상태지?”

배리어가 흩어지고 난 뒤 통신채널이 열렸기에 한철은 미네르바를 불렀다.

―저도 어떻게 된 일인지 모르겠습니다.

미네르바도 갑작스러운 사태에 대답을 내놓지 못했다. 배리어가 해제된 후 한철이 감지되자 상황을 파악하려 해봤지만 미네르바로서도 모든 것이 의문투성이었다.

“미네르바, 최대한 파악을 해봐. 그리고 에너지를 전송받아서 어떻게든 방법을 마련해 봐. 내가 견딜 수 있는 시간이 얼마 되지 않을 것 같으니까. 최대한 빨리!”

―알았습니다. 아직 완성이 되지는 않았지만 골든나이트를 우선 가동하겠습니다.

상황의 심각성을 인식한 미네르바는 한철에게서 에너지를 전송받아 곧장 골든나이트를 가동시켰다.

사이코 매트릭스를 이용해 만들어진 골든나이트라면 해결책을 제시해 줄 수도 있을 것이기 때문이었다.

한철은 시시각각 빠져나가는 힘을 애써 가두며 자신으로부터 나온 다섯 가지 구체를 관조했다. 골든나이트를 통해 해결책을 찾을 수 없을 지도 모르기에 어떻게든지 알아보려는 것이다.

한철은 회전하며 거의 하나로 보이는 오색의 구체에게서 색다른 느낌을 받았다. 기운이 변하고 있었던 것이다.

이질적이던 기운이 어느 사이인가 친숙한 기운으로 바뀌고 있었다. 그것은 한철도 잘 알고 있는 기운이었다.

'아이들이 가지고 있는 다섯 가지 기운과 비슷하면서 다르다. 마치 정반(正反) 기운처럼……'

오행의 기운이라고 할 수 있는 다섯 아이의 기운과 맥을 같이하면서도 어딘가 많이 달랐다.

익숙하면서도 매우 이질적인 기운이었다.

물의 기운도 그렇고, 불의 기운도 그렇다. 수기도 화기도 없다. 그런데 차가운 극음의 기운과 뜨거운 극양의 기운을 가졌다. 다른 기운도 마찬가지였다.

모두가 불분명했다. 혼돈에서 막 건져 낸 듯 제 모습을 찾을 수가 없었다.

'오행의 기운이 태초로부터 빠져나왔을 때 가장 순수한 모습이 저런 상태일까?'

한철의 눈앞에서 맴도는 오색의 구체가 어쩌면 태고로부터 나왔을 때의 상태일지도 모른다는 생각이 들었다.

혼돈으로부터 갈라져 나온 후 스스로 제 모습을 찾기 직전의 상태라는 느낌이 강하게 든 것이다.

'어쩌면 차원의 시작점으로부터 뻗어 나온 힘일지도 모른다. 그런데 어디서 저런 힘이 나온 것이지? 혹시? 아니다. 그럴 리는 없을 것이다.'

힘이 나온 근원에 대해 의문이 들었다. 태고로부터 존재하는 힘이라면 나온 것이 있어야 하건만 아무리 찾아도 근원을 찾을 수 없었다.

자신으로부터 나왔지만 그것은 아니었다. 어디서든 힘이 빠져나간 느낌은 들지 않았던 것이다.

유일하게 의심이 드는 곳은 젠가이드였다. 겐트리온 우주를 창조한 힘의 근원인 젠가이드만이 이런 힘을 내보낼 수 있을 것 같았다.

하지만 젠가이드는 지구 차원의 물건이 아니었다. 지구 차원에는 절대로 관여할 수 없는 다른 차원의 것이었기에 의문만이 깊어갈 뿐이었다.

'아무리 그래도 한 번은 확인을 해야 한다. 미네르바라면 알 수 있을지도 모른다.'

불가능한 일이지만 확인을 해야 했다. 자신의 생각이 맞는지, 만약 그렇다면 원인을 알아내야 했다. 자신이 모르는 비밀이 숨어 있을지도 모른다는 생각이 든 것이다.

"미네르바!"

한철은 미네르바를 서둘러 호출했다.

―예, 함장님.

"젠가이드가 어떤 상태인지 한번 살펴봐."

―젠가이드요?

"그래, 아무래도 저 힘의 근원이 젠가이드인 것 같아."

―알겠습니다.

　미네르바는 한철의 말이 의아한 듯했지만 이내 젠가이드를 검색하기 시작했다.

　―하, 함장님!

　"왜?"

　―젠가이드가 검색이 되지 않습니다. 아무것도 없습니다.

　"그럼, 저게 젠가이드라는 소리야?"

　젠가이드가 검색이 되지 않는다면 눈앞에 있는 구체들일 가능성은 100퍼센트였다.

　―아무래도 그런 것 같습니다. 젠가이드가 변형을 일으킨 것 같습니다.

　미네르바도 놀라워했다.

　사실 젠가이드에 대한 정보는 미네르바도 전무하다시피 했다. 가지고 있는 정보라고 해봐야 젠가이드가 겐트리온 우주의 질서를 찾는데 도움을 줄 수 있다는 것뿐이다.

　아무런 정보도 없는 상태에서 젠가이드가 일으킨 변형이 무엇을 뜻하는지 알 수가 없기에 아무런 답도 주지 못했다.

　'어떻게 해야 하지?'

　미네르바도 해결책을 제시하지 못하자 한철은 답답한 마음이 들었다. 이대로 모든 힘을 빼앗기고 만다면 더 이상 지구의 미래를 기대한다는 것은 어려운 일이었다.

　'어떻게든지 힘을 빼앗기는 것을 막아야 한다.'

　힘을 빼앗기지 않을 수 있는 방법은 그리 많지 않았다. 미네르바도 잘 모르는 이상 한철이 취할 수 있는 방법에는 한계가 있었다.

다급한 마음에 한철은 선무화를 일으켰다.

선무화를 운용하며 모든 감각을 일깨우고 오색의 구체를 바라보았다.

미네르바가 만들어놓은 차폐들에 의해 가려져 있던 지식들이 선무화와 어우러졌다.

'으음, 이상하다. 천부경에서 얻은 힘이……'

변화가 생긴 것은 그때였다.

천부경에서 얻은 힘이 움직인 것이다. 차원의 씨앗이라고 일컬어지는 힘이 한철의 의지와는 상관없이 독자적으로 움직임을 보인 것이다.

'차원의 씨앗이라는 것이 반응을 보이는 것을 보면 어쩌면 이 난국을 타개할 수 있는 해답이 될 수도 있다.'

천부경에서 얻었던 힘이 움직이자 오색의 구체들 속으로 힘이 빨려 들어가는 속도가 현저하게 줄어들었다.

반응이 있자 한철은 아주 빠르게 천부경을 외우며 차원의 씨앗이라 불리는 힘이 움직이도록 유도했다.

꿈틀거리는 힘이 느껴졌다. 네 가지 절대력과는 상관없는 힘이었다.

위이잉!

구체들의 회전속도가 비교할 수 없을 만큼 빨라졌지만 빨려 들어가는 속도는 점차 줄어들었다.

그렇게 시간이 지나 힘이 빠져나가는 것이 멈췄다.

천부경으로부터 비롯된 힘을 제외하고 한철이 가진 힘의 대부분이 빨려 나간 상태에서 겨우 멈춘 것이다.

멈춘 것만으로 끝난 것이 아니었다. 빨려 나가던 에너지가 다시 되돌아오기 시작했다. 그것은 빨려 나갈 때보다 배나 빠른 속도였다.

"컥!!"

한철의 입에서 숨이 막히는 것 같은 다급한 비명이 흘러나왔다. 이제는 다시 되돌아오기 시작한 힘의 파장이 한철에게 준 충격의 여파였다.

오색의 구체들이 자신들이 빨아들였던 힘을 뿜어내는 것인지 한철의 내부로 들어오는 속도가 너무 커 고통과 함께 일순 답답함을 느낀 것이다.

엄청난 속도 때문인지 그동안 빠져나갔던 에너지들이 일순간 다시 돌아왔다.

그것뿐만이 아니었다. 네 가지 절대력과는 다른 에너지가 한철의 내부로 들어와 있었다.

바로 흑암성체에게서 구체들이 빼앗은 에너지였다.

밖으로 배출할 수 있는 방법은 전무했다. 한철은 할 수 없이 선무화와 천부경을 이용해 빨려 들어오는 힘을 갈무리할 수밖에 없었다.

한철의 내부에는 의지로 통제할 수 있는 범위를 넘어서 일순간에 포화상태에 이를 만큼 거대한 에너지가 가득 찼다.

'크으으, 이대로 가다가는 폭발해 버린다.'

한철은 다급해졌다. 견디지 못하고 터져 버린 풍선처럼 아무것도 남지 않을 것 같았다. 다급하게 돌파구를 찾던 한철은 한 가지 방법을 찾아낼 수 있었다.

젠가이드가 일으킨 변화의 과정을 지켜보면서 느꼈던 것을 시행해 보기로 한 것이다.

한철은 눈을 감고 의식을 집중했다.

의지를 일으킴과 동시에 천부경의 힘과 선무화를 이용해 들어오는 힘을 휘돌게 만들었다.

바닷속의 공동으로 빠져드는 물길처럼 와류로 소용돌이치는 에너지들은 한철의 내부를 모두 부숴 버릴 듯 몰아쳤다.

'끄으윽! 제기랄!!'

뼈를 부수는 고통과 함께 찾아든 에너지들의 진행을 컨트롤하느라 한철은 죽을 맛이었다.

한철은 에너지의 회오리를 중단전으로 몰았다.

그리고 압축하는 과정을 거쳤다. 누르고 눌러 한 점으로 모아가자 하나의 구체로 자리 잡기 시작했다.

그냥 받아들일 수 없는 입장이라 시도해 본 일이었는데 무척이나 성공적이었다. 에너지의 응축량이 증가할수록 점차 고통이 가라앉았던 것이다.

'휴우, 이제 끝난 건가?'

들어오는 에너지를 조율하며 한참을 고전하던 한철은 어느 순간 자신을 향해 들어오는 에너지들이 멈춘 것을 느꼈다.

'또다시 새로운 모습으로 변화했구나.'

응축된 에너지 구체는 무한의 속도로 회전하고 있었다. 속도의 한계를 넘어섰기에 그냥 멈춘 것처럼 보였다.

그러한 과정 속에 변화가 일어났다.

본래부터 가지고 있었던 네 가지 절대력과 혼돈에서 나온 것으로 보이는 젠가이드의 다섯 가지의 에너지, 그리고 흑암성체의 에너지 등 빨려든 열 가지 에너지들이 가지고 있는 성질을 넘어서 하나로 융합되기 시작했다.

원래부터 하나였다는 듯 융합이 끝난 것은 순식간이었다.

'이대로는 문제가 크다 일단 전신으로 분산시켜 보자.'

한철은 융합된 에너지 구체를 움직여 보기로 했다. 언제 변동을 일으킬지 모르는 상황이었기에 이대로 중단전에 둘 수만은 없는 일이었다.

생각이 일자마자 에너지 구체가 반응을 일으켰다. 누에고치에서 실이 뽑혀져 나오듯 수를 셀 수 없는 수많은 기운의 가닥이 뻗어 나와 전신으로 퍼져 나갔다.

한철은 중요한 순간이라 인식하고 있었기에 조심스럽게 에너지들을 유도하며 전신으로 배부해 나갔다.

한철의 노력 때문이지 퍼져 나가는 기운은 전신 곳곳에 안정적으로 자리를 잡기 시작했다.

어디 한곳에 정착하는 것이 아니라 전신으로 퍼져 나가 스펀지에 물이 스며들 듯 한철의 몸 곳곳에 스며들었다.

변화가 끝났음을 감지한 한철이 눈을 떴다.

"자기가 할 일을 끝냈다는 건가?"

가지고 있던 힘을 전부 쏟아낸 탓인지 눈앞에서 휘돌던 오색의 구체들도 멈추어 섰다.

멈추어 선 오색의 구체들이 깜빡이기 시작했다. 난데없는 변화에 한철은 다시금 변형된 젠가이드를 주시했다.

"기운이 달라졌구나."

흐릿하던 젠가이드의 기운들이 다시 변형을 일으켰다. 지금 느껴지는 기운은 다섯 아이에게서 느껴지는 것과 같이 무척이나 선명했다.

혼돈에서 나온 오행의 기운이 제자리를 찾은 듯했다. 젠가이드가 변형된 오색의 구체 속에서 쏟아져 나오는 기운은 완전한 오행의 기운이었던 것이다.

한철은 젠가이드가 변화한 것을 확인하고 자신의 몸에 자리 잡은 기운을 살폈다.

융합되어 있다고는 하지만 우주를 구성하는 네 가지 절대력이 선명하게 느껴졌다. 이전에 느껴지던 것과는 달리 좀 더 선명하고 분명했다.

그리고 주변에 있는 여섯 가지 기운도 확실히 느껴졌다. 열 가지 기운이 완전하게 융합되었는데 이토록 세세히 느껴지다니 모를 일이었다.

"열 개의 기운이 각자 다섯 가지의 색깔을 가지고 있다니 정말 모를 일이다."

원래부터 제각기 특색이 있는 힘이었다. 네 가지 절대력은 물론이고 혼돈의 기운과 흑암성체의 기운도 마찬가지였다.

그런데 모두 달라져 있었다. 각자가 오행으로 구분되는 힘들을 모두 포함하고 있었다. 그것도 약간씩 성질을 달리하고 있는 오행의 기운들을 간직하고 있었다.

자연지기로 대변될 수 있는 하이드내츄럴포스는 당연히 오행지기를 모두 포함하고 있었다. 가장 순수한 기운의 집합체였다.

반면 넵코로 대변되는 반물질 전환력은 그것과는 다른 색깔을 가진 다섯 가지 기운이 뭉쳐 있었다.

마나로 대변되는 하이드마나포스에는 폭발할 것 같은 강대한 다섯 가지 힘이 서로 반발하면서도 뭉쳐져 있었다. 미묘하지만 가지고 있는 성질이 모두 달랐다.

정신동력인 사이코 매트릭스도 마찬가지였다.

거기다 흑암성체의 힘도 다섯 가지 색깔을 가지고 있었다. 다섯 가지 기운이 암흑의 태양이 보여준 것 같은 열기를 간직하고 있었던 것이다.

"각자 색깔이 다른 기운들이 스며든 것이 나에게 화가 될 것인지, 복이 될 것인지 모르겠구나."

전보다 더욱 강해진 것 같지만 그다지 기분 좋은 상황은 아니었다. 자신의 의지와는 상관없이 일어난 탓에 꼭 누군가에게 조종을 당하는 느낌이 들었기 때문이다.

"이제 젠가이드는 어떻게 하지?"

모습이 완전히 변해 버린 탓에 젠가이드를 어떻게 해야 할지 도무지 생각이 나지 않았다. 아직도 가공할 힘을 품고 있는 까닭에 섣불리 손을 댈 수도 없었다.

"어?"

한철이 젠가이드의 처리 문제로 고심하던 중 다섯의 구체가 깜빡임을 멈추고 점차 커지기 시작했다. 뒤이어 거의 사람만 한 크기로 커진 구체들이 한철에게 다가왔다.

노란색의 구체가 한철의 머리에 머물렀다. 그것을 중심으로 네 가지 구체는 한철을 스캔하듯 머리에서 발끝까지 회전하며 오르락내리락 움직였다.

움직임이 끝나자 노란색의 구체를 제외한 구체들이 어깨에서 엉덩이까지 적청흑백의 순서로 띠를 이루며 일렬로 서더니 한철을 중심으로 회전하기 시작했다.

그렇게 사색의 띠가 만들어진 것은 순식간이었다. 워낙 속도가 빨라 둥그런 띠가 만들어진 것이다.

머리 위에 떠 있는 노란 구체가 서서히 한철의 머리 위에 내려앉았다.

부르르르!

부드럽고 편안한 기운에 한철의 몸이 떨렸다. 노란 구체는 급할 것이 없다는 듯 천천히 한철의 몸으로 스며들었다.

그렇게 반쯤 스며들었을 때 회전하며 사색의 띠를 이루던 것들이 한철을 향해 조여들었다.

원을 그리며 회전하는 반경이 줄어들자 한철의 몸을 들락날락거리며 회전했다. 바깥이 아니라 몸 안쪽에서 회전을 하고 있었다.

잠시 후, 머리 쪽의 노란 구체가 완전히 스며들고, 회전하던 다른 구체들도 이제는 반경이 줄어들어 몸속으로 스며들 듯 사라져 버렸다. 오색의 구체들이 한철의 몸으로 스며든 것은 순식간이었다.

그렇다고 오색의 구체들이 한철에게 완전히 흡수된 것은 아니었다. 머리와 척추의 안쪽에서 자리를 잡고는 고속으로 회전하고 있었던 것이다.

몸에는 무리가 없었다. 물질을 통과하는 탓에 육체의 저항이 없었기 때문이다. 마치 따로 떨어진 공간 안에 있는 것처럼 몸속에서 회전하고 있었던 것이다.

어느 순간, 회전의 한계가 없어져 버렸다. 점점 가속하던 구체들이 빛의 속도를 넘어서 버린 것이다.

워낙 빨라 가만히 있는 것처럼 보였지만 한철은 회전하고 있다는 것을 분명히 느낄 수 있었다.

워낙 회전이 빨라 마치 멈춘 것처럼 보였다. 빠르게 회전하던 구체들에서 한철이 의식적으로 행했던 것과 같은 현상이 일어났다. 오색의 구체에서 아지랑이 같은 기운이 피어올랐던 것이다.

너무도 가늘어 일일이 분류하기 어려웠지만 그 수가 장난이 아닐 만큼 많았다. 한철이 만들어낸 것보다 많은 수의 가닥이었다.

만 단위를 넘어 억, 조 단위에 이를 때까지 하나하나 상황을 파악하던 한철은 수십 조에 이르자 아지랑이 같은 기운을 파악하는 것을 멈췄다.

피어오른 기운들이 세포 하나하나와 맞물리고 있다는 것을 느낀 탓이었다.

세포와 맞물린 기운들은 빠르게 안쪽으로 파고들었다. 그와 동시에 척추를 중심으로 회전하던 구체들이 빠른 속도로 사라져 버렸다. 수십 조 개의 세포 하나하나에 나뉘어 스며든 것이다.

스며든 기운들은 세포 안쪽에 구체를 만들었다. 그리고 하나로 있을 때와 마찬가지로 빛의 속도를 능가하는 속도로 회전하기 시작했다.

'모르겠다, 어째서 이런 현상이 일어나는 것인지. 전에는 젠가이드를 느끼기도 어려웠는데 이제는 세포 하나하나에 분

리되어 숨어 있는 기운들이 이토록 선명하게 느껴지다니 말이다.'

믿을 수 없는 현상이지만 미네르바가 펼친 차폐를 풀고도 확인하지 못했던 자신의 세포들을 모두 확인할 수 있었다.

세포 하나하나가 자신의 의지와 통제하에 놓여 있었다. 마치 개별의 생명체인양 살아 움직이는 맥동이 느껴졌다.

한철이 파악한 바로는 세포들이 변형을 일으키고 있었다. 스스로 생각하고 느낄 수 있는 단계는 아니지만 각자 의지를 가지기 시작하고 있었다. 그것은 한철에게 놀라운 경험이었다.

'이건 마치 젠가이드가 나를 가르치는 것 같다.'

일어나는 현상을 보며 한철은 젠가이드가 자신을 가르치는 것 같은 느낌이 들었다.

에너지를 응축하는 구체를 만드는 방법에서부터 세포 곳곳에 에너지를 분할하는 방법까지 먼저 방법을 제시하거나, 보완하는 방법으로 자신에게 힘을 기르는 방법을 가르치는 것 같았다.

'설마, 의지가 있는 것인가?

젠가이드에 의지가 있을 수 있다는 생각이 들었지만 확인할 방법은 없었다. 젠가이드에게서는 아무런 의지가 흘러나오지 않고 있었기 때문이다.

마치 정해진 프로그램대로 움직이는 것만 같았다.

‘미네르바가 부르는 것 같으니 일단은 나중에 생각해 보기로 하자.’

자신의 변화 때문인지 미네르바가 호출을 해오고 있었기에 한철은 생각을 멈추었다. 생각해 보았자 젠가이드에 대해 특별한 것을 찾아낼 수 없다고 판단한 것이다.

Chapter 2
가이아가 남긴 인과율

　―함장님, 괜찮으십니까?

에너지의 파장이 가라앉자 미네르바가 걱정스러운 듯 물었다.

"괜찮아. 최경아 씨의 상태는?"

상황이 종료되었기에 한철은 흑암성체가 기생하고 있던 최경아의 상태를 물었다. 주천문이나 백무요에 있어 무척이나 중요한 사람이었기 때문이다.

　―지금은 정신을 잃은 상태입니다. 흑암성체의 정신체가 빠져나간 후에는 눌려 있던 본체의 의지가 되살아나고 있습니다. 지금 상태로 보아 육체적으로도 큰 문제가 없으니 조만

간 깨어날 겁니다.

"다행이군, 피해 상황은 어떻지?"

최경아의 상태를 확인한 한철은 피해 상황을 물었다. 예상치 못한 사태에 엄청난 피해가 있었을 것이라 판단한 것이었다.

―너무 많아서 어디서부터 보고해야 할지 모르겠습니다. 하지만 함장님의 계획에 동참하신 분들은 현재 모두 무사한 상태입니다.

한철의 이상을 알아차린 미네르바는 젠가이드가 변형을 일으킨 후 워프를 통해 사람들을 곧바로 전부 대비시켰었다. 백무요에 쳐져 있는 결계라면 파장을 어느 정도 막아줄 것이라고 본 것이다.

"그나마 다행이군. 지금 전부 백무요에 있는 건가?"

―예, 전부 백무요로 대피를 시켰습니다. 다들 의아해하는 것 같으니 함장님께서 백무요로 가서서 설명을 해주서야 할 것 같습니다.

헨리 일행이나 주천문도들은 어느 정도 이해를 하겠지만 한태호 등은 워프를 통해 이동한 것에 대해 많은 의문을 느끼고 있음을 알 수 있었다.

지금 지구의 기술로는 불가능한 일이었기에 한철은 자신이 설명해야 함을 알았다.

"그래야겠지. 최경아 씨를 데리고 곧바로 가도록 하지."

―알겠습니다. 아직도 충격의 여파가 남아 있으니 피해 상황은 최종 집계가 되는 대로 보고를 드리겠습니다.

"최대한 빨리 알려줘. 앞으로의 계획에 차질이 생길지도 모르니까 말이야."

미네르바로서도 피해 집계가 쉽지 않은 모양이었다. 그만큼 피해가 많았다는 증거였다. 한철의 안색이 굳어질 수밖에 없었다.

―염려 마십시오.

미네르바의 대답이 끝나자 한철은 최경아에게 다가가 그녀를 안아 들었다.

준비가 끝나자 미네르바는 한철을 백무요로 워프시켰다.

헨리를 비롯한 사람들이 모두 백무요에 모여 있었다. 몇몇을 제외하고는 갑작스러운 사태에 다들 불안한 표정으로 한철을 기다리고 있었다.

번쩍!

마당에서 눈을 시리게 하는 빛이 흘러나왔다. 사람들의 시선이 마당으로 향했다.

앞마당에 밝은 빛이 사라지고 한철이 나타나자 모두가 몰려들었다.

"어떤 존재였나?"

헨리가 다급히 물었다. 차원 주관자로 보이는 존재에 대해 확인하고 싶었던 것이다.

"모두 설명을 드릴 테니 잠시만 기다리십시오."

헨리의 질문에 설명을 해준다는 답변으로 여유를 얻은 한철은 안방으로 가서 최경아를 눕혔다. 그리고 이마를 짚어 최경아의 상태를 살핀 후 밖으로 나와 사람들을 모이게 했다.

사람이 너무 많아 헨리와 천유동, 그리고 한태호가 평상에 앉는 한철의 곁에 앉았고, 다른 이들은 평상 주위로 빙 둘러서서 이야기를 들었다.

"모두들 알다시피 우리는 초월적인 존재와 싸움을 시작했습니다. 그리고 오늘 그중 하나의 본신과 싸움이 있었습니다."

대략적인 설명을 해두었던 터라 다들 침중한 안색으로 고개를 끄덕였다.

"그 존재는 어떻게 됐냐?"

흑암성체가 어찌 되었는지 헨리가 물었다.

"다행히 소멸됐습니다."

"휴우, 다행이다. 잘못했으면 지구의 반이 날아갈 뻔했으니……."

피해가 있기는 하겠지만 자신이 생각한 것보다는 적다고 판단한 헨리가 안도의 한숨을 내쉬었다.

그렇지만 공전의 사태를 불러온 것이 고작 한 명과의 대결 때문이라는 말에 다들 안색이 굳어졌다.

"싸운 존재가 누구였습니까?"

천유동이 궁금한 듯 물었다.

"흑암성체를 가진 존재였습니다. 몸은 남아 있지 않고 정신체만 있어 자신의 힘을 전부 발휘하지 못했는데도 불구하고 막대한 파장을 끼쳤습니다. 하지만 이제 제거된 상태니 큰 문제는 없을 겁니다."

"앞으로 어떻게 해야 하는 겁니까?"

미래의 일을 예측할 수 없을 정도로 극심한 혼란이 들었기에 천유동은 앞으로 나아가야 할 방향을 물었다.

"아직 모르겠습니다. 놈들이 언제 나타날지는 저도 모르니까 말입니다. 지금 제거된 흑암성체가 끝이 아닙니다. 아직 그런 존재가 많이 남아 있어 걱정입니다."

걱정스러운 한철의 말에 다들 안색이 굳어버렸다.

자신들이 상대해야 할 적들이 얼마나 강대한 존재들인지 이번 일로 알 수 있었기 때문이다.

"후후후, 걱정 마십시오. 우리도 그만한 전력을 가지고 있으니 말입니다. 이번처럼 갑작스러운 사태만 아니라면 충분히 상대할 수 있으니까요."

한철은 두려워하는 이들을 향해 충분히 상대할 수 있다는 자신감을 내비쳤다.

한철의 말에 다들 안색이 밝아졌다. 나타났던 흑암성체를 소멸시킨 장본인이 바로 한철이기 때문이었다.

“태호 선배.”

사람들을 진정시킨 한철이 한태호를 바라보았다.

“왜 그러냐?”

“극지가 이동하기 시작했으니 스타쉽 계획을 서둘러야겠습니다. 차원을 주관하는 자들의 전쟁이 이제 시작됐으니 자칫 시기를 놓치면 한 사람도 살아남지 못할 테니 말입니다.”

“알았다. 최대한 서두르도록 하마. 하지만…….”

한태호도 일이 다급해졌다는 것을 알았다. 방금 전에 서울에서 보았던 것과 같은 전투가 계속된다면 한철의 말대로 될 가능성이 높았기에 최대한 서둘러야 했다.

그러나 그것은 어디까지나 충분한 여건이 되었을 때나 가능한 일이었다. 지금으로서는 최대한 서두른다 해도 빠른 시일 내에 스타쉽 계획을 완성한다는 것은 불가능한 일이었기에 한태호는 말끝을 흐릴 수밖에 없었다.

“걱정하지 않으셔도 됩니다. 충분한 자재와 인력을 제공해드릴 테니 적어도 두 달 후에는 첫 번째 기체가 완성될 수 있도록 해주서야겠습니다.”

“두 달 후에 말이냐?”

너무도 빠듯한 시간이기에 한태호가 물었다. 충분한 자재가 제공된다고 하더라도 지금 가지고 있는 역량으로는 부족한 시간이었기 때문이다.

“염려 마십시오. 선배님과 여러분들을 지원하기 위해 사람들이 올 겁니다. 그들의 능력이라면 충분히 가능할 겁니다."

한철은 네르키즈에 타고 있던 자들을 이용할 생각이었다.

골든나이트가 완성된다면 자원과 에너지에 대한 문제는 일단 해결될 것이고, 기술적인 문제는 미네르바와 그들을 이용한다면 충분히 가능할 것이기 때문이었다.

하지만 한철의 의도를 모르는 다른 이들은 고개만 갸웃할 뿐이었다. 지구가 속한 우주와는 차원이 다른 곳에서 온 자들을 한철이 데리고 올 것이라는 것을 짐작조차 할 수 없었기 때문이다.

'한철이가 허튼소리를 하지는 않을 것이다. 무엇보다 이건 인류의 생존이 달린 문제니까.'

어떻게 방법을 마련할지 이해는 가지 않았지만 한철을 전적으로 믿고 있는 한태호는 그에 맞추어 준비를 하는 것이 좋겠다고 생각했다.

"어떤 자들이 온다고 그러는지는 모르겠지만 네가 그렇다고 하니 그에 맞추어 준비를 하도록 하마."

한태호의 대답을 듣고 한철은 좌중을 둘러보았다.

"고맙습니다. 그리고 여력이 되시는 분은 지금 변화하고 있는 것을 모니터링해 주시기 바랍니다. 한얼의 중심연구소에 준비된 것이 있으니 지금 지구가 어떻게 변화하고 있는지 모니터링이 필요합니다."

"뭔가 변하고 있다는 것을 느끼고는 있다만 도대체 어떻게 변화하는 것이냐?"

한철의 말에 대표로 한태호가 물었다. 다들 궁금해하는 상황이었던 것이다.

"극축의 변동이 있었습니다."

"극축이?"

"자세한 것은 파악해야 하겠지만 지금 지구 곳곳에서는 자연재해가 끊임없이 일어나고 있습니다."

"네가 서두르는 것을 보면 심상치는 않겠구나."

"그렇습니다. 대변혁이 있을 겁니다. 빙하기가 찾아올 수도 있고 잘못하면 지금 존재하고 있는 대륙들이 전부 바닷속으로 가라앉을 수도 있습니다."

"음……!"

한태호가 신음을 흘렸다. 그토록 심각한 상황이라는 것이 믿어지지가 않았다.

"지금은 대부분의 통신선이 두절된 상태라 나올지는 모르겠지만 뉴스를 들어보시면 제가 무슨 말을 하는지 이해하시게 될 겁니다."

"알았다."

한태호는 한철의 집에 얼마 전 설치한 위성 TV를 켰다. 선명하고 깨끗하게 나와야 정상이지만 대부분의 채널이 나오지 않는 상태였다.

한태호는 할 수 없이 라디오를 켰다. 라디오 또한 대부분의 채널이 나오지 않았지만 한두 개의 채널은 살아 있어 소식을 전하고 있었다.

라디오에서 나오는 소식은 무척이나 암울했다. 한반도 남부 해안가에 거대한 해일이 덮쳐 막대한 피해를 입었고, 아직도 흙탕물이 가라앉지 않고 있다는 뉴스가 진행자의 다급한 음성으로 흘러나오고 있었다.

그 외에도 여러 가지 천재지변들이 일어나 그것을 수습하기 위해 분주하다는 소식들이 이어지고 있었다.

한철의 말대로 여러 가지 일들이 일어나고 있음을 알게 된 사람들은 다시금 불안에 빠져들었다.

인간이 자연의 재앙을 막는다는 것이 얼마나 어려운 일인지 잘 알고 있었기 때문이다.

"이곳은 현재 안전한 상태입니다. 모니터링도 모니터링이지만 선배님들은 스타쉽을 준비해야 하니 다들 연구실로 가시도록 하십시오. 우리가 확보한 기반시설들도 피해가 있을 수 있으니 빨리 확인해 주시고 대책을 마련해 주십시오. 태호 선배는……."

걱정하고 있기보다는 바쁘게 일하는 것이 근심을 잊는데 좋을 것이기에 한철은 각자에게 지시를 내렸다.

미네르바를 통해 한반도의 상황을 제일 먼저 보고 받았기에 지시를 내리는데 막힘이 없었다.

다행히 준비되고 있는 공장들이나 스타쉽을 조립할 장소

에는 그다지 큰 피해가 없었기에 큰 고생을 할 리 없지만 바쁘게 돌아가야 하니 걱정을 잊을 수 있을 것이 분명했다.

"주천문도들은 연구실로 안내를 하도록 하고, 헨리와 에이미 등은 좀 남아주십시오."

말을 마친 한철은 주천문도들로 하여금 연구실로 가는 사람들을 호위하도록 했다.

"내려가려면 시간이 꽤 걸리겠구나."

한태호를 비롯해 다들 기절한 상태로 워프되어 온 터라 다들 이곳이 서울 근교에 있는 산이라고 알고 있었다. 지리산 근처에 있는 연구소까지 가려면 시간이 꽤나 걸릴 것이라는 생각을 한 모양이었다.

"산을 곧장 내려가시면 됩니다. 얼마 걸리지 않을 겁니다. 이곳은 지리산에 있는 제집이니까요."

"지리산?"

헨리를 비롯한 몇몇 사람만 제외하고 다들 한철을 바라보았다.

"미처 말씀드리지 못했지만 선배님들을 비롯해 이곳에 온 것은 워프를 통해서였습니다."

"워프? 설마, 물체를 순간적으로 공간을 이동시키는 그 워프 말이냐?"

한태호가 믿을 수 없다는 듯 되물었다.

공상과학 영화에서나 가능한 일을 자신들이 당했다는 것

이 못내 믿기지 않은 탓이다.

"그렇습니다. 자세한 설명은 차차 해드리겠습니다. 그보다 놀라운 기술이 더 많이 있으니까 말입니다. 워프 정도의 기술로 아직 놀라기에는 이릅니다."

"……."

이어지는 한철의 말에 다들 말이 없었다. 공간이동이 그저 일반적이라 말하는 것에 무어라 할 말이 없었던 것이다.

"이번에 모니터링을 하면서 선배님들을 비롯해 여기 계신 분들은 워프보다 놀라운 것들을 보시게 될 겁니다. 그리고 모두들 새로운 지식에 대해서도 공부를 하시게 될 겁니다. 우리가 가지고 있는 기술 중에는 생각하시는 것보다 훨씬 미래지향적인 기술들이 많이 있으니 노력하셔야 할 겁니다."

믿을 수 없는 이야기지만 믿지 않을 수 없었다.

연구소로 워프를 통해 이동시켜 주겠다고 했으니 잠시 후면 그것이 사실인지 거짓말인지 금방 드러날 것이기 때문이다.

"아, 알았다."

"그럼 지금부터 주천문도분들과 선배님들을 연구소로 워프시키겠습니다. 그리 어려운 것이 아니니 다들 심호흡을 하십시오. 너무 놀라셔서 심장마비가 걸리시면 저로서도 곤란하니까요. 자, 다들 이곳으로 모이시기 바랍니다."

이제부터 자신들이 워프된다는 소리에 한태호를 비롯한

이들의 얼굴이 굳어졌다. 한철이 긴장을 풀기 위해 농담을 건 넸지만 다들 긴장한 기색이 역력했다.

그러나 이내 한철의 말에 거짓이 없음을 인식하고는 워프를 위해 모여들었다.

"미네르바, 부탁해!"

사람들이 모두 모이자 한철은 미네르바에게 워프를 시키도록 지시를 했다.

—걱정 마십시오.

한철의 주문에 미네르바가 대답을 하고는 일행을 워프시켰다. 하얀 빛이 사람들을 감싸고는 이내 마당에서 사라져 버렸다.

'어떻게 저렇게? 대단하다. 무서운 능력을 지녔다고 생각은 했지만 저 정도면 차원 주관자에 버금가는 능력이다. 혹시, 한철이가 새로운 차원 주관자인가?

하얀 빛무리와 함께 순식간에 사라지는 한태호 일행을 보며 헨리는 놀라움을 금치 못했다. 순차적으로 워프를 시킬 줄 알았는데 단번에 모든 사람들을 보내 버린 까닭이었다.

이렇게 많은 인원을 그것도 한꺼번에 워프시키는 것은 앤트 가의 고위 전력인 마법사들을 전부 동원하더라도 불가능한 일이었다.

미네르바가 한 것이지만 한철이 한 것으로 착각한 헨리는 의문을 가질 수밖에 없었다. 어쩌면 한철이 밝혀지지 않은 가이아의 권속일 수도 있다는 생각이 들었다.

'그렇지만 가이아는 이미 사라졌다. 극축이 변동되었다는 것은 새로운 차원이 열린다는 뜻이다. 새로운 차원이 열리는 것은 차원을 창조했던 가이아가 소멸됐다는 이야기나 마찬가지다. 그렇다면 가이아의 권속이 나타날 리 없을 텐데 정말이지 모를 일이다.'

헨리는 어찌 된 것인지 상황을 정확하게 파악할 수 없었다. 라나 시바의 권속도 아니고, 그렇다고 가이아의 권속도 아닌 한철이 차원을 주관하는 자와 버금가는 능력을 지니고 있는 것이 의문이 아닐 수 없었다.

"앤트 가에서 동원 가능한 전력은 어떻게 됩니까?"

의문에 휩싸인 헨리를 보며 미소 띤 얼굴로 한철이 물었다.

"우리 가문에서 말인가?"

"예."

"우선 연락을 해봐야 할 거다. 극축이 변동이 됐다면 본가라 해도 피해가 없지 않을 수 없을 테니까."

아직까지 연락이 닿지 않았는지 헨리의 얼굴이 그다지 좋지 않았다. 연락이 안 되는 것을 보면 어느 정도 피해를 입은 것을 알아차린 듯한 표정이었다.

"그러면, 어서 연락을 취해 가능한 전력을 모두 모으도록 하십시오. 피해가 있을 테지만 한시가 급합니다."

"네 계획을 도우려면 본가의 피해를 먼저 복구하는 것이 낫지 않겠냐?"

"그러기에는 시간이 너무 없습니다. 예상이기는 하지만 이미 시바와 라가 깨어난 것 같으니 말입니다."

"시바와 라가? 그 말이 사실이냐?"

갑작스러운 한철의 말에 헨리가 놀라 물었다.

한철의 말이 사실이라면 극축의 변동으로 인한 피해는 정말 아무것도 아니었다. 라와 시바가 깨어났다면 어쩌면 세상의 종말이 다가온 것일 수도 있기 때문이다.

한철은 헨리를 지켜보다 진정하는 기미를 보이자 무엇을 궁금해하는지 알기에 조용히 그간의 사정을 설명해 주었다. 자신이 라와 시바가 깨어난 것을 어떻게 짐작했는지 알려주기로 한 것이다.

"흑암성체를 제압하면서 알게 된 사실이지만 지금 그들의 권속들은 육체를 가지고 있지 않습니다. 대부분 정신체로만 남아 있는 상태지요."

"정신체로만 남아 있다는 말이냐?"

금시초문인 듯 헨리의 눈빛이 빛났다.

"그렇습니다. 그동안 그들이 세상에 나오지 않고 은밀히 행동할 수밖에 없었던 이유가 바로 그 때문입니다. 흑암성체도 육체를 얻을 수 없어 최경아 씨의 몸에 정신체로서 기생을 하고 있었던 것입니다. 최경아 씨는 백무요의 힘을 이어받았는지라 육체를 빼앗기가 어려워 그냥 잠재의식 속을 파고들어 기회를 기다리며 정신체로 남아 있었던 것이지요.”

“육체가 없다는 이유만으로 그들이 활동하지 않았다니 이상한 일이로군.”

아무리 정신체라고 하지만 차원을 주관하는 자들이 가진 힘을 알기에 헨리가 의문을 표시했다. 정신체만으로도 충분히 활동할 수 있고, 자신이 가진 능력도 최대한 발휘할 수 있었기 때문이다.

“놈들이 움직일 수 없었던 것에는 이유가 있습니다. 가이아가 남긴 인과율 때문입니다.”

“인과율?”

“가이아는 차원을 창조하면서 한 가지 절대적인 인과율을 만들었습니다. 지구의 평행 차원을 만들 때도 적용시킨 인과율이지요. 정신체로만 남은 자들은 힘을 쓸 수는 있지만 써버린 힘이 복원되지 않도록 인과율을 적용했기에 그들은 정신체로 있을 때는 자신의 능력을 발휘하지 못하고 숨어들었던 것입니다.”

“그, 그 말이 사실이냐?”

지금까지 차원의 축을 지키기 위해, 그리고 차원의 질서 때문에 균형을 이루려고 서로가 지켜보기만 했을 뿐이라고 알고 있었다.

그런데 한철의 말이 사실이라면 그것은 그저 하나의 이유에 불과한 일이었기에 헨리가 사실인지 물었다.

"사실입니다. 차원 주관자들은 이미 오래전에 자신이 가진 육체를 잃어버렸습니다. 그리고 가이아가 남긴 인과율을 모르고 정신체인 상태에서 계속해서 권능을 사용한 결과 이제는 한계에 부딪친 상황일 겁니다. 그것은 라와 시바도 마찬가지일 것입니다. 힘을 담을 수 있는 육체를 얻으면 지속할 수 있는 시간이 길어지기는 하겠지만 그것도 임시방편입니다."

"자신의 정신체를 담을 수 있는 육체를 찾으면 권능을 온전히 발휘할 수 있다는 말이냐?"

"그렇습니다. 하지만 이제는 그런 육체를 찾는다는 것도 거의 불가능한 상황입니다."

"불가능한 상황이라니 좀 더 자세히 설명해 봐라."

헨리가 한철의 대답을 재촉했다. 아주 중요한 문제였기 때문이다.

"그동안 능력자들이 많이 줄어들었습니다. 놈들의 정신체를 담을 만한 능력자들의 수는 더할 나위 없고 말입니다. 능력자들이 줄어든 것은 마고의 힘이 작용한 까닭입니다. 삼천 년 전 마고는 소멸하면서 자신의 힘을 세상 곳곳에 흩어놓았습니다. 가이아의 인과율을 완성하기 위해 베푼 제약이지요. 바로 그 제약으로 인해 많은 수의 능력자들이 세상에 나타나지 못했던 겁니다."

"놀라운 일이로구나. 마고마저 인과율을 위해 부활을 저버렸다는 말이니."

"그렇긴 합니다. 하지만 마고가 베푼 제약은 절반의 성공
에 불과했습니다. 예기치 못한 다른 일로 인해 완전한 제약이
되지 못했기 때문이죠. 하지만 어느 정도는 성과가 있어 마고
가 사라진 시점 이전에 비해서는 능력자들의 숫자가 현저히
줄어든 상태이니 말입니다."

"후우, 그랬던 것인가?"

긴 한숨을 내뱉은 헨리는 한철을 뚫어지게 바라보았다. 그
리고 한철의 말이 사실임을 알 수 있었다.

정보를 다루어온 가문의 전통상 세상에 나타난 강자나 능
력자들에 대한 정보를 많이 알고 있는 그였다.

그가 알고 있는 것을 토대로 추측해 볼 때, 지난 시간 동안
그러한 능력자들이 기하급수적으로 줄어든 것이 사실이었
다.

당장 백 년 전에 비해서도 능력자들의 수가 십분의 일밖에
는 안 된다는 것도 한철의 말이 결코 거짓이 아니라는 훌륭한
증거였다.

"그렇다고 그들의 정신체를 담을 수 있는 육체를 가진 자
들이 완전히 없어진 것은 아니니 하루빨리 찾아야 합니다."

"무슨 말인지 알겠다. 내 가문인 앤트 가가 가진 역량을 총
동원해서라도 찾도록 하마."

권능을 회복하기 전에 찾아야만 그나마 승산이 있을 것이

기에 헨리는 의지를 다졌다.

"찾기가 그리 쉽지는 않을 것 같습니다. 그들이 육체를 가지고 있을 수도 있으니 말입니다. 그러나 육체를 가지고 있다고 해도 예전과는 많이 다를 겁니다. 차원의 축이 흔들린 이상 제약이 더욱 강력해질 테니까 말입니다."

"그것은 또 무슨 말인가?"

제약이 더 강력해진다는 소리에 헨리가 의문을 표시했다.

차원의 질서가 흔들리면 누구보다 좋아할 존재들이 라와 시바였다. 가이아의 그늘에서 벗어날 수 있는 기회가 더 많이 찾아올 것이기 때문이다.

"전에는 새로운 육체를 통해 자신의 힘을 회복하고, 그 육체가 가진 수명의 한계점 너머까지 오랜 시간 동안 자신의 권능을 이어갈 수 있었겠지만 지금은 아닙니다. 지금은 그들이 가진 육체에도 인과율이 적용되고 있기에 자신들이 가진 권능을 오랫동안 사용할 수가 없는 상태죠."

"그건 어째서 그런 거냐?"

"마고가 존재를 소멸시키면서까지 건 제약은 그리 간단한 것이 아닙니다. 순리에 따라 건 제약이지만 육체를 잃어버린 존재들에게는 더할 나위 없는 제약이 되었지요. 바로 스스로 깨달아 거듭난 존재가 아니면 육체의 제약에서 벗어날 수 없다는 것입니다. 즉, 육체와 정신이 같이 성장해 새로운 존재로 거듭난 자들만이 권능을 발휘할 수 있도록 한 것이죠."

"음!"

헨리는 한철의 설명을 듣고서야 어찌 된 일인지 이해를 할 수 있었다. 그런 제약이라면 아무리 차원을 주관하는 존재들이라 하더라도 벗어날 수 없을 것이라는 판단이 들었다.

"제가 부탁드리고 싶은 것은 암암리에 놈들의 존재를 찾아 달라는 것입니다. 비록 육체를 가지고 있지 못하더라도 정신체들이 발휘할 수 있는 능력은 상상을 불허합니다. 제가 서울에서 소멸시킨 흑암성체도 본신이 가진 힘의 십분의 일도 발휘하지 못했음에도 지구의 축이 흔들릴 정도였는데 다른 존재들은 더 말할 나위도 없는 것이죠. 지금은 그저 놈들의 상황을 알아보는 것으로 만족해야 합니다."

"직접 상대할 생각이냐?"

"그렇습니다. 둘 이상은 모르겠지만 각개격파한다면 충분히 놈들을 상대할 수 있을 겁니다. 그리고 스타쉽 계획이 완성되어 사람들이 피한 후라면 둘 정도는 충분히 상대할 수 있으니 빠른 시일 내에 완성을 해야 하고요."

"대단하구나, 차원 주관자들을 상대할 수 있다니!"

"그렇긴 합니다만 라와 시바에 대해서는 아직 자신이 없습니다. 이미 차원 창조주에 버금가는 권능을 지녔던 자들이라 그들은 어쩌면 온전히 자신의 능력을 가지고 있을지 모르니까 말입니다."

"방법이 생길 것이다. 여차하며 지구 차원을 떠나면 그만이니까. 우리가 생각해야 할 것은 얼마나 많은 사람들을 살리느냐 하는 것이다."

한철의 걱정에 헨리가 위로의 말을 건넸다. 지구 차원이 붕괴되는 것도 막아야 하겠지만 많은 수의 사람을 살리는 것이 우선적인 목표라는 것을 상기시킨 것이다.

"알겠습니다. 일단은 생존이 목적이니까요. 여러분들은 본가와 연락이 되는 대로 바로 떠나십시오. 저와의 연락은 이것으로 하시면 됩니다."

한철은 미네르바가 전송시켜 준 위성 통신기를 주머니에서 꺼냈다. 모두 세 개로 앤트 가의 가주와 헨리, 그리고 에이미가 사용할 통신기였다.

"언제 어디서든 통화가 가능할 겁니다. 위성을 통해 연락이 가능한 통신기입니다."

목걸이 형태로 된 통신기를 받으며 헨리가 고개를 끄덕였다.

"감청 위험은 없을까 모르겠다."

"후후후, 걱정 마십시오. 조금 특수한 통신기니까요. 텔레파시 감응장치와 융합된 통신기라 지금 지구상의 기술로는 감청이 불가능한 것입니다. 차원 주관자라 하더라도 감응 주파수를 모르는 이상 절대 도청할 수 없고 말입니다."

"대단한 것이군."

"가주님과 에이미에게 하나씩 주시고 형님께서도 하나 가지고 계십시오. 저나 제 비서가 연락을 하게 될 겁니다."

"알았다."

"연락이 되면 말씀해 주십시오. 곧바로 워프시켜 드릴 테니 말입니다."

"그럼 우리는 서울로 가보마. 통신채널들이 전부 막힌 상태지만 그곳에 통신마법실이 있으니 연락할 수 있을 거다."

"그렇게 하십시오. 본가와 통화가 되면 바로 제게 연락을 주십시오. 그 통신기로 연락하시면 됩니다. 그러면 곧바로 워프시켜 드리겠습니다."

"그것이 가능하다면 그렇게 하는 것이 좋겠다."

헨리는 한철과의 대화를 끝내고 곧장 서울에 있는 본거지로 향했다. 미네르바를 통해 워프를 했기에 게이트를 열 필요는 없었다.

헨리가 떠나고 난 뒤 한철은 아이들을 불렀다. 아이들의 상태를 살피기 위해서였다.

흑암성체와 대결을 벌이는 와중에 얻은 깨달음과 혼돈에서 비롯된 오행의 기운을 전하기 위해서였다.

한철은 제일 먼저 땅의 기운을 가지고 있는 박민영을 살폈다. 머리에 손을 얹고 가만히 기운을 살피던 한철의 눈에 이채가 피어났다.

'이것이 어찌 된 일인지 모르겠다. 땅의 기운이 이토록 중

폭되어 있다니……'

전에는 그저 순수한 흙의 기운이 전신에 고루 퍼져 있는 상태였다면 지금은 그야말로 끝을 알 수 없는 너른 대지를 보는 것 같은 느낌이 들었다.

박민영의 몸에 잠재하고 있는 흙의 기운은 광활하고 두터웠다. 거기다 자연과 순환하며 자신의 기운을 계속해서 키우고 있었다.

심법을 전개해 흙의 기운을 흡수하는 것이 아님에도 스스로 불러들이고 있었다. 의지에 따라 흙의 기운을 다스리는 것이 아니라 흙의 기운이 박민영을 따르고 있었다.

'이렇게 성장한다면 얼마 지나지 않아 차원을 주관하는 자들을 넘어설 수 있을 정도다.'

겁이 날 정도였다.

무엇 때문에 이렇듯 성장하는지 알 수 없기에 한철은 다른 아이들도 살펴보기로 했다.

아이들의 머리에 손을 얹고 하나하나 살폈다. 수화목금(水火木金)의 기운들이 흙의 기운과 마찬가지인 상태였다.

아이들의 상태를 모두 살핀 한철은 상당히 놀라지 않을 수 없었다. 아이들 모두가 가네가와를 만났을 때 보았던 상황과는 확연히 달라졌기 때문이다.

아이들의 내부에 자리하고 있는 오행의 기운이 지극히 순순해졌을 뿐만 아니라, 기운의 크기 또한 비교할 수 없을 만큼 커졌기 때문이다.

　개별적으로 살폈을 때 스스로 살아 움직이며 기운을 흡수하고 있었고, 서로간의 조화를 이루며 상생하며 더욱 성장하고 있었던 것이다.

　'기운들이 아이들을 자연스럽게 따르고 있을 뿐만 아니라, 모르는 사이에 서로를 북돋으며 커가고 있다. 이런 상태에서 혼돈에서 얻은 오행의 기운을 아이들에게 전하는 것이 옳은 일일지 모르겠다.'

　한철은 혼돈에서 얻은 기운들을 전하는 것에 대해 조금 더 생각해 보기로 했다. 아이들의 상태를 보았을 때 그로 인해 어떤 사태를 불러올지 알 수가 없었기 때문이다.

　'그래도 아이들에게 설명을 해주어야겠지. 기운들이 스스로 아이들을 따르기는 하지만 만약의 사태에 대비해 자신의 의지로 다스릴 수 있도록 해야겠다.'

　한철은 각자의 상태를 설명해 주기로 했다. 아이들 스스로가 자신의 내부에 내재된 기운들을 인식하는 것이 좋겠다는 판단에서였다.

　"너희가 가진 기운들이 스스로 성장하고 있다는 것을 아마 너희들도 느끼고 있을 것이다. 그렇지 않느냐?"

　"그렇습니다."

　박민영이 알고 있었다는 듯 대표로 대답을 했다.

　"너희가 가진 기운은 각자 지극히 순순한 상태였다가 지금은 다른 형태로 변형을 이루었다. 정화가 된 뒤 좀 더 극의로 나아가는 상태라고 할 수 있다. 언제나 스스로를 관조해라. 의지로 다스릴 수 없는 힘은 화로 다가올 뿐이니, 자신의 기운에 대해 파악하고 다스를 수 있도록 노력하라는 뜻이다."

"명심하겠습니다."

무엇을 말하려는지 아는 듯 박민영을 비롯한 아이들이 고개를 끄덕였다.

"너희들이 기운을 쉽게 다스릴 수 있도록 하나의 법문을 알려주겠다. 이 법문이 얼마나 너희들에게 도움이 될지 모르겠지만 내가 전해주는 것과 함께라면 스스로 기운을 다스릴 수 있는 능력을 얻는 데는 충분하리라고 본다."

한철은 지금 천부경에 남겨진 법문을 아이들에게 알려주려 하고 있었다. 그와 함께 차원의 씨앗이라 불리는 기운도 조금씩 나누어 아이들에게 전해주려고 하는 중이었다.

아이들은 한철이 자신에게 무엇을 주려는지 모르지만, 자신들의 모든 것을 받쳐서 믿고 따라야 하는 이였기에 아무런 이의도 없었다.

한철은 천부경에 남겨진 법문을 아이들에게 전했다. 그리고 아이들의 머리를 짚으며 차원의 씨앗이라 불리는 기운은 조금씩 나누어 주었다.

아이들의 기운과 엉키지 않도록 아주 세심히 나누어 주어야 했기에 상당한 시간이 걸렸다.

"이제 됐다. 각자 법문을 외우며 기운을 다스려라. 내가 전해준 기운이 법문을 따라 돌기 시작하면 저항하지 말고 길을 잘 살피도록 해라. 그러면 너희들이 가진 각자의 기운들이 그 기운을 따라 새로운 형태로 너희들에게 다가올 것이다. 그럼 각자 오행의 방위에 자리하고 기운을 다스려라."

한철의 말에 아이들이 박민영을 중심으로 둘러앉았다. 오행의 방위를 따라 앉은 후 한철의 말대로 스스로가 가진 기운을 다스리기 시작했다.

'모두들 안정적인 상태구나. 그럼 이제 깨어날 때가 된 것 같으니 최경아 씨를 한번 살펴봐야겠다.'

순조롭게 자신들의 기운을 다스리는 것을 보며 한철은 최경아가 누워 있는 방으로 향했다.

방 안에는 석가령과 백소빙, 그리고 주민이 최경아를 정성을 다해 보살피고 있었다.

'저 아가씨들을 어떻게 해야 할 텐데… 죽련방에 대한 문제도 그렇고, 골치가 아프구나.'

방 안으로 들어서자 자신을 보며 반색하는 세 사람을 보고 한철은 골치가 아팠다. 세 사람 모두 마치 집 나간 서방님이 돌아온 것 같은 표정을 짓고 있었기 때문이다.

여자에게 둔감하다고는 하지만 한철도 세 사람이 어떤 생각을 하고 있는지는 얼굴 표정만 보아도 알 수 있었다.

‘그까짓 알몸 한번 봤다고 저러다니⋯ 정말이지 요즘 아가씨들이 아니다. 내가 뭐 좋다고⋯⋯.’

다들 아름답기 짝이 없는 아가씨들이었지만 한철로서는 세 사람의 모습이 부담스러울 수밖에 없었다.

“오셨습니까?”

석가령이 한철을 반갑게 맞았다. 싱그러운 미소를 짓는 자태에 한철의 가슴이 진탕되었다.

“음, 어떻습니까?”

한철은 마음을 추스르며 최경아의 상태를 물었다.

“심신이 많이 안정된 것 같습니다. 하지만 깨어날 때가 된 것 같은데 아직 일어나지를 않네요.”

“제가 한번 보도록 하지요.”

한철이 최경아에게 다가가자 옆에 앉아 있던 백소빙과 주민이 자리를 비켜주었다.

한철은 가부좌를 틀고 앉아 최경아의 머리에 손을 얹었다.

조심스럽게 기운을 흘려보내며 정신을 집중해 최경아의 의식 내부를 관조했다.

‘흑암성체의 잔재는 완전히 사라진 것 같으니 다행이다.’

눌려 있던 의지는 완전히 회복되어 있었고, 흑암성체의 기운은 하나도 느껴지지 않았다. 석가령의 말대로 완전히 정상으로 돌아와 있었다.

‘놈들이 어떤 일을 벌였는지 알아야 하니 이제는 그만 깨

워야겠다.'

　CIA가 관여되어 있다는 것을 알고 있기에 확인을 해야 했다. MP요원들을 데려다 실험을 한 것이 정신체로 남은 차원 주관자들이 육체를 얻기 위한 것이었는지 알아봐야 했던 것이다.

　'이제 그만 깨어나라.'

　한철은 자신의 의지를 최경아의 잠재의식 깊숙한 곳까지 전했다.

　"으… 음!"

　한철이 의지를 전하고 난 후 얼마 지나지 않아 최경아가 신음을 흘리며 깨어났다. 눈꺼풀이 올라가고 나타난 그녀의 눈동자를 보며 한철은 무척이나 맑고 깨끗하다고 생각했다.

　"어떻게 된 것이죠?"

　자신이 백무요에 누워 있는 것을 확인한 최경아는 어떻게 된 일인지 물었다.

　"여러 가지 일이 있었습니다. 경아 씨는……."

　한철은 지금까지 일어난 일을 차분히 설명했다. 듣고 있는 최경아는 자신의 상태에 대해서 알고 있었던 모양인 듯 담담한 표정인 것에 반해 석가령은 무척이나 놀란 듯했다.

　"이상이 경아 씨에게 일어났던 일입니다. 그런데 어떻게 된 것인지 설명을 좀 해주시겠습니까?"

　한철의 말에 최경아는 잠시 생각을 하더니 입을 열었다.

"알다시피 저는 MP요원으로 차출되어 정부의 일을 하고 있었습니다. 우리 정부의 일도 했지만, 대부분 미국 측의 요청으로 해외에서 일을 할 때가 많았습니다. 하지만 얼마 전까지만 해도 우리가 무슨 일을 하는지 알지 못했었습니다. 천왕존신을 만나뵙기 전까지는 말입니다."

"무엇인가 금제가 있었던 모양이로군요."

"그렇습니다. 어떻게 한 것인지는 모르지만 정신에 금제를 가하고 생체병기로 우리를 써먹은 것이죠. 그들은……."

말을 하다가 만 최경아의 신형이 떨고 있었다. 무척이나 괴로운 표정이었다.

한철은 최경아의 몸에 기운을 불어넣었다. 점차 안정이 되는지 다시 입을 열었다.

"나중에 알게 된 것이지만 무척이나 잔인한 일들을 제가 했습니다. 사람의 몸을 갈기갈기 찢고, 잘라 버리는 꿈을 가끔 꾸었습니다. 전 그저 그것이 꿈이라고 생각했었는데 그것이 아니었습니다. 의지를 완전히 빼앗겨 버린 상태에서 누군가를 제가 그렇게 죽였던 것이죠. 꿈이 아니라 내가 했던 일이 잠재의식에 남아 꿈으로 나타났던 겁니다."

"음… 죽일 놈들, 사람에게 그런 일이 시키다니……."

"전에는 몰랐지만 천왕존신을 뵙고 난 후에는 의지를 잃어버린 상태에서 내가 한 일들을 알 수 있었습니다. 무척이나 끔찍한 일이었죠. 전 그들이 우리에게 어째서 그런 일들을 시키는 것인지 알아야 했습니다. 해서 놈들의 뒤를 캤습니다. 놈들은 약물로 제 의지를 제압했다고 생각했는지는 모르겠지만 천왕존신을 뵙고 나서는 놈들이 사용하는 약물은 아무런 소용이 없기에 짐짓 당한 척하며 살폈습니다. 놈들은 무서웠습니다. 정신을 잃지 않았는데도 놈들의 명령을 거부할 수 없었습니다. 멀쩡한 상태에서 사람을 찢어죽이고, 죽은 사람들의 몸에서 튄 피가 온몸을 덮었습니다. 저, 전……."

최경아는 생각하기 싫은 듯 몸을 떨었다.

하지만 이내 다시 입을 열었다. 자신이 겪은 일을 한철에게 이야기해야 한다는 사명감 때문이었다.

"그렇게 명령을 수행하고 다시 한국으로 돌아오기를 몇 번. 그러던 어느 날 놈들은 임무도 내리지 않고 우리를 실험실 같은 곳에 가두었습니다. 모두 모이게 만든 후 뭔가를 주사기로 우리 몸에 집어넣었습니다. 몸 뒤 쪽을 통해 뭔가를 집어넣었는데 많은 사람들이 그로 인해 죽었습니다. 죽은 MP요원들의 몸에서 뭔가가 빠져나왔습니다. 검은 암흑으로 이루어진 구름이었습니다. 놈들은 그 구름들을 모아 저에게 주입시켰습니다. 그다음부터는 어떻게 된 것인지 모르겠습니다. 머리가 부서질 듯 아파왔고, 이내 정신을 잃었으니 말입니다."

"그렇게 된 것이로군요."

한철은 흑암성처가 어떻게 최경아의 정신을 지배하게 됐

는지 알 수 있었다. MP요원들의 싸이킥에너지를 이용해 흑
암성체의 힘을 키우고 최종적으로 최경아를 숙주로 삼아 부
활하려 했다는 것을 파악한 것이다.

"제가 어떻게 된 것이죠? 정신을 잃은 다음에도 뭔가 일어
난 것 같은데 말이죠."

한철의 말의 뉘앙스로 볼 때 정신을 잃은 후에도 뭔가 일어
난 것이 분명하기에 최경아가 물었다. 그녀로서도 자신이 무
슨 짓을 저질렀는지 실상을 알아야 했던 것이다.

"최경아 씨는 흑암성체라는 정신체에 제압당한 상태였습
니다. 흑암성체는……."

한철은 지금까지 일어났던 일을 상세히 설명해 주었다.

"그, 그랬군요."

한철의 이야기를 들은 최경아는 암담한 표정을 지었다. 자
신으로 인해 엄청난 사태가 일어났다는 사실에 자책하고 있
었던 것이다.

"최경아 씨의 잘못이 아닙니다. 놈들은 자신이 부활할 육
체를 노리고 있으니까요. 그들은 아무리 능력자라 하더라도
감당할 수 없는 존재입니다. 같은 능력을 가지고 있는 자들을
제외하고는 말이죠. 그러니 자책하지 마십시오. 놈들에게 이
용당했을 뿐, 최경아 씨는 아무 잘못도 없으니까요."

한철은 자신의 기운을 풀어 최경아의 심신을 안정시키며
위로했다. 위로가 효과가 있었는지 최경아는 어느 정도 밝은

표정으로 돌아왔다.

"아!"

한철의 위로에 마음을 추스르던 최경아는 뭔가 생각난 듯 탄성을 질렀다.

"뭔가 생각나시는 것이라도 있는 겁니까?"

정신을 차리고 있었다면 놈들에 대해 뭔가 보고 들은 것이 있을 것이 틀림없었다. 중요한 단서를 알 수도 있기에 한철이 물었다.

"처음 갔을 때 우리들 말고 다른 사람들도 있었습니다. 세계 각국에서 온 사람들이었습니다. 인종별로 각자 다른 실험실에서 똑같은 실험을 진행하는 것으로 보였습니다."

"그렇군요. 놈들이 인공적으로 흑암성체와 같은 존재들을 부활시키려 하다니……."

한철의 표정이 심각해졌다. 인공적으로 부활을 유도한다면 지금 정신체들의 힘은 아주 많이 약화된 상태가 분명했다.

한철은 기회를 놓치고 싶지 않았다. 완벽히 부활하지 않은 흑암성체를 상대하는데도 무척이나 애를 먹었기에 부활하기 전에 차원 주관자들을 처리하고 싶었다.

만약 차원 주관자들이 능력을 가진 사람들의 힘을 흡수해 정신체들을 부활시킨다면 문제가 커질 수도 있기에 어떻게든지 사전에 막을 필요성을 느낀 것이다.

"앞으로의 일이 중요합니다. 기억하기 싫으시겠지만 놈들의 본거지가 어디 있는지 알 수 있습니까?"

한철은 최경아가 있었던 실험실의 위치를 물었다. 아직도 그곳에서 정신체들을 부활시키는 작업이 진행되고 있을 것이기 때문이다.

"놈들의 본거지요?"

"네, 놈들은 정신체들의 부활을 위해 아직도 실험을 하고 있을 겁니다. 어떻게 해서든지 그것을 막아야 합니다. 정신체 상태라면 제가 어떻게든지 상대할 수 있겠지만 만약 부활한다면 한 명은 모르지만 두 명은 저로서도 감당이 안 되니 말입니다."

"으음……!"

최경아는 한철의 말에서 놈들의 본거지를 파악하는 것이 중요함을 알고 생각에 잠겼다. 어떻게 해서든지 자신이 갔던 곳을 기억하려 애썼다.

생각을 하려 애쓰던 최경아는 잘 떠오르지 않는 듯 머리를 흔들더니 간신히 뭔가 생각난 듯 입을 열었다.

"그곳이 어디인지는 잘 모르겠어요. 하지만 주위 풍경은 생생히 기억나요. 군용 항공기로 다섯 시간쯤 날아가다가 내린 곳이었는데 나무가 무척이나 많았어요. 날도 무척 더웠던 것 같고요. 아, 그리고 비행기가 착륙한 곳 옆에는 커다란 바위가 있었어요. 약간 붉은색을 띠는 바위였는데 상당히 컸어요. 그다음에는 기억이 나지 않아요. 목이 따끔하고 난 뒤 바로 정신을 잃었으니까요."

"알았습니다. 그 정도만으로도 충분합니다."

비행기로 다섯 시간 반경 내의 장소를 인공위성을 이용해 뒤지면 되는 일이었다. 군용 수송기의 종류에 따라 날아간 거리를 따져 원을 그린 후 안쪽을 뒤지면 되는 일인 것이다.

한국에서 운용되는 미군의 군용 항공기야 한정이 되어 있고, 항속능력에 따라 최단과 최장 사이만 뒤지면 되기에 어찌 보면 간단한 일이었다. 미네르바가 만들어놓은 천상천이라면 말이다.

"미네르바, 상황에 맞는 지역을 모두 살펴봐."

한철은 미네르바를 호출한 후 최경아가 말한 것과 일치하는 것을 찾도록 했다.

—지상에 있는 10센티미터 크기의 물체까지 모두 찾도록 하겠습니다. 지역편차를 계산해 봤을 때 약 30분 후면 모든 조사가 끝날 것 같습니다.

"좋아, 찾으면 바로 연락해 주도록."

—알겠습니다, 함장님.

"그리고 내가 가지고 있는 에너지를 최대한 투입해 골든나이트를 완성시켜 줘. 완성이 되자마자 네르키즈의 전 함장과 선원들을 이곳으로 이동시키도록 하고."

—이번 명령도 병행해서 수행하도록 하겠습니다. 골든나이트의 완성은 에너지의 투입량에 따라 달라지므로 시간을

측정할 수 없을 듯합니다. 하지만 흑암성체와의 전투 이전에 가지고 계신 에너지의 양으로 계산해 볼 때 최대한 가용한다면 정확히 12시간 23분 후에는 골든나이트를 완성할 것으로 보입니다.

"지금 가지고 있는 에너지를 보내볼 테니 다시 한 번 계산해 봐."

—그럼, 에너지 전송을 시작합니다. 에너지계측에 따라 소요되는 시간을 계산해 보고드리겠습니다.

한철은 잠시 후 힘이 빠지는 것을 느꼈다. 미네르바에 의해 에너지 전송이 시작된 것이다. 가지고 있는 에너지 중 최소한의 필요량만 남기고 모두 보냈다.

—하, 함장님!

"왜 그래?"

—이, 이건 도무지!!

미네르바가 놀란 듯 통신이 잠시 끊어졌다.

"무슨 문제가 있는 것인가?"

—에너지 총량이 비교도 할 수 없을 만치 높아졌습니다. 이대로라면 3시간 정도면 골든나이트가 완성될 것 같습니다.

"그래? 그거 다행이로군. 시간이 없을 수도 있는데 말이야."

—골든나이트가 완성되고 나면 최경아 씨가 말씀하신 장소로 곧바로 이동할 생각이십니까?

"그래야겠지. 나뿐만 아니라 전투요원들은 모두 갈 수 있도록 준비해 줘."

―알겠습니다. 무장을 최대한 하도록 조치하겠습니다. 그리고 이번에 개발 완료된 안드로이드들도 사용할 수 있도록 프로그램을 학습시키도록 하겠습니다.

한번에 처리를 하려는 한철의 뜻을 아는 듯 미네르바는 모든 전투 장비를 동원할 뜻을 밝혔다.

"알았어. 알아서 준비 좀 잘해주고. 난 이 아가씨들을 상대해야 하니 이만 통신을 끊도록 해."

―알겠습니다.

미네르바와의 통신을 끊은 한철은 자신에게 시선이 집중되어 있는 아가씨들을 바라보았다. 한동안 말없이 있는 모습을 보고 궁금한 것이 많은 듯했다.

"잠시, 생각을 했습니다. 놈들에 대한 처리를 어떻게 해야 할까 말입니다."

"그러셨군요. 그런데 이 아가씨가 말한 것도 문제지만 죽련방도 움직이기 시작했을 텐데 걱정이네요. 분명 한국으로 건너올 테니까 말입니다."

석가령이 걱정스러운 듯 말했다. 죽련방과 그 수장이라고 할 수 있는 장객령의 힘을 누구보다 잘 알고 있는 그녀였기에 걱정하는 것도 당연했다.

"한동안 정신을 못 차리도록 놈들의 시선을 돌려놓았으니 걱정할 필요는 없을 겁니다."

이미 조치를 취해놓은 한철은 석가령이 걱정하지 않도록
안심을 시켰다.

"뭔가 조치를 취하신 것은 알겠지만, 장백령은 결코 섣불
리 생각할 수 있는 자가 아닙니다. 만약 그자가 능력을 회복
했다면 한국으로 찾아오는 것은 시간문제일 것입니다. 준비
를 해야 하실 겁니다."

장백령의 능력으로 볼 때 자신들을 찾아오는 것은 그야말
로 시간문제였다. 반드시 필요한 것이 있으니 아무리 시선을
돌렸다고 해도 제일 먼저 자신들을 찾을 것이 분명했기에 석
가령은 한철에게 상대할 준비를 하도록 말했다.

"제가 알지 못하는 것이 있군요."

자세한 말을 하지는 않았지만 한철은 석가령이 뭔가 자신
에게 감추고 있다는 것을 알 수 있었다. 가이아가 남긴 것뿐
만 아니라 다른 것도 있다는 것을 알아차린 것이다.

"이제는 말씀을 드려도 될 것 같군요."

"……."

석가령이 입을 열자 한철은 조용히 그녀의 말을 경청했
다.

"청허라는 것이 있습니다. 오랜 세월 동안 도가와 선가, 그
리고 불가의 초인들이 감추어두고 있는 비밀이 바로 청허라
는 것입니다. 청허를 찾을 수 있는 열쇠가 되기에 죽련방에서

그토록 우리를 얻고자 했던 것이죠. 우리는 몇 가지 결론을 내렸습니다. 당신이라면 청허의 주인이 될 수 있다는 것과 죽련방에 맞서 싸우고 있는 화련의 세력을 충분히 다스릴 수 있다는 결론을 말이죠.”

“청허와 화련이라…….”

한철이 궁금증을 드러냈지만 석가령은 이야기를 계속했다. 설명을 하다 보면 자신의 원하는 것이 무엇인지 한철도 알 수 있을 것이라 생각한 것이다.

“청허는 기운입니다. 가장 깨끗하면서도 정순한 기운이지요. 모든 것이 비어 있고, 모든 것을 담을 수 있는 기운이기도 합니다.”

“그래요?”

한철은 석가령의 말에 넵코를 떠올렸다. 반물질 상태의 에너지인 넵코는 청허와 같이 아무것도 아닌 것도, 세상 전부를 태워 버릴 수 있는 에너지로도 변할 수 있기 때문이었다.

“그렇습니다. 가가께서 청허를 얻는다면 앞으로의 행보에 큰 도움이 될 것입니다.”

“하지만…….”

석가령이 자신을 위해 큰 힘을 주려하는 의도는 알지만 마냥 받을 수는 없는 노릇이었기에 한철이 말끝을 흐렸다.

“괜찮습니다. 지금 청허를 죽련방으로부터 지킬 수 있는 사람은 오직 가가뿐이니까요. 그럼, 곧바로 전해 드리도록 하겠습니다."

"어?"

말릴 사이도 없이 석가령이 일어나서 한철에게 다가왔다. 백소빙과 주민도 마찬가지였다. 그녀들은 한철을 가운데 두고 삼재를 그리며 앉았다.

"당신은 밖에서 우리를 호위해 주셨으면 합니다."

석가령은 한쪽에서 의아한 눈으로 바라보고 있는 최경아에게 부탁을 했다. 최경아는 잠시 망설였으나 한철이 고개를 끄덕이는 것을 보고는 밖으로 나갔다.

"그럼 시작하겠습니다. 우리가 어떤 모습이 되더라도 가가께서는 놀라지 마세요."

최경아가 나가자 석가령은 한철이 놀라지 말도록 당부하며 기운을 끌어올렸다.

잠시 후, 세 사람의 몸에서는 각기 다른 빛이 흘러나왔다. 황금색과 청색, 그리고 백색의 기운이었다. 세 가지 기운이 짙어질수록 세 사람의 모습이 희미하게 변해갔다.

'정말이지 놀랍구나.'

한철은 무척이나 놀랐다. 자신이 지금까지 보고 있었던 것은 그나마 남아 있던 육신의 껍질이었던 것이다. 세 사람의 거죽을 형성하고 있던 육신이 사라지고 완벽한 기의 정력으로 다시 태어나고 있었던 것이다.

한철이 보고 있는 것은 원영신을 이룬 세 사람이었다.

온전히 기운으로만 이루어진 의지체가 바로 원영신이다.

도를 깨달아 인간의 육신을 벗어던지고 새로운 육체로 거듭나는 원영신은 불가의 전륜성체나 도가의 신선들이 가지게 되는 제삼의 육체였다.

정신체와는 또 다른 것으로, 정신체가 의지를 통해 만들어진 사념의 덩어리라면, 원영신은 순수한 기운만으로 육체를 구성하고 자신의 의지를 기운에 싣는 것이라고 할 수 있었다.

차원 주관자들이 변한 정신체와는 비슷하면서도 미묘한 차이를 가지고 있는 것이 바로 원영신이었다.

원영신으로 변한 세 사람은 모두 알몸이었다. 육체의 탈을 벗어던진 후라 몸 위에 걸친 것이 아무것도 없었기 때문이다.

원영신을 이룬 세 사람은 마치 애무를 하듯 한철의 몸 주위를 더듬어 나갔다. 어찌 보면 무척이나 에로틱한 장면이 아닐 수 없었다.

하지만 보이는 것과는 전혀 달랐다. 세 사람의 손길이 몸에 머무는 순간 막대한 에너지가 한철의 몸속으로 빨리듯 스며들었다.

차원 주관자들이 가진 힘에 비해 손색이 없을 정도로 강력한 에너지였다.

'이럴 수가, 순수하게 정제된 넵코라니… 어떻게 이 에너지를 저들이 가지고 있는 것이지?

한철은 자신에게 흘러 들어오는 에너지가 넵코라는 것을 알았지만 더 이상 생각을 이어갈 수 없었다. 집중하지 않으면 모든 것이 흐트러질 수 있었기 때문이었다.

Chapter 3
시바와 라의 부활

　고대에 바라문교의 성지라 일컬어지는 숲이 있었다.

　그 숲이 위치한 곳을 아는 이는 거의 없었다. 전승비밀을 간직한 이들 중에서도 아는 이가 극소수일 만큼 비밀에 가려진 신비로운 장소였기 때문이다.

　성지에 대해 알고 있는 이들은 오직 한 명뿐이었다. 바로 바라문의 정통을 잇는 당대의 전승자가 성지에 대해 알고 있는 단 한 사람이었다.

　바라문교의 전승자라고 해서 성지에 대해 무조건 알 수 있는 것은 아니었다. 바라문교의 진리를 이어 그 능(能)이 인간을 초월한 자만이 성지라 일컬어지는 곳에 대한 비밀을 알 수 있었다.

그렇지만 전승자들이 성지에 대해서 알게 되는 과정이 쉽지는 않았다.

어떻게 알게 되느냐에 대해서조차 신비로웠다. 들어서 아는 것도 아니요, 구전으로 전해져서 아는 것도 아니었다.

전승으로 내려오는 법문을 스스로 깨우쳐야만 알 수 있는 곳이 바로 성지에 얽힌 비밀이었기 때문이다.

법문에 담긴 뜻을 알기 위해 수행을 통해 정진하다가 보면 어느 순간 바라문의 진리를 얻게 되고, 그것을 통해 성지에 대해 저절로 알게 되었던 것이다.

그렇지만 바라문의 적통을 잇고 법문을 수련해 깨달음을 얻는다고 해도 성지에 대해서 알게 되는 경우는 생각보다 그리 많지 않았다.

적통자들 중에서도 특별한 자들만이 비밀에 대해 알게 되기 때문이다. 인간을 초월한 깨달음과 더불어 육체적인 한계를 뛰어넘은 자들만이 비밀에 대해 알게 되는 것이다.

그렇게 알게 되는 성지의 비밀은 정말이지 놀라운 것이었다.

성지에는 이 세상에 존재하는 모든 종교를 태어나게 한 모태가 존재하며, 그 모태에는 세상을 전부 파괴시키거나 재탄생시킬 수도 있을 만큼 커다란 고대의 힘이 잠들어 있다는 것을 알게 되는 것이다.

성지에 대해 알게 되면 바라문의 적통을 이은 고승들은 모든 것을 정리하고 길을 떠날 준비를 한다. 성지를 찾아 떠나기 전, 인간으로 지녔던 모든 것을 버리고 오직 순순했던 본래의 모습으로 돌아가는 것이다.

성지로의 순례가 자신의 생이 끝남을 마무리하는 여행이기 때문이다.

그들이 어째서 성지를 찾아 떠나야 하는 것인지 바라문의 일반 교도들은 아무도 몰랐다. 그저 입적하기 전에 진리를 찾기 위한 여행을 한다고만 믿었다.

아무것도 알려주지 않고 해탈한 모습으로 떠나니 그렇게 믿었던 것이다.

그렇게 길을 떠난 자들이 성지를 찾는 것은 그리 쉽지가 않았다. 그저 자신의 의식으로 찾아오게 되는 기운을 따라가는 것이기에 언제 찾을 수 있을지조차 몰랐다.

성자라 불리는 그들은 자신에게 전해지는 기운을 따라 세상을 떠돈다.

그렇게 바라문의 고승들은 기운의 흔적을 좇아 정신없이 돌아다니다 보면 전혀 알 수 없는 장소에 도착해 있었다. 자신들도 모르는 사이에 성지를 찾게 되는 것이다.

그들이 찾은 곳은 가도 가도 끝이 없는 밀림의 한가운데였다. 밀림에 숨어사는 원시부족에게 공포의 지옥이라 불리는 죽음의 숲에 자신도 모르게 당도해 있었다.

원시부족에게 지옥이라 불리는 죽음의 숲은 사실 성지로 들어가는 입구였다.

바라문의 고승들은 숲을 통과하면서 새로운 존재로 거듭난다. 세상의 티끌을 모두 털어버렸다고 하지만 마지막으로 마음에 남아 있는 인간의 본성을 씻어 내리기 위해 마련된 것이 바로 죽음의 숲이었기 때문이다.

고승들이 안으로 들어서는 날이면 죽음의 숲에 존재하는 모든 것이 숨을 죽였다. 빽빽하게 들어선 나무들은 물론 온갖 짐승들이 공포에 떨며 웅크리고 숨어들었다.

그런 날들이 몇 날 며칠 계속되었다.

심장마저 얼릴 정도로 차가운 공포가 대지를 물들이는 시간은 정확히 9일 동안이었다. 그동안 죽음의 숲은 아무것도 돌아다닐 수 없는 말 그대로 모든 것이 죽어버리는 죽음의 숲으로 변하는 것이다.

세상이 창조된 이래 처음 죽음의 숲에 관심을 가진 이들은 근처에 사는 원시부족이었다. 자신들이 사는 곳의 한가운데 위치한 곳이었으니 당연한 노릇이었다.

하늘조차 가린 어둠이 지배하는 곳!

미지의 생물이 인간을 호시탐탐 노리는 곳!

원시부족이 고대부터 살아오며 느끼는 죽음의 숲에 대한 생각이었다.

그들은 자신들을 옥죄는 공포를 물리치기 위해 부족의 전
사들을 모아 죽음의 숲으로 향했었다. 죽음의 숲에 뻗어 내린
공포를 어떻게 해서든지 제거하고 싶었기 때문이다.

그렇게 죽음의 숲이 주는 공포를 찾아내기 위해 많은 전사
들이 들어갔지만 돌아온 이는 단 한 명도 없었다. 모래사장을
덮치는 집채만 한 파도에 휩쓸린 모래알처럼 전사들이 흔적
도 없이 사라져 버린 것이다.

죽음의 숲은 그렇게 인간에게 언제나 공포로 다가왔다. 현
재도 그렇지만 그 오랜 옛날에는 더욱 공포로 다가왔다.

세월이 흐르고 흘러 시간이 지난 뒤에도 마찬가지였다. 밀
림 사이로 뚫린 미로를 따라 표범도 사냥할 수 있는 전사들도
죽음의 숲에는 절대 들어가지 않았다.

들어가는 순간, 어둠 속에 물들어 있는 악마들에게 생명을
저당 잡힌다는 것을 알기에 죽음의 숲에 들어가는 것을 금기
시 했던 것이다.

수많은 이가 숲에서 돌아오지 못하고, 그런 일들이 오랜 세
월 동안 계속해서 일어난 이후 숲은 금지가 되어버렸다. 절대
로 들어가지 말아야 할 공간이 되어버린 것이다.

그런데 오늘 토가 차림의 남녀들이 죽음의 숲으로 들어서
고 있었다. 마치 안식처를 찾아가는 듯 평온한 표정으로 뭔가
를 찾아가고 있었다.

그들은 죽음의 숲을 에워싸고 있는 밀림 속에 속한 그 어느

부족도 닮지 않았다. 그들의 이목구비는 서양에서나 볼 수 있는 백인 남녀들이었던 것이다.

죽음의 숲으로 들어가는 그들을 처음 본 것은 오랜 굶주림으로 어쩔 수 없이 숲 근처로 사냥을 나온 티그아 족의 전사들이었다.

잘 알려지지는 않았지만, 밀림에서의 용맹만큼은 그 누구에게도 뒤지지 않는 이들이 바로 티아그 족의 전사들이었지만 죽음의 숲에는 발조차 들여놓지 않는다. 악마가 영혼을 빼앗아간다고 믿었기 때문이다.

그리고 다른 이들도 들어가지 못하도록 막는다. 죽음의 숲에 잠들어 있는 악마가 깨어나면 세상이 멸망한다고 믿기에 막을 수밖에 없는 것이다.

"타르하(멈춰라)!"

티그아 족 전사들의 수장인 데크와는 죽음의 숲으로 들어가는 그들을 저지했다. 숲으로 들어가는 이들로 인해 죽음의 숲이 불러올 저주를 두려워한 까닭이었다.

핏! 파파팟!

말이 채 끝나기도 전에 붉은 노을 같은 것이 사방으로 흩날리며 날카로운 소음을 흘렸다.

투투툭!

고함을 지른 데크와는 물론 숲에 은신한 채 상황을 살펴보던 전사들의 머리가 숲의 바닥을 굴렀다.

"떨거지들이 몰려들었군."

단번에 티그아 족 전사 셋을 해치운 것은 여인이었다. 속이 다 드러나 보이는 토가 차림의 여인은 방금 전 잔인한 손속이 믿을 수 없으리만치 아름다웠다.

여인은 마치 고대신화에 나오는 여신처럼 성스러움을 풍기고 있었다.

"벌레들을 제거해야 하지 않을까?"

같은 토가 차림인 금발의 미남이 그녀에게 다가오며 말했다.

"데이몬, 네가 처리할 것이냐?"

데이몬이 나서는 것을 본 여인은 싸늘한 목소리로 말했다. 성지를 둘러싸고 있는 숲에는 아직도 많은 이들이 숨어서 지켜보고 있었기 때문이다.

"후후후. 옥산나, 난 나설 생각이 없다."

옥산나의 유흥을 방해하면 어떤 일이 벌어지는지 잘 아는 데이몬은 자신은 나설 뜻이 없다는 듯 두 손을 들며 뒤로 물러났다.

피의 운율이라는 옥산나가 피를 본 이상 쓸데없이 나섰다가는 잔혹한 손속이 자신에게로 다가올 수 있었던 것이다.

"호호호. 역시 눈치가 빨라."

옥산나는 피처럼 붉은 입술을 혀로 적시며 시선을 돌려 숲을 바라보았다. 오랜만에 보는 맛있는 먹이들이 숲에 가득했기 때문이다.

성지로 들어가기 전에 피로 갈증을 해소하고 싶었던 그녀는 천천히 발걸음을 옮겼다.

오랫동안 스스로 자제해야 했던 피의 갈증을 풀 수 있는 기회를 놓칠 수 없었던 것이다.

그녀는 하얗다 못해 백옥처럼 빛나는 두 손을 들었다. 그와 함께 그녀의 두 손이 피처럼 붉어져 갔다.

우스스스!

그녀의 두 손이 변해가는 과정이 괴이해지자 숲에서 소란이 일었다.

오랜 굶주림으로 사냥을 나와 숲에 숨어 있던 티그아 족의 전사들은 물론, 다른 부족의 전사들이 옥산나의 몸에서 뿜어져 나오는 기운을 감지하고 피하려 했기에 나타난 소란이었다.

숲에서 일어난 소란과는 상관없이 그녀의 손이 붉게 물들고 연이어 손가락을 따라 작은 고리들이 생겨났다.

피리리릿!

핏빛으로 물든 고리들이 손가락을 따라 날아올라 숲으로 향했다.

데크와의 죽음을 지켜본 후 피할 틈만 노리던 나라트는 자신들을 향해 날아오는 핏빛 고리를 본 순간 느낀 전율에 떨었다. 알 수 없는 공포감이 전신을 지배해 버렸기 때문이다.

'피해야 한다.'

나라트는 은신해 있던 나무에서 빠져나와 신형을 돌린 후 뒤도 돌아보지 않고 달리기 시작했다.

타타닥!

그가 달리기 시작하자 티그아 족의 다른 전사들도 곧바로 자리를 떠나 달리기 시작했다. 그들 또한 모두가 공포에 찌들린 얼굴이었다.

피의 마녀!

티그아 족의 전설에 등장하는 피의 마녀가 바로 눈앞에 나타났다. 손가락에서 열 개의 핏빛 고리를 뽑아내 사람들의 영혼과 피를 집어삼키는 무서운 마녀가 등장한 것이다.

티그아 족은 죽음에 대한 두려움이 없는 종족이다.

죽는 것은 두렵지 않지만 영혼을 빼앗아가 위대한 신의 품에 들어가지 못하는 것은 무척이나 두려워한다.

그래서 그들은 달렸다. 영혼을 빼앗기지 않기 위해 심장이 터지도록 달렸다.

'이쯤이면……'

빠르게 달리던 나라트는 얼굴을 돌려 뒤를 바라보았다.

"헉!!"

착각이었다. 마녀의 손길로부터 도망을 칠 수 있을 것이라 생각했건만 그것은 오산이었다. 어느새 그의 등 뒤로 핏빛 고리가 바짝 다가와 있었던 것이다.

핏빛 고리는 마녀의 손가락을 떠났을 때와는 달라져 있었다. 손톱만 한 크기였는데 지금은 거의 사람만 한 크기로 변해 있었다.

후이익!

찰나의 순간, 피의 고리가 나라트를 덮쳤다. 그리고 커다란 구체를 만들어냈다. 나라트는 창을 들어 자신을 감싼 구체를 찔렀다.

콰지직!

구체를 찌른 창이 산산이 부서져 나갔다. 동시에 점점 줄어들기 시작하더니 강력한 힘으로 나라트를 옥죄었다.

우드득!

"크아악!"

모든 것이 부서졌다. 뼈가 박살 나고 살갗이 터져 나갔다. 나라트는 참을 수 없는 고통에 비명을 질렀다.

하지만 그를 감싼 핏빛 구체는 나라트를 놓아주지 않았다.

부서져 나가는 나라트의 전신에서 붉은 피가 쏟아져 나왔다. 분수처럼 쏟아진 피는 그대로 구체에 흡수되었다.

점점 줄어들며 좁아지는 구체는 나라트의 몸을 부숴 버리고 쏟아지는 피를 흡수하며 점차 붉어져 갔다. 그리고 얼마 지나지 않아 거의 주먹만 한 크기로 변해 버렸다.

툭!

뭔가 바닥에 떨어졌다. 모든 것을 흡수당하고 찌꺼기만 남은 나라트의 육신이 바닥에 떨어진 것이다.

후이이익!

핏빛 구슬로 변한 구체가 다시 허공을 날았다. 다음 먹이를 찾기 위해서였다.

"아악!"

"크아아아악!

괴로움에 짓이겨진 비명이 숲에서 연이어 터져 나왔다. 나라트와 같이 핏빛 고리에게 모든 것을 빨려 버린 티그아 족의 전사들이 내뿜는 비명 소리였다.

비명은 그것으로만 그치지 않았다. 티그아 족뿐만 아니라 다른 부족의 전사들도 같은 운명을 맞이하고 있기에 비명 소리는 한동안 숲을 맴돌았다.

"호호호호!!"

비명 소리가 울려 퍼질수록 옥산나의 입에서는 얼음처럼 차가운 웃음소리가 흘러나왔다.

옥산나의 손가락에서 떠난 핏빛 고리들은 자신의 임무를 계속해서 수행하며 자신에게 새로운 힘을 주고 있었기 때문이다.

"이제 그만하고 들어가자."

비명 소리가 잦아들자 옆에 있던 데이몬이 재촉을 했다. 자신과 같은 반열에 있는 자들이 눈살을 찌푸리고 있었기 때문이다.

하찮은 인간들이야 아무 상관없지만 부활이 다가온 영혼의 주인을 기다리게 했다가는 어떤 일을 당할지 모르기에, 옥산나의 행동을 마음에 들어하지 않고 있다는 것을 느낄 수 있었던 것이다.

"호호호, 알았다."

옥산나도 자신을 향한 따가운 눈초리에서 그것을 느낀 듯 미련없이 신형을 돌렸다.

그녀가 신형을 돌려 죽음의 숲으로 향하자 얼마 안 있어 핏빛 구체들이 그녀에게 다가왔다. 언제 나타난 것인지 모르게 나타난 피의 구체들은 그녀의 몸 주위를 돌더니 하나하나 파고들 듯 그녀의 몸으로 흡수되었다.

'언젠가 너희들도 내가 흡수해 주도록 하마.'

무표정한 얼굴과는 달리 옥산나의 마음속에는 커다란 불꽃이 타오르고 있었다. 못마땅한 표정으로 자신을 바라보고 있는 데이몬과 일곱 명의 존재 때문이다.

자신과 같은 반열에 있지만 언젠가는 흡수해야 할 존재들이 바로 그들이었다.

친근하게 굴고 있지만 데이몬도 자신의 속과 그리 다르지 않다는 것을 알고 있었다. 모두가 다른 존재의 힘을 흡수하고 싶어한다는 것을 모를 리가 없는 옥산나였다.

'내가 얻은 육체가 어떤 것인지 안다면 네놈들은 그런 표정을 지을 수 없을 것이다. 위대한 시바와 합일할 수 있는 유일한 육체가 바로 내가 가진 것이니까.'

얼마 전 차지한 육신이 무척이나 마음에 드는 옥산나였다. 지금까지 차지했던 그 어떤 육신보다 완벽한 육신을 가지고 있기에 내심 자신의 주인인 시바와의 합일까지도 기대하는 옥산나였다.

'아직은 아니다. 놈들이 눈치채면 곤란하니까. 시바의 힘을 흡수할 때까지 만이라도 감추어야 한다.'

시바의 힘이 거의 소진되었다고는 하지만 아직도 자신과는 비교할 수 없으리만치 크다는 것을 잘 알고 있다.

그 힘을 흡수할 수만 있다면 자신이 새로운 차원의 창조주로서 등극할 수도 있을지 모른다는 생각에 타오르는 야망을 내심 억눌러야만 했다.

자신을 바라보고 있는 존재들의 힘도 거의 자신 못지않다는 것을 느끼고 있기 때문이다.

아홉 명의 심상치 않은 존재가 죽음의 숲으로 들어가고 있는 시각, 열하의 사막이라는 사하라에도 열 명의 존재가 초열지옥을 걸어가고 있었다.

섭씨 100도에 육박하는 사막 한가운데를 걸어가는 열 명의 존재는 온통 은빛으로 가린 빛의 존재들이었다.

빛으로 가려져 있지만 사람의 형상을 한 존재들은 초열지
옥을 건너와 어느 한 곳에 멈추어 섰다. 온통 모래로 이루어
진 거대한 사구의 앞이었다.

사구의 크기는 굉장했다. 올림픽 때나 쓰이는 거대한 메인
스타디움을 몇 개나 합쳐 놓았을 만큼의 크기였다.

언제나 강풍이 부는 사막의 한가운데에 이토록 거대한 사
구가 존재한다는 것이 믿기지 않을 만큼 상상을 초월하는 크
기였다.

빛으로 휩싸인 열 명은 사구를 향해 일렬로 늘어섰다. 그리
고는 손을 앞으로 뻗어내 그들의 몸을 감싸고 있는 빛을 뿜어
내기 시작했다.

츠츠츠츠츠!

사구를 이루고 있던 모래들이 허물어져 서서히 밀려나기
시작했다.

밀려난 모래 사이로 거대한 구조물이 보이기 시작했다. 그
것은 거대한 크기의 구체였다.

재질을 알 수 없는 은빛 금속으로 이루어진 금속의 구체가
세상에 드러나자 찬란한 빛을 쏟아내기 시작했다. 작렬하는
태양의 광휘를 받아서도 아니고, 구체 앞에 서 있는 열 명의
존재처럼 스스로 빛을 뿜어내고 있었다.

모래가 사라지고 모습이 완전히 드러나자 열 명의 존재는
뒤로 물러났다. 금속의 구체에서 뿜어지는 기운을 감당하기

힘들었기 때문이다.

한참을 뒤로 물러서서 금속의 구체를 바라보는 열 명의 존재가 하나둘 무릎을 꿇기 시작했다. 그것은 경외하는 자에 대한 복종의 표시였다.

열 명이 그렇게 무릎을 꿇고 얼마 지나지 않아 금속의 구체에 검은 반점이 생겨났다. 한곳이 열리며 안이 드러났기에 생겨난 것이었다.

허락이 떨어졌음을 감지한 열 명의 존재는 자리에서 일어나 검은 반점으로 향해 걸어가 안으로 들어갔다.

모두 들어가자 입구가 되어준 검은 반점이 사라졌다.

쿠르르릉!!

거대한 금속의 구체가 굉음을 흘리며 천천히 모래 속으로 가라앉기 시작했다.

오늘은 라와 그를 추종하는 권속들이 실로 삼천여 년 만에 만나는 날이었다.

*   *   *

옥산나를 비롯한 아홉은 죽음의 숲을 뚫고 커다란 바위가 덩그러니 놓여 있는 공간에 도착했다. 하늘까지 닿은 밀림 속에 있다는 것이 믿어지지 않을 만큼 황량한 공간이었다.

그들은 바위로 다가가 자신들의 손을 얹었다. 그리고는 조심스럽게 기운을 뿜어내기 시작했다.

기운이 파고들자 끝을 알 수 없는 거대한 바위가 변화하기 시작했다. 검은색으로 물들기 시작하더니 표면이 매끄러워지고 반짝이는 광택을 발하기 시작했다.

우우우웅!

변해 버린 바위에서 진동음이 울리기 시작했다. 그와 함께 한쪽 구석에 바위의 색깔보다 더 칠흑 같은 검은 동공이 입을 열었다.

옥산나와 다른 존재들은 안으로 걸어 들어갔다. 자신들이 맞이해야 할 존재가 머무는 곳으로 실로 오랜만에 방문하는 것이었다.

어두운 공동이 계속됐다. 그렇게 한참을 걸어 들어간 후 나타난 곳은 희미한 안개에 감싸인 거대한 공동이었다.

회백색으로 만들어진 거대한 구조물이 공동의 중앙에 놓여 있었다.

아홉 명은 천천히 구조물로 다가갔다.

인간의 얼굴을 형상화한 회백색 암석은 거꾸로 놓여 있었다. 양옆에는 거대한 석주가 놓여 있었는데 마치 눈물처럼 생긴 부조가 석주를 가득 메워 새겨져 있었다.

아홉은 거대한 얼굴을 중심으로 빙 둘러싸기 시작했다. 완전히 원을 그리고 서자 그들의 정수리로부터 피처럼 붉은 기운이 피어올랐다.

피처럼 붉은 기운은 허공으로 솟아오른 후 얼굴형상을 한 바위에 흡수되고 있었다.

바위의 색깔이 점차 변하기 시작했다. 회백색에서 피처럼 붉은 적색의 바위로 변화한 것이다. 그뿐만이 아니었다. 번들거리는 묘한 광택이 바위에서 흘러나오고 있었다.

변형이 끝나자 옥산나를 비롯한 아홉 명은 바위의 얼굴 면으로 다가와 자리했다.

바위의 변화를 지켜보는 아홉의 눈이 빛나고 있었다. 그것은 감출 수 없는 야망의 빛이었다. 결전의 순간이 다가온 지금 자신들의 주인이 선택할 결정은 오직 하나밖에는 남지 않았기 때문이었다.

'라의 선택을 받는 존재와의 싸움이 남았지만 내가 가지게 될 힘이라면 충분히 흡수할 수 있을 터, 오늘로서 나는 새로운 창조주가 될 것이다.'

창백하던 옥산나의 얼굴도 상기되기 시작했다. 이제는 시바의 마지막 선택을 기다려야 하지만 자신이 선택될 것이라는 자신감 때문이었다.

자신감을 가진 것은 옥산나뿐만이 아니었다. 그것은 데이몬을 비롯한 다른 존재들도 마찬가지였다.

이들이 자신의 주인인 시바를 두고 이런 생각을 가진 것은 삼천 년 전 라와의 마지막 전쟁 때문이었다.

삼천 년 전, 라와의 싸움 이후 육체를 잃은 시바의 마지막 약속이 지켜져야 할 순간이었기에 기대와 자신감을 가지고 이 자리에 섰던 것이다.

시바는 라와의 전쟁으로 육체를 잃고 정신체만 남았었다. 그리고 한 가지 명령을 자신의 권속들에게 내렸다.

다음번 전쟁이 시작되기 전까지 자신의 정신체를 수용할 만한 육체를 찾으라는 명령이었다.

그리고 한 가지 약속을 했다. 만약 찾지 못한다면 권속들 중 하나를 택해 자신의 권능을 물려준다는 약속이었다.

시바가 그런 약속을 한 것은 이유가 있었다.

라와의 싸움으로 자신의 권속들보다 약해진 탓이었다. 잘못하면 권속들에게 흡수당할 수도 있기에 그런 약속을 했던 것이다.

아직도 지구의 전 차원을 지배해 새로운 존재로 거듭나겠다는 야망이 남아 있었기에 자신을 흡수하려 한다면 스스로 소멸해 모든 것을 무로 돌린다는 협박과 함께 약속을 받아냈던 것이다.

권속들도 시바가 스스로 소멸한다면 자신들도 소멸해 버리고 말기에 시바와 약속을 했다.

자신들의 근원이 되는 존재이기에 강제로 시바의 힘을 흡수할 수는 없었다. 만약 그렇게 한다면 자신조차 부정하는 것이기 때문에 어쩔 수 없이 약속을 했다.

그들이 맺은 약속은 다른 것이 아니었다.

　정신체를 담을 만한 육체가 스스로 찾아오는 것을 방해하지 않는 대신 라와의 전쟁이 시작되기 전까지 시바가 머물 육체를 찾지 못한다면 순순히 권능을 이양하겠다는 약속을 맺은 것이다.

　그런데 시바는 아직까지 수많은 초월자가 성지를 찾았지만 자신의 육체를 담을 육체를 얻지 못했다.

　마지막 전쟁이 시작된 지금까지 육체를 얻지 못한 이상 약속한 대로 가지고 있는 힘을 나누어 주어야 할 터였다.

　이제 꿈을 이룰 순간이었기에 옥산나를 비롯한 시바의 권속들은 흥분된 마음으로 약속이 실현되는 순간을 기다렸다.

　"왔느냐?"

　조금의 시간이 흐른 후, 바위 안으로부터 심혼을 울리는 목소리가 흘러나왔다. 인간세상에서는 들을 수 없는 묘한 기운을 간직한 목소리였다.

　"오오오!"

　태고의 성전으로 들어온 옥산나는 자신의 귀를 울리는 목소리에 탄성을 지르며 신형을 떨었다.

　삼천 년 만에 들려온 목소리가 주는 감동은 그녀뿐만이 아니었다. 그녀와 같은 존재들인 다른 여덟의 차원 주관자도 벅찬 감동이 이는 듯 고개를 조아리며 오체투지했다.

근원이 되는 존재였기에 시바의 존재를 부정할 수 없는 그
들의 선택이었다.

"이제는 깨어날 때가 된 것이더냐?"

"그렇습니다, 주인이시여!"

데이몬이 아홉을 대표해 대답을 했다.

"내가 깨어났으니, 라 또한 그의 권속을 불러 세상에 현신
했겠구나? 옥산나!"

바위로부터 흘러나온 시바의 목소리가 옥산나를 향했다.

"그렇습니다, 시바여. 빛을 따르는 존재들이 그들의 성전
으로 떠났음이 휘하의 권속들로부터 전해졌습니다."

"후후후, 그렇군. 이제는 마지막 전쟁이 시작되는 건가?"

옥산나의 보고를 받은 시바는 자조적인 목소리를 흘렸다.
마지막 전쟁이 자신의 생각보다 일찍 시작된 것에 대해, 그리
고 그로 인해 자신의 염원이 실패로 돌아갔음에 대한 허탈감
때문이었다.

"너희들이 내게로 온 것은 약속대로 나를 통해 거듭나고자
하는 생각 때문이냐?"

"그렇습니다, 시바여! 당신의 의지를 통해 탄생한 저희들
은 마지막 결정만을 기다리고 있을 뿐입니다."

옥산나는 거침없이 대답을 했다. 자신의 주인이지만 자신
의 정신체를 담을 만한 육체를 얻지 못한 이상 이제는 시바도
결정을 내려주어야 할 때였던 것이다.

"너희들의 근원으로서 이만큼 버텨온 것도 오랜 시간이었다. 나를 담을 만한 육체를 계속 찾아봤지만 찾지 못한 것은 모두 가이아와 마고의 저주 때문이니 너희들을 원망하고 싶은 생각은 없구나. 그래, 누가 나의 권능을 이어받겠느냐?"

"아!!"

옥산나는 드디어 시바가 결정을 내렸다는 것을 알 수 있었다.

"아직까지 결정을 내리지 못한 모양이로구나. 마고의 권속들이 가진 힘을 흡수하기가 그리 어려웠더냐?"

시바의 목소리에는 냉소가 깃들어 있었다. 아직까지 자신의 힘을 이어받을 자라 결정하지 못한 것에 대한 질책이었다.

"마고의 힘을 이은 자들은 어떻게 된 것인지 우리에 비해 강했습니다. 그들을 흡수한다는 것은 어려운 일이었습니다."

데이몬이 조심스럽게 대답을 했다.

"후후후, 존재를 소멸해 가며 권속들에게 모든 것을 나누어 주었으니 너희들이 감당하지 못한 것은 당연한 일이다. 스스로의 힘에 일부나마 마고의 힘을 얻었으니 너희들이 상대하지 못할밖에."

시바의 목소리는 무척이나 차가웠다.

"일이 이렇게 된 이상 저희들은 시바님의 결정만을 기다리고 있습니다. 시바님이 정하시는 자가 우리들을 이끌 것이라는 결정을 내리고 이곳에 왔습니다."

"후후후, 그것은 다행이로구나. 내 힘을 이어받기 위해 너희들이 싸운다면 라와의 전쟁에서 패할 것이 뻔하니까. 그럼 내가 결정을 해도 되겠느냐?"

"뜻대로 하십시오."

시바의 결정대로 따르겠다는 듯 데이몬의 대답을 따라 다른 이들도 고개를 조아렸다.

"난 옥산나가 내 힘을 이어받기를 원한다."

"음!"

"……."

시바의 결정에 옥산나의 얼굴에는 희열이 넘쳤지만 다른 이들은 인상을 찡그렸다.

"시바시여, 어째서 그런 결정을……."

"너희들 중 제일 약한 옥산나를 결정한 것이 의외인 모양이로구나."

시바의 말 대로였다. 옥산나는 자신들 중 제일 약한 존재였던 것이다.

아주 미미한 차이지만 같은 존재임에도 옥산나의 힘은 약했다. 자신들보다 약하기에 제압한 후 힘을 흡수할 수도 있었지만 이유가 있어 그냥 놔둔 존재였던 것이다.

힘을 흡수하기 위해 옥산나를 제거하려 든다면 자신들도 막대한 타격을 입을 것이고, 그로 인해 다른 존재에게 먹힐 수도 있다는 생각에 그저 두고 봤던 존재인 것이다.

그런 존재에게 자신의 권능을 내린다는 말에 반발하고 싶었지만 그럴 수가 없었다. 말이 떨어지는 순간 이미 시바의 권능은 옥산나에게 옮겨진 때문이었다.

시바의 권능을 이어받은 이상 옥산나는 이제 자신들이 함부로 대할 수 없는 존재가 되어버린 것이다.

"후후후, 이제 조금 있으면 알게 될 것이다. 내가 왜 이런 선택을 하게 된 것인지 말이다."

"……."

뜻을 알 수 없는 시바의 목소리에 옥산나를 제외한 다른 존재들은 의문에 잠겼다.

"이제 나는 소멸의 길을 걸어야겠구나. 참으로 긴 시간이었다. 가이아와 마고가 그런 안배를 남겼다면 다른 선택을 할 수도 있었을 것을……."

천천히 잦아드는 시바의 목소리에는 뭐가 그리 아쉬운지 아쉬움이 절절히 묻어나고 있었다. 그런 시바의 목소리는 옥산나를 비롯한 다른 존재들을 불안스럽게 만들었다.

목소리가 잦아들고 난 후 중앙에 있던 붉은 바위의 색이 점차 변하기 시작했다. 들어왔을 때 보았던 것처럼 회백색으로 변해가고 있었던 것이다.

그와 함께 창백하기 그지없는 옥산나의 피부가 변화하기 시작했다. 붉디붉은 기운을 뿜어내며 새로운 존재로 거듭나기 시작한 것이다.

데이몬을 비롯한 여덟 존재는 변하기 시작한 옥산나 앞에 무릎을 꿇었다. 이제는 자신들의 새로운 근원이 되는 존재였기 때문이다.

모든 것이 붉은 혈인으로 변한 옥산나의 눈에서 줄기줄기 혈광이 뿜어져 나왔다.

그것은 시바의 힘으로 대변되는 피와 파괴의 힘이었다.

'어찌 저런 힘을……'

데이몬은 무척이나 놀랐다. 그 옛날 시바가 보여주었던 전성기 때의 모습을 훨씬 능가하는 힘이 옥산나에게서 느껴졌던 것이다.

다른 이들도 옥산나의 힘이 범상치 않다는 것을 느낀 듯 다들 불안한 표정이었다. 시바의 마지막 목소리에서 느꼈던 불안감이 점점 더 커지고 있었다.

줄기줄기 뻗어 나왔던 혈광이 점차 잦아들었다. 옥산나도 점차 예전의 모습을 되찾아갔다.

"호호호호!"

완전한 모습을 찾은 후 옥산나의 입에서는 짙은 웃음소리가 흘러나왔다. 그것은 짙은 살기를 내포한 웃음소리였다.

"이제는 너희들 차례로구나."

"……?"

난데없는 말에 데이몬을 비롯한 여덟은 고개를 갸웃했다.

“호호호, 아직도 상황을 파악하지 못하다니!”

번쩍!

옥산나의 말이 끝나고 난 뒤 짙은 혈광이 맨 마지막 존재에게로 날아갔다.

털썩!

생각지도 못했던 옥산나의 공격에 차원을 주관하는 자 중 하나가 목을 잃어버리고 바닥을 뒹굴었다.

츄아아아!

목을 잃은 육체에서 분수 같은 피와 함께 짙은 혈기가 뿜어져 나왔다. 목에서 빠져나온 혈기는 옥산나의 손길을 따라 그녀의 입으로 빨려 들어갔다.

“헉!”

데이몬은 상황이 다급함을 느꼈다. 자신이 생각했던 것과는 전혀 다른 상황이 벌어진 것이다.

“시, 시바!”

그렇다. 옥산나는 시바의 화신체였다. 시바와 비슷한 권능을 사용하기에 자신들과 같이 시바로부터 권능을 사용할 수 있는 능력을 일부 이어받았다고만 생각했던 것이 잘못된 것이다.

“호호호, 이제야 알겠느냐? 이 옥산나가 어째서 너희들보다 힘이 약했는지 말이다.”

옥산나의 목소리에 데이몬은 지금까지의 상황을 모두 이

해할 수 있었다. 옥산나는 자신들보다 약했던 것이 아니었다.

일부이기는 하지만 자신 안에 들어 있는 시바의 진체를 숨겨야 했기에 가지고 있는 힘의 대부분을 썼던 것이다.

아마도 시바는 옥산나 안에 들어가 오랫동안 동조를 했을 것이 분명했다. 그리고 오늘 마지막 권능을 부여함으로써 새롭게 부활을 마친 것이 분명했다.

"그런데 어째서……."

데이몬은 묻고 싶었다. 자신의 권속 중 하나의 힘을 이토록 무참히 흡수하는 이유를 어떻게 해서든지 알고 싶었다.

"이제는 끝내야 할 때가 되었기 때문이다. 서른여섯 개의 차원 중 하나가 완전히 지워진 이상 이대로는 내 꿈을 이룰 수 없기 때문이지."

"그, 그것이 무슨 말씀인지?"

"너희는 몰라도 된다. 어차피 사라질 존재들이니까."

번쩍!

다시 한 번 붉은 빛이 번득였다. 데이몬은 자신의 정신체가 의지를 잃은 것을 느꼈다. 그것은 다른 존재들도 마찬가지였다. 데이몬을 비롯한 나머지 여섯 존재도 머리를 잃고 바닥에 누워야 했다.

쓰러진 자들의 목에서 붉은 혈기가 치솟아올랐다. 공동 안은 온통 붉은색으로 휩싸였다. 허공으로 치솟은 혈기들은 양팔을 벌리고 입을 한껏 벌린 옥산나에게로 빨려 들어갔다.

　시바의 화신인 옥산나는 모든 전쟁을 끝마치고자 최후의 선택을 감행한 것이다.

＊　　　　＊　　　　＊

　이와 같은 일은 사하라 사막에서도 벌어지고 있었다. 시바와는 다른 형태였지만 라 또한 자신의 권속들을 모두 희생시키고 새로운 존재로 거듭나고 있었던 것이다.

　사면으로 이루어진 계단 위에는 마치 눈동자처럼 보이는 태양이 빛나고 있었다. 모든 것을 태워 버릴 듯한 열기가 가득한 태양은 계단 아래에서 머리를 조아리고 있는 열 명의 존재를 바라보고 있었다.

　"가이아가 창조한 차원 중 하나가 소멸했다고 했느냐?"

　"그렇습니다."

　일루전을 이루는 종가의 가주 중 하나이자 차원 주관자인 에이븐은 조용한 어조로 대답을 했다.

　"그렇다면 마고의 잔재 중 하나가 소멸했겠군. 그럼 시바는 어떻게 됐느냐?"

　"시바의 권속들이 모두 사라졌다는 보고를 받기는 했습니다만 어디로 갔는지는 파악할 수 없었습니다."

　"그렇겠지. 시바가 잠들어 있는 곳은 나조차 감지할 수 없는 곳이니까. 그렇다면 시바가 깨어나는 것은 시간문제로군.

이제 마지막 전쟁이 시작됐다는 것을 느꼈을 테니까.”

“그런 듯합니다. 시바의 권속들이 부리는 자들이 한곳으로 모여들고 있다는 보고를 받았습니다. 아마도 라께서 생각하신 대로 마지막 전쟁을 준비하는 것이 틀림없습니다.”

에이븐은 자신이 모아놓은 정보들을 모두 라에게 보고했다. 에이븐의 보고에 라는 이제 본격적인 전쟁이 시작됐음을 감지할 수 있었다.

차원 중 하나가 소멸됐다는 것은 가이아가 완전히 사라졌다는 것을 뜻했다.

이제 창조주의 자리가 비어 있는 이상 새로운 세계를 차지하기 위한 시바와의 전쟁은 불가피했다.

“그래, 너희들은 준비가 완전히 끝난 것이냐?”

라는 자신이 오랫동안 준비해 왔던 안배를 물었다.

“마지막 단계에서 약간의 어려움이 있었지만 다행히 무사히 마칠 수 있었습니다.”

“그래?”

라는 흥미가 동했다. 최후의 선택을 하지 않아도 되기 때문이다. 자신이 해놓은 안배가 완성되지 않았다면 권속들 중 하나를 통해서라도 부활하려 했었기 때문이다.

“그렇습니다. 이제 부활의 절차만 밟으시면 새로운 세계는 오직 주인님의 발아래에 있을 것입니다.”

“크하하하, 좋구나.”

에이븐의 자신있는 대답에 라는 만족스러웠다. 삼천 년 전 시바와의 전쟁 후에 육체를 잃고 선택했던 결정이 옳았다는 것을 알 수 있었던 것이다.

"그럼 아공간을 열겠습니다."

부활의 절차를 시작하기 위해 에이븐이 라의 양해를 구했다.

"그렇게 하도록 해라."

라의 승낙이 떨어지자 에이븐은 조용히 수인을 맺었다. 자신들만이 들어올 수 있는 곳이기에 특별한 아공간에 담아온 라의 육체를 꺼내기 위해서였다.

에이븐의 머리가 천천히 갈라지기 시작했다. 자신의 몸이 반으로 갈라지는데도 아무런 고통이 없는 듯 에이븐의 눈동자는 무척이나 차분했다.

바나나가 껍질을 벌리듯 갈라져 버린 에이븐의 몸속에서 검은색으로 빛나는 하나의 형상이 나오기 시작했다.

사람이 양쪽으로 갈라져 껍질을 벗듯 다른 하나의 사람이 나오는 모습은 무척이나 기괴했다.

"대단하구나."

새롭게 나타난 형상을 보고 난 라는 흡족한 모습을 보였다. 자신이 생각하기에도 매우 뛰어난 육체를 얻을 수 있을 것 같은 생각이 들었던 것이다.

에이븐의 몸속에서 꺼낸 인간 모습의 형상을 다른 이들이

라의 앞으로 옮겼다. 형상이 빠져나가자 에이븐은 다시금 제 모습을 찾기 시작했다.

"마음에 드십니까?"

에이븐이 라를 향해 물었다. 자신이 심혈을 기울인 결과물에 대한 라의 평가를 듣고 싶은 욕망 때문이었다.

"흡족하다. 그런데 어떻게 이런 형체를 만들어낸 것이냐?"

라는 무척이나 궁금하다는 듯 물었다.

"라께서 영면에 드시기 전 저희들에게 심어놓은 육체의 씨앗들을 현대의 의학과 과학 기술을 접목시켜 만든 것입니다. 이것을 만드는 데 많은 영능력자들이 소모되었습니다."

"으음, 그렇다면 너희들의 권속들이 이제는 거의 남아 있지 않겠구나."

라의 목소리에는 안타까움이 깃들어 있었다. 자신의 부활을 위해서라고는 하지만 앞으로의 일을 생각할 때 권속들의 손실은 부담으로 다가올 수도 있었던 것이다.

"걱정하지 마십시오. 권속들에게는 피해가 가지 않았습니다. 이들을 만드는데 소모된 자들은 마고의 잔재가 남긴 흔적들을 이은 자들이었으니 말입니다."

"그래?"

라는 에이븐의 말이 흥미로웠다. 에이븐의 말이 사실이라면 자신에게는 더할 나위 없는 기회였기 때문이었다.

"사실입니다. 덕분에 순조롭게 끝날 수 있었습니다. 라께서 남기신 육체와 결합할 수 있는 금속을 만들어내는 것이 그리 쉽지는 않았지만 놈들을 확보할 수 있어 실험을 쉽게 끝마칠 수 있었습니다."

"놈들이 가만히 있지 않았을 텐데?"

"우리에게 협력하고 있는 자가 있는지라 그리 어렵지는 않았습니다."

"그렇군."

배신자가 있었다는 말에 라는 그때서야 이해가 된 듯 말의 톤을 낮추었다.

"새롭게 개발된 금속들이 비록 라께서 남겨주신 육체와 결합되었다고는 하지만 아직은 불완전한 상태입니다. 완성을 기하려면 저희들에게 남겨진 권능과 육체를 다시 회수하셔야 할 것입니다."

"너희들에게 미안하구나. 오랫동안 지켜준 것도 고마운 지경인데 이렇게 나를 위해 희생을 자처하다니 말이다."

"아니옵니다. 라시여! 오랜 기다림의 끝에 다시 부활하시면 저희들도 다시 거듭나 부활하리라 믿기에 아무런 미련도 없습니다."

에이븐의 말은 사실이었다. 라를 따르는 존재들은 광명과 부활의 예언을 믿기에 라에게 모든 것을 받칠 수 있었다.

시바와의 전쟁 후 육신을 잃어버리기 직전 자신의 의지를 담아 육체를 나누어 준 것으로 인해 지금까지 몇 번이고 부활해 왔던 것이 그들이었다.

그런 일들을 겪었으니 라가 완전히 부활한다면 자신들을 다시 살릴 수 있을 것이라는 것이 그들의 공통된 생각이었다.

"알았다. 내가 오랜 잠에서 깨어난다면, 나의 이름으로 너희들의 부활을 다시 이루게 해주마."

라는 에이븐의 말에 자신의 권능을 걸고 약속을 했다. 창조주로 거듭난다면 권속들이 바라는 것은 그에게 아무것도 아닌 까닭이었다.

"감사합니다, 라시여!"

에이븐은 라의 약속에 감격한 듯 몸을 떨었다.

"그럼 이제부터 부활하실 준비를 하도록 하겠습니다. 마지막 사유의 잔재물인 오메가의 육체를 얻게 되시면 곧바로 저희에게 내린 권능을 회수하시고 모든 힘을 가져가도록 하십시오."

"알아들었다. 곧바로 시작하도록 해라."

명령이 떨어지자 에이븐은 라를 영접하기 위한 준비를 하기 시작했다.

라의 정신체를 담을 육체를 찾지 못한 대신 자신이 만들어낸 인공육신에 온통 빛으로 화해 버린 라의 정신체를 담으려는 것이다.

에이븐은 자신의 몸에서 나온 오메가를 들고 계단의 사면을 올랐다. 조심스럽게 다가간 그는 타오르는 태양과 같은 라의 분신 앞에 오메가를 내려놓았다.

"이것이 앞으로 나의 육신이 될 것이라는 말이지……."

라는 흥분이 되었다. 그로서는 실로 오랜만에 느껴보는 흥분이었다.

초월을 넘어 새로운 세계의 창조주로 거듭나기 위해서는 버려야 할 감정이었지만 그다지 버리고 싶은 마음도 없었다.

눈동자 형상을 한 빛의 태양이 점차 떠올라 에이븐이 가져다 놓은 오메가 위로 떠올랐다. 조금씩 아래로 내려앉은 라의 형상은 오메가의 머리 부분에 머물기 시작했다.

흑색으로 빛나는 오메가의 몸이 빛으로 물들어 빛나기 시작했다. 오메가의 몸은 라를 따르는 권속들처럼 환하게 빛나기 시작했다.

그 어느 빛보다 환하고 밝은 라의 빛은 사방을 물들였다. 그것은 빛의 향연이었다.

라를 따르는 권속들도 그 빛에 물들어 하나둘 라를 향해 자신도 모르게 오체투지하며 경배를 하고 있었다.

라는 기분이 좋았다. 자신의 힘을 온전히 수용하고 있는 오메가의 육신이 무척이나 흡족했던 것이다. 그동안 자신의 정신체를 담기 위해 수많은 육체를 접해보았지만 지금 오메가와 같은 느낌은 없었다. 언제나 부족했고, 그나마 며칠을 견디지 못했었다.

그런데 오메가는 아니었다. 비록 만들어진 것이기는 하지만 뇌세포를 따라 자신의 정신체가 안정적으로 안주하고 있었다.

의지가 퍼져 나가며 자신의 뜻대로 움직이기 시작한 육체 또한 훌륭하기 그지없었다. 처음 세상에 초월자로 나섰을 때 가졌던 육신보다 더욱 강하고 힘이 넘쳤다.

라는 자신의 정신이 뻗어갈 수 있는 양만큼 오메가의 모든 곳을 돌아다녔다. 세포 하나하나까지 자신의 의지를 심고, 힘을 심었다.

'이 정도면 새롭게 태어날 수도 있을 것 같구나.'

새로 얻은 오메가라는 육신을 모두 장악하자 라는 새로운 시도를 할 차례임을 깨달았다. 시바와의 전쟁 후 자신이 나누어 주었던 권능과 육체의 일부분을 회수해야 했던 것이다.

가이아가 소멸한 이상 자신을 이기고 창조주로 거듭나기 위해 시바도 자신의 휘하에 있는 권속들의 힘을 흡수할 것이 분명했기 때문이다.

그렇다면 자신 또한 시바와 같은 선택을 해야만 했다. 시바가 권속들의 힘을 모두 흡수한다면 지금의 상태로는 결코 자신이 시바의 적수가 될 수 없다는 것을 너무도 잘 알기 때문이다.

"내 너희들을 통해 다시 태어날 것이다. 내가 한 약속은 내

가 존재의 의미를 지니는 한 언제나 너희들과 함께할 것이
다."

"뜻대로 하소서!"

라의 육신과 권능 중 일부를 흡수한 권속들이 일제히 외쳤
다.

그들의 눈은 신을 찬양하는 광신도와 다르지 않았다. 라의
약속에 열광하고 스스로 라의 힘을 높이기를 원했다.

자신들을 흡수함으로써 라는 더욱 위대해질 것이고, 라의
권능 중 하나인 부활의 능을 통해 다시 새로운 존재로 거듭날
수 있을 것이기에 라에게 스스로 자신들을 바치길 원한 것이
다.

스스로의 의지로 허락하자 그들의 몸이 허공을 떠오르며
찬란한 빛이 뻗어 나오기 시작했다. 자신들이 가진 모든 것을
받치고 있는 것이다.

에이븐을 비롯한 차원 주관자들은 자신의 권능과 의지를
라에게 헌납하고 있으면서도 오히려 눈에는 희열의 빛이 흐
르고 있었다.

라가 새로운 창조주로 새롭게 세상을 열 것을 믿고 있었기
에 소멸할 것이 뻔한 상황임에도 그들의 눈은 흔들리지 않았
다.

털썩! 털썩!

자신의 모든 것을 라에게 건네준 이들이 하나하나 바닥으

로 떨어져 내렸다. 모든 것이 빨려 나가 마치 미이라 같은 모습이었다.

정신체는 물론 육체의 정혈까지 한 줌도 남기지 않고 건넨 탓에 육신의 껍질만 남아버린 상태였던 것이다.

Chapter 4
마고의 마지막 유산을 찾아서

시바와 라가 다시 세상에 부활하고 있을 즈음, 한철도 순수한 넵코의 정화인 청허를 얻은 후 단계를 넘어 새로운 경지로 접어들고 있었다.

미네르바가 차폐했던 5단계의 정신영역을 넘어서는 새로운 세계를 맛보고 있는 중이었다.

그와 반대로 원영신으로 변한 세 사람은 그야말로 소멸의 위기에 처해 있었다.

이제는 대부분의 기운을 쏟아낸 터라 축구공만 한 크기로 변한 채 한철의 주위를 맴돌고 있을 뿐이었다.

한철이 새로운 경지로 진입하는데 기울인 세 사람의 노력은 그야말로 눈물겨운 것이었다. 그녀들이 예상했던 것보다 한철이 더욱 거대한 그릇이었기 때문이다.

세 사람은 청허의 기운을 한철에게 불어넣으며 자신의 의지와 정신을 극한의 상황까지 끌어올려야 했다. 원영신을 이루며 담아놓았던 청허의 기운으로도 한철의 그릇을 다 채우지 못했던 것이다.

보통의 인간이라면 거대한 기운을 이기지 못해 폭발하고 말았을 정도의 힘이었지만 한철에게는 그야말로 강물에 흘러드는 작은 시냇물 정도의 크기밖에는 되지 않았던 것이다.

끝도 없이 흘러 들어가는 청허로 인해 세 사람은 육체를 탈피하고 이룬 원영신이 거의 소멸 직전에 이를 정도로 혼신의 힘을 기울여야만 했다.

간신히 버티고 있는 세 사람은 지친 표정으로 그저 한철의 주위를 맴돌고 있던 중이었다.

뭔가 깨달음을 얻은 듯한 한철의 모습에 청허를 불어넣는 것을 중단할 수도 없어 그저 점차 소멸해 갈 뿐이었다.

'이대로 소멸한다고 해도 괜찮기는 하지만 정말 좋은 인연이라 생각했는데… 정말 아쉽구나!'

석가령은 지금 소멸을 생각하고 있었다. 끝도 없이 퍼부었지만 아직도 자신들의 기운을 빨아들이고 있는 한철 때문이었다.

하지만 너무 아쉬웠다. 청허의 인연을 찾기는 했지만 더 이상의 인연은 이어가지 못할 것이기에 마음속으로 최후를 준비하고 있었다.

백소빙과 주민도 마찬가지였다. 오랜 세월 준비되어 온 인연이 이렇게 소멸로 끝나는 것이 아쉬웠다.

'언니, 어쩔 수 없잖아요. 우리는 가가를 위해 예비되어 온 존재들이니까요.'

석가령의 마음을 읽은 듯 백소빙이 의지를 전해왔다.

'그래요, 큰언니. 짧은 시간이었지만 즐거운 시간이었잖아요. 가가에게 모든 것을 전했으니 우리에게 지워진 무거운 짐을 벗었다고 생각해요. 가가와의 인연은 내세에서나 기약해야 할 거예요.'

나이 어린 주민도 이미 마음을 굳힌 듯 석가령을 위로했다.

'그래, 미안하구나. 가가에게 청허의 기운과 우리에게 예비된 모든 것을 전했으니 그것으로 만족하자꾸나. 지금은 중요한 순간이니 다른 생각은 하지 말고, 가가의 세상을 정화할 수 있는 성취를 얻기만 바라자꾸나.'

마음을 가다듬은 석가령은 어린 동생들을 위로했다. 두 사람의 말대로 지금은 상념에 젖을 때가 아니었던 것이다.

마음을 가다듬고 세 사람은 한철에게 정신을 집중했다. 얼마 남지 않았지만 자신들의 모든 것을 한철에게 전하려 했다.

그렇게 점점 원영신의 크기가 줄어들고 거의 손가락만 해졌을 때 세 사람에게로 한철의 의지가 전해졌다.

"이제 그만해도 됩니다."

"깨어나셨군요."

"정말 다행이에요."

"흐흑!"

한철의 의지에 세 사람은 각기 다른 반응을 보였다. 하지만 다들 안도하는 것은 같았다.

'나를 위해 소멸을 각오하다니… 앞으로는 저 사람들에게 좀 더 살갑게 대해야겠구나. 그러려면 일단 원상태로 회복을 시켜주어야 하겠지.'

한철은 소멸해 가는 세 사람에게 기운을 보내기로 마음먹었다. 자신을 위해 모든 것을 버리려 한 세 사람을 이대로 허무하게 잃어버릴 수는 없는 노릇이었다.

"애썼습니다. 이제는 제가 보내 드리는 기운을 받도록 하십시오. 이대로라면 소멸하고 말 테니 말입니다."

"안 돼요. 우리에게 다시 청허의 기운을 전한다면 모든 것이 물거품이 됩니다. 우리는 이미 각오를 했으니 남아 있는 기운도 모두 받아들이도록 하세요."

한철의 의지에 석가령이 기겁을 하며 만류했다. 다시 청허를 돌려받는다면 그동안 자신들이 기울여 온 노력이 모두 물거품이 되기 때문이었다.

"괜찮아요. 청허는 이미 다 받았습니다. 제가 여러분께 드리려는 것은 다른 것이니 그냥 받도록 하세요. 이렇게 예쁘고 착한 분들이 저로 인해 소멸되는 것이 저는 그다지 내키지 않는군요."

한철은 석가령의 말을 무시하고 자신의 내부에 있는 기운을 세 사람에게 역류시키기 시작했다. 그녀들이 자신에게 쏟아부었던 청허가 아닌, 넵코에너지였다.

한철은 세 사람에 보내는 넵코를 각자의 특성에 맞게 변환시켜 보내고 있었다.

"……."

세 사람은 막강한 에너지가 흘러 들어오자 말을 이을 수가 없었다. 어떻게 이런 에너지가 있을 수 있는지 파악조차 할 수 없었다.

자신들이 보낸 청허와는 질적으로 다르면서도 같은 작용을 하는 넵코에 대해서는 전혀 문외한이었던 탓이다.

세 사람의 원영신이 점차 커지기 시작했다. 축구공만 한 크기로, 다시 어린아이만 한 크기로 변했다. 그리고 마지막에는 거의 원래의 모습으로 회복할 수 있었다.

"의지만 있다면 육신을 재구성할 수도 있을 겁니다. 이러고 있으니 보기가 좀 민망하니 원래의 모습을 회복하도록 하십시오."

한철의 말에 세 사람은 의지를 구현했다. 원래 가지고 있는 육신에 대한 기억과 함께 의지를 구현하자 원영신을 벗어나

인간의 육신을 가지기 시작했다.

그것은 오랜 세월 지구 차원에 펼쳐져 있던 인과율의 제약을 벗어난 일이었다.

"다행입니다."

원래의 모습을 회복하자 한철은 어느 정도 안심을 했다. 걱정하던 것과는 달리 넵코를 사용하는 것에 세 사람 다 아무런 문제가 없었기 때문입니다.

"저, 정말 고마워요, 가가!"

"흐흑!

"아아앙!"

세 여자가 동시에 달려들어 한철을 껴안았다. 알몸으로 비벼대는 세 사람 때문에 한철은 무척이나 곤혹스러웠다.

"크음! 일단 옷부터 입어야겠습니다. 이 모습으로는……."

한철의 말에 세 사람은 얼굴이 홍당무처럼 붉어졌다. 자신들이 어떤 모습을 하고 있는지 한철의 지적이 있고 나서야 알아차린 것이다.

"아가씨들의 옷 좀 가져다주시겠습니까? 건넛방에 준비된 옷이 있을 겁니다."

이미 자신만의 의지로 옷을 준비한 한철은 바깥에 있는 최경아에게 가져오도록 부탁을 했다.

"아, 알겠습니다."

　최경아는 안의 상황이 심상치 않다는 것을 느끼고 있다가 갑작스럽게 들려온 한철의 말에 깜짝 놀라며 옷을 가져왔다. 자신이 가져올 옷가지가 어디에 있는지 머릿속에 환하게 떠올랐기에 가져오는 것은 그다지 어렵지 않았다.

　'어떻게 된 거지? 안에서 흘러나온 기운이라면 거의 천신급에 준하는 기운이었는데……'

　강렬한 기운이 흘러나온 것과 무관하지 않다는 것을 알았기에 이상한 생각을 하지는 않았지만 어떻게 된 상황인지 궁금하지 않을 수 없었다.

　'알려주실 테니 일단 옷이나 넣어 드리자.'

　차분했던 말투로 보아 자신에게도 이야기를 해줄 것이기에 최경아는 문을 조금만 열고는 가져온 옷가지를 안으로 들이밀었다.

　시간이 조금 지나자 한철을 비롯한 세 사람이 방을 나섰다.

　'뭐가 변했는지 모르지만 조금 변한 모습이다. 상당히 강한 기운을 가지고 있었는데 지금은 느낄 수조차 없으니 보다 높은 경지로 들어섰구나.'

　처음 보았을 때부터 심상치 않은 사람들이라 여겼었는데 지금은 더욱 그랬다. 자신의 힘으로도 세 여자의 정확한 능력을 추측하기 힘들었던 것이다.

　"일이 급해진 것 같으니 이제 산을 내려가야겠습니다."

　"무슨 일이 있는 겁니까?"

한철의 말에 최경아가 의문을 표시했다.

"아무래도, 라와 시바가 완전한 부활을 이룬 것 같습니다."

"예? 그게 정말이에요?"

"그렇다면 큰일이군요."

한철의 말에 모두가 놀랐다. 아직 시간이 있을 것이라 생각했는데 더욱 시간이 촉박해진 탓이었다.

"아직 시간은 있습니다. 부활을 이루기는 했지만 자신의 권능을 온전히 발휘하기 위해서는 얼마간 몸을 추슬러야 할 테니 말입니다."

"얼마나 시간이 있는 것이죠?"

"글쎄요. 대략 한 달 정도 시간은 있는 것 같습니다."

"한 달밖에 없다니 큰일이군요."

"최선을 다해봐야지요. 일단 모두에게 알려야 하니 연구소로 가도록 합시다."

한철은 네 사람과 함께 한얼의 중추인 연구소로 워프를 감행했다. 미네르바의 도움을 받지 않고 순수한 자신의 능력으로만 행한 첫 번째 워프였다.

한철이 이동한 곳은 연구실에 마련된 자신의 방이었다. 미네르바에 의해 특별히 만들어진 곳으로, 지구상에 존재하는 모든 기계를 컨트롤할 수 있는 시스템이 갖추어져 있었다.

"미네르바!"

─하, 함장님?

한철의 호출에 미네르바는 당황스러운 눈치였다. 5단계 차폐를 풀었지만 아직은 불완전한 상태라 워프 같은 공간이동은 언제나 자신에게 맡겼던 한철이 예상외의 곳에 있었기 때문이다.

보다 놀란 것은 한철의 손에 차여진 자신의 분신이 아무것도 전하지 않은 것이었다.

젠트리온 우주의 초월자들도 자신의 분신을 차고 있을 경우 자신의 시야를 벗어날 수 없었다. 그런데 이렇게 한철이 자신의 시야를 완전히 벗어났다는 것은 오직 한 가지 경우밖에는 없었던 것이다.

"나중에 설명해 줄게. 그보다는 상황이 어떻게 됐어?"

한철도 미네르바가 놀라는 이유를 알았지만 상황이 상황이니만큼 충격의 여파가 어디까지 미쳤는지 먼저 확인해 주기를 바랐다.

─집계는 거의 끝났습니다. 상황은 모니터링 실에서 확인하실 겁니까? 아니면 직접 전해 드릴까요?

"직접 가서 보도록 할게."

─그럼 준비해 놓도록 하겠습니다.

미네르바가 준비해 놓겠다는 소리에 한철은 네 사람을 이끌고 방을 나섰다.

모두들 바쁘게 돌아가고 있었다.

한철의 말대로 지구는 지금 거대한 자연재해로 몸살을 앓고 있었고, 지금 상태라면 스타쉽 계획을 추진한다는 것도 불투명했다.

엄청난 사태에도 불구하고 한철이 충분히 가능할 것이라는 말을 했었기에 한태호는 분주히 사람들을 지휘했다.

지금 상태에서 가용할 수 있는 자원의 확보와 앞으로 필요한 것들에 대해 상황을 파악하고 있었다.

'다들 바쁘구나. 저 정도면 시간을 앞당기더라도 충분히 스타쉽을 완성할 수 있을 것이다. 하지만 문제는 얼마나 실을 수 있느냐 하는 것인데…….'

스타쉽의 승선 인원은 대략 10만 명 정도 선으로 맞추었다. 지금까지 파악한 상황이라면 최대한 만들 수 있는 스타쉽은 20여 대로 200여만 명이 지구를 탈출할 대상이 될 터였다.

'어떻게 하면 더 살릴 수 있을까? 골든나이트를 이용하면 더 많은 사람들을 살릴 수 있을 텐데…….'

골든나이트를 이용한다면 상당한 수의 사람들을 더 살릴 수 있을 터였다.

골든나이트가 위치한 화성에다가 거주지를 만들고 이동시킨다면 최대 2천만 명까지는 충분히 살릴 수 있을 터였다.

그렇지만 그것도 문제가 있었다. 겐트리온 우주를 구원해야 한다는 것이 최대의 사명인 미네르바가 동의를 해줄 것이냐는 점이었다.

골든나이트를 이용한다면 겐트리온 우주로의 출발은 앞으로도 한참 후의 일이 될 것이기 때문이다.

'그래도 어쩔 수 없다. 겐트리온 우주로 향하는 시간을 조금 늦추는 한이 있더라도 사람들을 좀 더 구해야 한다.'

모니터링 실로 향하며 한철은 결심을 굳혔다. 골든나이트를 이용해 사람들을 최대한 대피시키는 것을 우선해서 시행하기로 마음먹은 것이다.

모니터링 실에 도착한 한철은 지구에서 벌어진 모든 상황을 파악할 수 있었다. 소소한 것이야 놓친 부분도 있겠지만 천상천을 이용해 미네르바가 최대한 노력을 기울인 것이라 대부분 상황이 파악된 것 같았다.

"재해를 복구하는데 얼마나 걸릴 것 같아?"

―지금 상태라면 최대 2년까지 걸릴 것으로 파악됩니다. 피해가 심각한 지역의 경우 임시복구가 그 정도 시간이 소요되고 실제로는 그보다 더 시간이 필요할 것이라 생각됩니다.

"그렇다면 우리에게 별로 시간이 없군."

―그럴 것입니다.

"미네르바!"

시간이 얼마 없다는 것을 인지한 한철은 침중한 어조로 미네르바를 불렀다.

―예, 함장님!

"아무래도 시간을 더 앞당겨야 할 것 같아."

―얼마나 앞당길 생각이십니까?

"한 달 안으로 끝내야 할 일이 생겼어."

―한 달 안에 말입니까? 뭔가 상황이 발생한 것이군요?

미네르바는 갑자기 시간을 당겨야 한다는 한철의 말에 의문이 들지 않을 수 없었다. 한태호와 이이야기를 나눌 때에도 첫 번째 기체를 완성하는데 두 달 정도로 잡았었다.

그런데 갑자기 한 달 안에 끝내야 한다니 한철의 생각이 무엇인지 알 수 없었던 것이다.

또한 한 달 안에 완성할 수 있는 스타쉽의 수는 아무리 최선을 다한다고 해도 한정이 있었다. 가용할 수 있는 자원의 한계라는 것이 있기 때문이었다.

그렇게 하면 상당수의 사람들을 포기해야 했다. 그럼에도 서두른다는 것은 자신이 알지 못하는 뭔가가 발생했다는 것이기에 미네르바는 심각해지지 않을 수 없었다.

"아무래도 라와 시바가 완전히 부활한 것 같아."

―예? 그 말씀이 사실입니까?

"그래, 갑자기 지구 차원의 수가 줄어들었어. 서른여섯 개였던 차원의 수가 정확히 반만 남은 상태야."

―…….

한철의 말에 미네르바는 사실 여부를 파악하기 위해 계산에 들어갔다. 차원을 계산한다는 것은 미네르바로서도 쉽지 않은 일이었기에 다시 대화를 시도한 것은 조금 시간이 지난 뒤였다.

―사실이군요.

"라와 시바가 어떻게 나올지 모르는 상황이야. 이제는 최대한 서두르는 수밖에는 말이야. 그래서 하는 말인데……."

―말씀하십시오.

한철이 말끝을 흐리자 미네르바가 재촉했다. 자신에게 하려는 부탁을 어느 정도 짐작할 수 있었기 때문이다.

"골든나이트를 이용해 화성에 사람들이 머물 수 있는 구조물을 만들 수 있을까?"

―만들 수는 있습니다. 그런데 망설이신 것을 보면 저 때문이군요.

미네르바는 한철이 망설인 이유를 확인할 수 있었다. 자신과 겐트리온 우주에 대해 마음을 써주는 한철의 속내가 무척이나 고마웠다.

"미안해. 겐트리온 우주로 향하는 일이 조금 늦어질 것 같아."

―걱정 마십시오. 골든나이트가 활동을 시작한 이상 이제 시간은 아무 의미가 없습니다. 이곳에서 완성된 탓에 지구 차원에서 시간을 거슬러 올라가는 것은 불가능하겠지만 다른 인과율이 적용되는 겐트리온 우주라면 제가 시간의 터널을 빠져나오기 직전으로는 언제든지 갈 수 있으니 말입니다.

"정말이야?"

—그렇습니다. 제가 탄생한 곳이라 인과율 때문에 더 이상 역행할 수는 없지만 지구 차원으로 넘어오기 직전의 시간대로는 언제든지 갈 수 있습니다. 제가 넘어온 이유도 시간대를 거슬러 오를 수 있는 유일한 초자아 컴퓨터였기 때문입니다. 그렇지 않으면 젠가이드를 언제 찾을지 모르는 상황에서 겐트리온 우주의 멸망을 막을 수 없을 테니까요.

"그 말을 들으니 어느 정도 안심이 되는군. 그러면 이제부터 골든나이트를 이용해 우주기지를 건설해 줘. 많은 수는 아니겠지만 스타쉽을 만들 때보다는 더 많은 사람들을 구할 수 있을 테니까."

—알겠습니다. 우주기지를 건설하는 것은 그다지 어렵지 않습니다. 문제는 지구 차원의 붕괴가 일어날 경우 에너지 파장의 여파로 간섭이 일어날 수 있는데, 화성에 남아 있는 고대의 사이코 매트릭스를 이용하면 지구 차원의 간섭이 없도록 조치를 취할 수도 있을 것 같습니다.

"좋아 그렇게 하도록 해. 그리고 사람들의 선발도 신경을 써줘."

한철은 피할 수 있는 곳이 마련되자 오래전부터 추진해 온 일을 다시 한 번 당부했다. 전부는 구할 수 없기에 구할 자들을 선발하는 계획이었다.

—순조롭게 선발이 되고 있습니다. 지구의 문명을 다시 일

으켜 세워야만 하기에 한 사람 한 사람 검증 과정을 거치고 있습니다. 계획이 변경된 이상 추가로 선발을 해야 하지만 이미 한번 조사를 거쳤으니 어렵지는 않을 겁니다.

"어떻게 이동을 시킬 생각이지?"

수백만 명의 사람을 이동시키는 것도 쉽지는 않은 일이었다. 이동을 시키는 데만 해도 상당한 시간이 걸릴 것이었기 때문이다.

─당초 스타쉽을 이용할 생각이었지만 이제 골든나이트가 완성되었으니 전부 워프시키는 것으로 하겠습니다.

"워프를?"

─예, 충분히 가능합니다. 우주기지에 게이트를 만든다면 거의 대부분을 워프시킬 수도 있을 겁니다.

"좋아! 그것이 가능하다면 그것도 좋겠군. 이미 준비가 되고 있는 스페이스셔틀은 스타쉽이나 우주기지에서 이동용으로 쓰도록 하고, 아직 만들어지지 않은 것들은 취소시키고 여유 자원으로 전부 스타쉽이나 우주기지를 만드는데 쓰면 되니까 말이야."

전부는 아니지만 기존의 계획보다 많은 사람들을 구할 수 있을 것 같았다.

한철은 내심 고민하고 있었던 일이었는데 골든나이트 덕분으로 모두 해결이 되자 안심이 되었다.

─상황이 어떻게 변할지 모르니 빠른 시간 내에 완성할 수

있도록 하겠습니다.

"그런데 최경아 씨가 말한 곳은 찾았어?"

대피 계획이 세워지자 한철은 최경아에게 들은 장소를 찾았는지 물었다.

―알 수가 없습니다. 몇 군데 짚이는 곳이 있기는 하지만 확신할 수는 없습니다.

"그럴 거야. 놈들도 아주 중요한 때일 테니 쉽게 모습을 드러내지는 않겠지. 그럼 계획대로 일을 진행 시켜줘. 최선을 다해줘야 할 거야. 미네르바."

―걱정 마십시오, 함장님.

미네르바의 대답을 끝으로 한철은 모니터링에 올라온 자료들을 살펴보았다.

차원 주관자 하나와 싸웠을 뿐인데 그 피해가 장난이 아니었다. 라나 시바와 대결을 한다면 지금 보이고 있는 피해는 아무것도 아닐 것이 분명했다.

'라와 시바를 상대하려면 어떻게 해서든지 힘을 키워야 한다. 그렇지 않으면 지금까지 준비한 스타쉽이나 우주기지는 아무런 의미가 없다.'

한철은 앞으로 라와 시바를 상대하는 일에 집중해야 함을 알았다. 자신이 대비책으로 만들어놓은 것들은 라와 시바를 제거하지 않는 한 아무런 의미가 없기 때문이다.

미네르바가 지구 차원의 간섭을 없앤다고 해도 지금 느

껴지고 있는 두 존재의 힘이라면 태양계를 구성하고 있는 위성하나를 소멸시키는 것은 무척 간단한 일이었기 때문이다.

'마고가 남긴 마지막 유산이 무엇인지 모르지만 반드시 얻어야 한다. 그리고 가이아가 남긴 것들도 전부 얻어야만 그나마 승산이 있다. 우선 마고의 마지막 유산부터 찾자.'

에이미를 비롯해 석가령 등 네 명을 찾아내기는 했지만 가이아가 남긴 존재들을 얻는다는 것은 요원한 일이었다. 누가 가이아가 남긴 유산인지는 모두가 모이지 않는 한 확인할 수 없는 일이었기 때문이다.

'이곳 상황부터 정리를 하자. 미네르바가 있어 큰 문제는 없지만 혹시 모르는 일이니까. 정리가 되면 조 사무관이 있는 곳으로 향하자.'

한철은 이곳의 상황을 최대한 빠르게 정리를 하고 조동원이 향한 몽골로 향하기로 했다.

상황을 정리하고 스타쉽 계획을 시작하는 것은 보기보다 쉽지가 않았다. 각종 자재와 자원을 모으는 일이 어려웠기 때문이다.

해일과 지진으로 인해 세계 각국의 주요 항구가 파괴되었고, 그나마 움직일 수 있는 선박들은 UN의 지휘 아래 구호물자들을 실어 나르는 일에 매달리고 있어 조달이 쉽지 않았던 것이다.

자원들의 이동이 어려워지자 미네르바는 사람들로 하여금 피해가 없는 국가들을 대상으로 계약된 각종 자재를 한곳으로 모으도록 했다. 선박으로 이동이 어려운 상태라 다른 방법으로 자재들을 운송할 생각이었던 것이다.

한얼연구소에 있는 사람들은 녹초가 될 정도로 일을 해야 했다. 대부분의 국가가 기간망이 불통인 상태라 자재를 확보하는 것만으로도 어려운 상태였다.

그나마 다행인 것은 천상천을 통해 기존에 계약해 놓은 회사들과는 연락이 가능하다는 것이었다.

국가통신망도 마비된 상태에서 개별적으로 연락으로 취해 오는 한얼 측에 대해 계약한 회사들은 매우 놀라워할 정도였다.

상황이 대충 정리된 것은 이틀이 지난 뒤였다.

필요한 원자재는 반 정도밖에 확보하지 못한 상태지만 그래도 다행이었다. 대부분 국가총동원령이 내려진 상태라 위약금을 몇 배로 내놓게 되어 있는 계약이 아니었다면 그나마 구할 수 없었을 수도 있었던 것이다.

사람들은 다들 녹초가 되어 널브러졌다. 미네르바의 도움을 통해 상당한 경지에 이르렀지만 너무 과도한 심력을 사용한 탓이었다.

그렇게 지친 상태에서 심신을 가다듬고 있는 사람들에게

새로운 인원들이 도착한 것은 사흘째 되는 날이었다.

포바인 중장과 빌름 소령을 비롯한 전함 네르키즈의 선원들이었다. 상당수의 인원이 가세하자 한얼은 다시 활력을 찾았다. 찾아온 사람들 하나하나가 한철의 말대로 굉장한 능력을 가지고 있었던 것이다.

포바인 중장을 비롯한 겐트리온인들은 한철의 일에 적극적으로 협력을 했다.

이미 한철에 대해 미네르바로부터 충분한 설명을 들은 상태라 겐트리온 우주를 구하기 위해서는 한철의 힘이 무척이나 필요하다는 것을 자각했기 때문이었다.

원자재의 이동은 비밀리에 진행이 되었다. 호성중공업 측에서 마련한 부지에 미네르바가 워프를 통해 원자재를 한번에 옮겨놓은 것이었다.

스페이스셔틀이 만들어지는 데는 그다지 큰 어려움이 없었다. 엔진을 비롯한 제조공정이 대부분 미네르바가 보내온 로봇에 의해 이루어졌기 때문이다.

어떻게 그런 로봇들이 만들어질 수 있는지 다들 상당히 놀라는 눈치였지만 한철은 굳이 설명을 해주지 않았다.

로봇들을 능숙하게 다루며 스페이스셔틀을 완성해 가는 겐트리온 인들을 보면서 한철이 상당히 오랜 기간 동안 이번 계획을 준비하고 있었다고 다들 생각했다.

스타쉽을 만들기 위한 스페이스셔틀 오십 대가 완성된 것은 겐트리온인들이 도착한 지 이틀이 지나지 않아서였다.

미네르바에 의해 중요부품과 모듈들이 만들어지는 것을 모르는 터라 거의 불가능하다고 생각하던 일들을 불과 이틀 만에 끝내자 한얼의 사람들은 놀람을 넘어 경악하지 않을 수 없었다.

당초 계획은 한 대 만드는 데 거의 한 달을 잡고 있었기 때문이다.

스페이스셔틀이 만들어지자 원자재들이 빠르게 우주로 날라지기 시작했다.

역사적인 일이 일어나고 있었지만 최초의 스페이스셔틀에 대해서는 홍보조차 하지 않았다. 팔아먹기 위한 것이 아니라 살기 위해 만들어진 것이기에 시간을 쓸데없이 낭비하지 않기 위해서였다.

스페이스셔틀 대부분이 완벽한 스텔스 기능을 갖추어 지구상의 기술로는 추적할 수 없는 것이라 이러한 한얼 측의 움직임은 세상에 전혀 알려지지 않았다.

한주성 회장을 비롯한 호성중공업의 관계자들은 이런 한얼 측의 움직임에 의아해했지만 한태호의 설명으로 모든 의문을 풀 수 있었다.

머지않아 지구가 멸망할 수 있다는 것과 자신들이 스타쉽을 만들고 있다는 것이 노출되면 쓸데없는 사태를 불러올 수 있다는 것을 알 수 있었던 것이다.

전 세계를 덮친 자연재해가 그냥 일어난 것이 아니고 앞으로도 계속 일어난다면 누구나 살길을 모색할 것이 분명 할 터였다.

더 이상 지구가 인간이 생존하기에는 부적합하다는 것이 알려지면 스타쉽은 좋은 표적이었다. 구원을 위한 노아의 방주나 다름없는 것이었기 때문이다. 자칫 하면 구해보기도 전에 세계대전이 일어나 멸망할 수도 있었던 것이다.

상황을 전파한 이후 철저한 보안 아래 스타쉽을 제작하는 일이 진행되었다.

엄청난 자재들이 비밀리에 우주로 날라졌고, 달의 뒤편에서는 미네르바가 동원한 로봇들에 의해 스타쉽이 빠르게 만들어졌다. 스타쉽이 골격을 갖추고 나면 내부에 필요한 장비들은 미네르바에게 직접 통제되는 안드로이드와 로봇들을 통해 만들어지고 있었기에 스타쉽을 만드는 것이 예정보다 빨랐던 것이다.

항성 간의 항해도 아니고 차원축의 비틀어짐으로 인한 재앙를 피하기 위해 만들어지는 것이라 스타쉽이 만들어지는 시간은 더욱 단축되었다.

그렇게 예상보다 빠르게 일이 진행되는 것을 지켜보며 한철도 모니터링 실에 앉아 전체를 조율하고 있었다.

어느 정도 궤도에 올라 첫 번째 스타쉽이 완성되면 곧바로 몽골로 떠날 예정이었다. 라와 시바를 찾아낼 수 없다면 그들과의 전쟁에 최선의 준비를 해야 했기 때문이었다.

"미네르바!"

모니터링 실에 앉아 다른 이들과 함께 스타쉽이 만들어지는 것을 관찰하고 있던 한철이 미네르바를 호출했다. 몽골로 떠나기 전 진척도를 확인하기 위해서였다.

―예, 함장님.

"진척도가 얼마나 되지?"

―앞으로 세 시간 후면 첫 번째가 완성이 될 것 같습니다.

"그럼 일주일 만에 한 대가 만들어 진 것인가?"

―그렇습니다, 함장님.

"그러면 목표한 시간까지. 적어도 세 대가 만들어지겠군."

―아닙니다. 한 대는 더 만들 수 있을 것 같습니다. 지금까지는 작업체계가 익숙하지 않아 시간이 걸렸지만 최대한 서두른다면 오 일에 한 대는 만들 수 있을 겁니다.

"네 대라… 원래의 계획에 고작 오분의 일이로군."

―그래도 우주기지까지 완성될 테니 전보다는 더 많은 인원을 구할 수 있을 겁니다.

"화성에 건설되고 있는 우주기지는 얼마나 완성되었지?"

미네르바의 말에 화성에 있는 우주돔의 상황에 대해 한철이 물었다.

―삼 일 후면 외곽부가 완성됩니다. 다음부터는 토양 정화 작업과 인공기후를 만드는 것인데 시간이 걸리는 일이기에

완성이 되려면 열흘은 걸릴 겁니다.

"시간이 그리 없군. 생략할 수도 없는 일이니까."

—죄송합니다.

"죄송할 것은 없어. 아무리 미네르바라지만 시간의 제약이 있는 이상 한계라는 것이 있다는 것은 나도 아니까."

초자아 컴퓨터지만 미네르바도 한계가 분명히 존재했다. 충분한 시간과 자재가 주어져도 모자를 판에 시간도 한 달밖에 없는데 이 정도면 훌륭하다고 할 수 있었다.

—고맙습니다.

최대한 노력은 했지만 그래도 대부분의 사람들이 죽어야 하는 상황이 올 것이기에 내심 미안하던 미네르바는 한철의 말에 어느 정도 고마움을 느꼈다.

초자아 컴퓨터인 미네르바로서는 생소한 감정이라 당황스러울 정도였다.

"미네르바, 어느 정도 정리가 된 것 같으니 난 마고의 마지막 유산을 찾으러 가야겠어. 라와 시바를 상대하기 위해서는 반드시 찾아야 할 테니까 말이야."

—이미 준비해 놓고 있었습니다. 조동원 씨의 좌표는 확보해 놓은 상태이니 말씀만 하시면 곧바로 워프를 하겠습니다.

"좋아, 첫 번째 스타쉽이 완성되는 대로 곧바로 떠날 테니 준비를 좀 해둬."

—알겠습니다, 함장님.

미네르바에게 부탁을 한 한철은 모니터링 실을 나선 후 사람들을 불러모았다. 자신이 없는 동안 해야 할 일을 설명하기 위해서였다. 만약을 대비하기 위한 조치였다.

한철의 소집에 연구소 중앙에 마련된 대회의실로 모두 모였다.

스타쉽을 만들기 위해 다들 바쁘게 돌아가는 와중이었다. 한철이 부른 데는 이유가 있을 것이지만 적어도 좋은 소식은 아닐 것이기에 다들 표정이 좋지 못했다.

"모두 얼굴 좀 펴십시오. 운명의 날은 어떻게 될지 아무도 모르는 상태니 말입니다. 우리는 그저 최선을 다해 준비를 하면 됩니다."

"모르는 것은 아니다만……."

한철이 무엇을 말하려는 것인지 알지만 한태호는 불안한 듯 말끝을 흐렸다.

만들어지게 될 스타쉽이 계획했던 것에 한참을 못 미치는 숫자였기에 걱정이 든 것도 당연했다.

적어도 100만 명 정도는 있어야 다시금 지구의 문명을 일으켜 세울 터였다.

그렇지만 이제는 아무리 노력해도 40만 명 정도밖에는 구할 수 없다는 사실이 그를 자괴감에 빠지게 만든 것이었다.

다른 이들도 마찬가지였다. 시간이 너무 촉박한 것에 대해 진한 아쉬움을 가지고 있었다.

　'이렇게나 사기가 떨어져 있다니… 아무래도 우주돔에 대한 건설 사실을 알려야겠구나.'

　한철은 화성에 건설되고 있는 우주돔에 대해 알리기로 했다. 제대로 일을 추진하기 위해서는 우선 사람들의 사기를 진작시켜야 했다.

　"계획한 것보다 스타쉽 숫자가 줄어들었지만 걱정하지 마십시오. 좀 더 많은 인원을 살릴 수 있는 방법을 이미 마련해 놓은 상태니까요."

　"정말이냐?"

　한철의 말에 다들 시선이 모아졌다.

　"스타쉽이 네 대니 사십만 명밖에는 탑승하지 못하지만 화성에 생존자를 위한 이주지가 만들어지고 있습니다."

　"이주지라고 했냐?"

　스타쉽이 건조되고 있기는 하지만 별도로 우주 이주지가 만들어진다는 사실이 좀처럼 믿어지지 않는 것인지 한태호가 물었다.

　"사실입니다. 시간이 촉박하기는 하지만 2천만 명 정도 머물 수 있는 우주돔이 만들어지고 있습니다. 사람들을 수송할 방법이 문제이기는 하지만 그 또한 준비하고 있으니 처음 계획보다는 열 배 정도 사람을 더 구할 수 있을 겁니다."

　한철의 말에 사람들의 인상이 활짝 펴졌다. 60억 명이 넘는 사람들 대부분이 죽어갈 것이라는 생각에 마음을 졸였던 그들로서는 희소식이나 다름없었다.

"다행이다. 일을 하면서도 마음 한구석이 너무 불편했는데 말이다."

한태호가 웃으며 한철의 손을 잡았다.

"지금부터가 중요합니다. 최대한 비밀을 지켜야 합니다. 머지않아 재앙이 시작될 것이고 우리에게 스타쉽과 우주기지가 있다는 것이 알려지게 되면 각국에서 가만히 있지 않을 테니 말입니다. 그렇게 되면 문제가 심각합니다. 예상보다 많은 사람이 죽어나갈 것입니다. 삼차세계대전이 시작될 테니까요."

"그렇겠지. 살아야 하니 무슨 수단이든지 동원할 테니까."

"보안 문제는 선배께서 좀 더 신경을 써주십시오. 전 놈들을 상대할 방법을 마련해야 하니 말입니다."

"떠날 생각이냐?"

한철의 말에서 무엇인가 하기 위해 연구소를 떠난다는 사실을 알아차린 한태호가 물었다.

"예, 마고가 남긴 마지막 유산이 무엇인지는 모르겠지만 그것을 얻는다면 더 많은 사람들을 구할 수 있습니다. 놈들을 제가 막고 있는 동안 더 많은 스타쉽과 우주기지가 건설될 수도 있으니 말입니다."

"으음, 알았다. 대신 조심해라."

한태호는 한철이 최후의 결전을 위해 준비하려는 것을 알

수 있었다. 말린다고 들을 한철도 아니기에 순순히 보내주기
로 마음먹었다.

"고맙습니다."

한태호의 마음을 알기에 한철은 무척이나 고마웠다. 죽음
에 이를지도 모르는 길이었지만 자신이 지켜야 할 사람들이
라는 생각에 마음을 다잡았다.

"다들 제가 돌아올 때까지 떠날 준비를 마치고 계십시오.
너무 걱정하지 마시고 말입니다. 그럼 이만!"

번쩍!

말이 끝나기 무섭게 한철의 몸이 빛에 휩싸였다. 미네르바
가 조동원이 있는 곳으로 워프를 시킨 것이었다.

*   *   *

울란바토르에서 남서쪽으로 약 4백 킬로미터 떨어진 오르
혼 강 상류에 위치한 하라호름은 몽골 2대 칸인 오고데이칸
에 의해 대제국의 수도로 정해졌던 곳이다.

거대 제국을 건설했던 몽골제국의 수도답게 당시 하라호
름은 유라시아 각지의 상인들과 물자들, 그리고 각국의 사신
들로 붐볐던 곳이었다.

하라호름의 번성은 13세기 쿠빌라이칸이 베이징으로 수도
를 옮기기 전까지만이었다.

수도가 옮겨짐에 따라 대초원의 한가운데 위치한 하라호름은 점차 폐허로 변해가 버렸던 것이다.

하지만 폐허로 변했음에도 대자연의 풍광은 그 옛날의 모습을 간직하고 있었다.

울란바토르에서 하라호름에 이르는 길을 가는 내내 대초원이 펼쳐져 있었다.

대초원이 보여주는 광활함에 하라호름에 이르는 길을 여행한 여행자라면 누구나 할 것 없이 경의와 찬탄을 마다하지 않을 정도로 사람의 마음을 잡아끄는 힘이 있었다.

하라호름에는 무척이나 유명한 건축물이 있다.

16세기에 아브라이잔칸에 의해 폐허가 된 하라호름에 하나의 건축물이 지어졌는데 바로 에르덴쥬사원이다.

에르덴쥬사원은 수도의 폐허에 남아 있던 돌들을 모아 지어졌는데 108개의 불탑을 세워 백팔번뇌를 씻고자 하는 염원이 깃든 곳이었다.

에르덴쥬사원에는 승려들이 간혹 오갈 뿐 관광객마저 별로 없어 무척이나 한적했다.

얼마 전 에르덴쥬사원에 일단의 일행이 한동안 머물다 떠난 탓이었다.

"이제 올 때가 됐는데……."

조동원은 홀로 에르덴쥬사원에 남아 한철을 기다리는 중이었다. 얼마 전 날아온 통신으로 인해 일행을 먼저 떠나보내고 혼자 남은 것이다.

에르덴쥬사원으로 오는 길은 하나뿐이었기에 계속해서 길을 응시하고 있었지만 초록의 대초원만이 그의 시야에 들어올 뿐이었다.

답답한 마음에 담배를 하나 꺼내 들던 조동원은 자신의 눈앞에 빛무리가 일렁이는 것을 보며 담배를 바닥에 버리고는 공격할 자세를 잡았다.

번쩍!

강렬한 섬광과 함께 빛무리가 사라지고 한 사람의 모습이 나타나자 조동원은 공격하려는 자세를 풀었다. 기다리고 있던 한철이 나타났던 것이다.

"놀랍군요. 공간이동이라니!"

조동원도 유럽에서 활동하며 능력자 중 공간이동을 사용하는 자들이 있다는 것을 알고 있었다.

하지만 한철이 공간이동을 통해 이곳으로 올 줄은 몰랐었기에 약간 놀라고 있었다.

"혼자 계신 것을 보니, 벌써 떠나셨나 보군요."

"떠나신 지 이틀 정도 됐습니다."

"그럼 우리도 떠나도록 할까요."

"말을 준비하겠습니다."

앞으로 가야 할 길은 자동차로도 가기 힘든 길이었기에 조동원은 한쪽 구석에 매어 두었던 말들을 끌고 왔다. 교대로 타고 가려는 듯 그가 끌고 오는 말들은 여섯 마리나 되었다.

한철은 조동원이 끌고 오는 말에 올라탔다. 안장 뒤로 줄이 매달려 있었고, 줄을 따라 두 마리의 말이 달려 있었다. 마지막 말 위에는 가는 동안 사용할 물품들이 실려 있었다.

한철이 말에 올라타자 조동원도 말에 오르고는 앞서 나가기 시작했다.

둘은 그렇게 에르덴쥬사원을 빠져나왔다. 말을 타고 가는 두 사람의 모습을 보며 유목민들이 손가락으로 가리키며 뭐라 말을 하고 있었다.

"다들 두려워하는 것 같군요."

자신들을 가리키고 있는 원주민들의 기운이 몹시 불안정했다. 그저 여행객으로 보일 텐데 두려워하는 것을 보고 한철은 못내 이상했다.

"차탄 족이라는 부족입니다. 순록을 끄는 사람들이라는 뜻이죠. 저들이 두려워하는 것은 당연한 일입니다. 우리가 홉스굴 호수로 간다는 것을 아니 불안할 수밖에요."

"홉스굴 호수는 관광지가 아니었나요?"

"맞습니다. 평소에 관광객이 다니는 길이라면 모를까 우리는 다른 관광객들과는 달리 보이지 않는 길을 따라가기 때문입니다."

"보이지 않는 길이라니 무슨 말입니까?"

"결계로 가려진 길을 말합니다. 그 길을 통해 홉스굴 호수

로 가려 했던 차탄 족들 중 대부분이 실종되었으니 그럴 만도
할 겁니다."

"실종이요?"

"실종은 실종이지만 머지않아 돌아갈 겁니다. 우리가 가는
곳을 세상에 알릴 수 없으니 잠시 억류시켜 놓고 있습니다."

"그렇군요."

한철은 할아버지가 차탄 족들을 억류시켜 놓고 있다는 것
을 알았다. 마고의 마지막 힘을 얻으면 돌려보낼 생각인 것
같아 보여 한철은 더 이상 개의치 않았다.

홉스굴 호수로 가는 길은 그다지 힘든 여정은 아니었다. 조
동원이 미리 세심하게 준비를 한 까닭이었다. 한 사람 당 세
마리 말을 준비한 것이 커다란 도움이 되었다.

두 사람은 매우 빠른 속도로 홉스굴 호수로 달려나갔다. 짐
이 거의 없는데다가 말이 지칠 때쯤이면 바로 갈아탔기에 속
도는 거의 줄지 않았다.

말을 달리며 주변으로 펼쳐지는 이색적인 풍광에 한철은
경탄하지 않을 수 없었다.

멀리 펼쳐져 있는 타이가 숲과 푸릇하게 돋아난 대초원의
풍광은 말할 것도 없었다. 상쾌하기 그지없는 공기와 도심의
때가 전혀 묻지 않은 자연의 경관은 그저 대단하다는 말밖에
는 할 수 없었다.

세계 제1의 담수호인 바이칼 호수의 수원(水源)이 되는 곳이 홉스굴 호수다. 96개의 강이 흘러들어 단 하나의 강이 바로 바이칼호로 흘러드는 것이다.

낮에는 덥고 밤에는 쌀쌀한 지역이지만 타이가 숲과 함께 볼 수 있는 홉스굴 호수는 천혜의 관광지로 요사이 많은 관광객이 드나드는 곳이었다.

Chapter 5
새로운 창조주를 위한 안배

두드드드!!

"워!!"

"워!"

말을 탄 두 사람이 흡스굴 호수를 향해 달려나가다가 멈추
어 섰다. 해가 서산으로 기울어 밤이 찾아오고 있었기 때문이
다.

"오늘은 여기서 노숙을 해야 할 것 같습니다. 이대로 달린
다면 내일 저녁이면 목적지에 당도할 겁니다."

"꽤 먼 길이군요."

하루 종일 말을 달리고 난 뒤 하루 노숙하고 난 뒤 다시 반

나절을 말을 달린 후에야 홉스굴 호수에 도착할 수 있다는 이야기를 말을 타고 오며 들었지만 상당히 먼 길이었다.

"잠시만 기다리십시오."

조동원은 말에서 내려 노숙할 자리를 고르기 시작했다. 어느 정도 자리를 고른 그는 노숙에 필요한 짐을 내려놓았다. 하루만 노숙하면 되기에 그리 많은 짐은 아니었지만 그래도 적지 않은 양이었다.

"자리는 어느 정도 되었으니 나무를 좀 해오겠습니다. 보기와는 달리 밤이 되면 상당히 추워서요."

낮에는 덥지만 밤이 되면 싸늘한 날씨가 되는 것이 이 지역이었다. 난로를 피우지 않으면 살 수 없는 곳이라 조동원은 모닥불로 한기를 몰아내려 한 것이었다.

"그렇게 하십시오. 저는 이 자리에서 기다리도록 하지요."

"그럼."

한철의 대답이 끝나자 조동원은 말에 오른 후, 아무것도 싣지 않은 말 한 마리를 이끌고 숲으로 향했다. 타이가 숲에서 나무를 주워오려는 모양이었다.

"워프를 할 수 없어 말을 타고 오기는 했지만 정말 잘한 것 같다."

한철은 곧장 홉스굴 호수로 워프를 감행하지 않았다. 홉스굴 호수 주변에 대규모 결계가 쳐져 있기 때문이다. 앉아 있으니 결계의 여파가 피부로 느껴졌던 것이다.

홉스굴 호수를 중심으로 펼쳐진 결계는 미네르바를 이용한다 하더라도 워낙 강력했다. 무시하고 워프를 감행했다가는 자칫 공간 속 미아가 될 수 있을 수도 있었기에 한철은 일부러 안전한 곳까지 워프한 후 말을 달려온 것이었다.

그렇지만 그것이 전혀 손해는 아니라고 생각했다. 다시 볼 수 없는 천혜의 경관이 한철의 마음을 사로잡은 것이다. 실로 오랜만에 느껴보는 여유였다.

"할아버지의 움직임을 알아차린 자들도 따라오고 있을 텐데 조 사무관이 어떻게 그곳으로 향할지 모르겠군. 우리들을 따라오는 자들은 쉬운 상대가 아닐 테니까."

자연경관을 바라보며 감상에 젖어 있던 한철은 자신이 왔던 방향을 향해 시선을 돌리며 중얼거렸다.

말을 타고 달려오는 동안 미네르바는 일본과 중국 쪽의 움직임이 심상치 않다는 사실을 알려주었다. 상당수의 능력자들이 몽골로 향했다는 이야기였다.

그리고 한국에서 암약하던 흑룡회의 인물들도 이곳으로 향했다는 연락도 있었다. 흑룡회도 할아버지의 행방에 대한 단서를 얻은 것이 분명했다.

"대부분의 말은 할아버지가 매입해 가지고 가셨다니 놈들은 지금쯤 달려서 오고 있겠군. 상당한 능력자들이니 머지않은 곳에 있을 것이다."

아무리 능력자라도 결계의 범위에 있는 곳에서 능력을 발휘하기란 쉽지가 않다.

특히나 할아버지가 친 결계는 원천적으로 인간이나 정신체에 동일하게 작용되는 것이니 분명 어디선가 자신들과 같이 쉬기 위해 머물고 있을 것이 틀림없었다.

"정신체만 남은 자들은 이곳에 들어올 수는 없을 것이니 흑룡회의 인물들은 분명 임시로 자신들이 머물 수 있는 육체를 얻은 후 이곳으로 향했을 것이다. 그렇다면 시간을 어느 정도 벌 수 있을 것이다. 문제는 중국과 일본 쪽인데……."

혹시 있을 흑룡회의 추적자를 따돌리지는 못하겠지만 말을 타고 달려온 탓에 추격을 늦출 수 있을 것이 틀림없었다. 그렇다면 그로 인해 상당한 시간을 벌 수 있을 것이다.

그보다 문제는 중국과 일본 쪽에서 오게 될 능력자들이었다. 본신의 육체를 가지고 있다면 결계로 인해 능력이 감소한다고 해도 평상시의 반 정도는 실력을 발휘할 수 있을 것이기 때문이다.

"어차피 필요에 의해서 그러셨을 것이다. 그렇지 않으면 위험한 존재들인 그들에게 할아버지께서 정보를 흘리지 않으셨을 테니까."

죽련방과 암천문, 그리고 흑룡회가 동시에 홉스굴 호수로 향했다는 것은 일부러 정보를 흘렸다는 것을 뜻했다.

그것은 조동원의 행동을 보면 쉽게 짐작할 수 있었다. 나무를 하러 간다던 그가 길을 돌아 자신들이 온 방향으로 말을 달리고 있는 것이 느껴지고 있었던 것이다.

"자세히는 모르겠지만 내가 그동안 흡수한 힘들을 보면 놈들도 마고와 관련이 있는 것이 틀림없다."

세 집단에서 흡스굴 호수를 향해 오고 있는 것을 보면 마고의 힘을 원하고 있는 것이 분명했다. 그리고 마고의 힘과도 직접적인 연관을 맺고 있는 것이 틀림없었다.

그것은 막연한 추측이 아닌 확신이었다. 장백령과 상대하며 느낀 힘과 천조의 화신으로부터 얻은 힘, 그리고 흑룡회의 잔재와 최경아로부터 얻은 힘을 종합해 보고 내린 결론이었다.

"할아버지는 마고가 남긴 마지막 힘의 비밀을 이미 밝혀냈을 것이다. 그렇지 않으면 놈들에게 정보를 흘리지 않았을 것이다. 그 비밀이 뭔가가 문제인데……."

그들이 마고가 남긴 마지막 힘과 어떤 관련이 있는지는 아직 밝혀내지 못했지만 할아버지가 그 비밀을 알고 있을 것이란 생각이 들었다.

자신에게조차 완전하게 알려주지 않은 것을 보면 상당한 의미를 지닌 것이 틀림없었다.

"후후후, 가보면 알게 되겠지. 어차피 놈들의 힘은 반으로 줄어들었을 테니까."

할아버지가 어떤 의도를 가지고 불러들이는지는 모르지만 한철은 그다지 걱정되지 않았다. 자신이 가지고 있는 힘이 전혀 줄어들지 않았기 때문이다.

한철은 생각을 접고 다시 산야로 시선을 돌렸다. 이제 날이 완전히 저물어 어두워져 가는 모습이 또 다른 감흥을 불러일으키고 있었다.

그렇게 한철은 자연을 바라보며 생각에 잠겨 있다가 조동원이 돌아오는 기척을 느낄 수 있었다.

"이제야 오는군."

잠시 후, 말에다가 한가득 나뭇짐을 싣고 달려오는 조동원의 모습이 보였다.

"고생하셨습니다."

한철은 조동원을 마중한 후 뒤에 있는 말에서 나뭇짐을 내렸다.

"아닙니다. 다행히 죽은 나무가 있었습니다."

조동원은 말에서 내린 후 한철이 들고 있는 나뭇짐을 받아든 후 자리를 고른 노숙지로 가서 모닥불을 피웠다.

모닥불이 활활 타오르자 조동원은 말이 있는 곳으로 다가가 한 번도 타지 않은 말의 안장을 들추고는 천을 둘러싼 뭔가를 가지고 왔다.

천을 풀자 안에서는 랩에 싸인 고기가 나왔다. 소금과 후추로 간을 하고 향신료를 뿌려 잡 냄새를 없앤 양고기였다.

이곳까지 오는 동안 어째서 갈아타지 않는 것인지 궁금했는데 고기를 그런 식으로 보관한 모양이었다.

조동원은 내려놓은 짐에서 기다란 쇠꼬챙이를 꺼내더니 양고기를 꿰기 시작했다. 고기를 어느 정도 꿰자 짐을 풀어 감자를 꺼내고 껍질을 깎아 반으로 잘라 꼬챙이에 꿰고는 다시 고기를 꿰었다.

꼬치 네 개가 만들어졌다. 장정 서넛이 먹을 만큼 푸짐한 양이었다. 준비가 끝나자 조동원은 불을 고른 후 불 옆 땅에다가 꼬치를 꽂았다.

"전에 요리해 주신 음식들에 비하면 그다지 훌륭한 음식은 아니지만 먹을 만할 겁니다."

조동원은 준비를 끝낸 후 미소를 지어 보이며 말했다.

"저 때문에 준비를 하신 모양이군요. 아직 익지는 않았지만 맛있어 보입니다."

한철의 말 대로였다. 불에 닿아 지글거리는 부분의 고기가 익기 시작하자 고소한 냄새가 초원으로 번지고 있었다. 조동원은 고기가 타지 않도록 고기를 약간씩 돌려놓았다.

"술이 있으면 좋겠지만 지금은 술을 마실 때가 아니라서 준비를 하지 않았습니다."

"그렇겠지요. 그런데 놈들은 어떻던가요."

"……."

조동원은 한철의 갑작스러운 질문에 멍하니 바라보았다. 은밀하게 행동했는데 한철은 이미 자신의 움직임을 알고 있는 것 같았기 때문이다.

“아직 특별한 움직임을 보이지는 않을 것 같습니다.”

“그렇겠지요. 우리가 아니면 할아버지가 있는 곳으로 갈 수 없을 테니까요.”

“으음.”

모든 것을 짐작하는 듯한 한철의 말에 조동원이 신음을 흘렸다.

‘어르신께서 당분간 알리지 말라고 했지만 이미 알고 있다면 말해주어도 상관없을 것 같다. 알려준다고 해도 충격을 받지는 않을 것 같으니까.’

조동원은 몽골에 도착한 후 지금은 홉스굴 호수에 있는 한철의 할아버지로부터 놀라운 사실을 들을 수 있었다. 그것은 바로 마고가 남긴 마지막 힘에 대한 비밀이었다.

“제가 이곳에 당도하고 얼마 후 들은 이야기입니다. 어르신께서는 마고의 마지막 힘이 어떤 것인지 비밀을 밝혀내셨다고 합니다. 갑자기 지구에 있는 차원 에너지가 변화하고 난 뒤 그동안 풀지 못했던 수수께끼를 풀었다고 하시더군요.”

“수수께끼요?”

“그렇습니다. 아주 놀라운 비밀이더군요.”

“음.”

“일단 먹으면서 들으시죠.”

조동원은 돌려가며 익히던 꼬치 하나를 한철에게 건넸다.

한철은 이야기가 길어질 것 같은 느낌이 들었다.

"그러죠."

"쩝! 그런대로 잘 익은 것 같네요."

조동원은 고기를 한입 베어 물며 이야기를 시작했다. 한철은 조동원이 건네준 꼬치에서 익은 고기를 뜯으며 이야기를 경청했다.

"마고는 세상에 자신이 남겨놓은 잔재들을 흩어놓으며 한가지 안배를 했답니다. 바로 라와 시바에게로 그들이 흘러 들어가게 만들었던 것이죠."

"라와 시바에게로 말입니까?"

"그렇습니다. 라는 실패했지만 시바는 성공한 것 같다고 하시더군요."

"그랬습니까?"

"시바는 한번에 성공했지만 라는 완전히 실패를 했다고 합니다. 하지만 그것조차 마고가 예상한 것이라고 하더군요."

"예상을 하고 안배를 했다는 말입니까?"

이미 예상을 했다면 또 다른 안배가 있을 것이 분명하기에 한철이 물었다.

"그렇습니다. 당초 마고의 목표는 그들의 힘이 가진 본질을 캐는 것이었다고 합니다. 그리고 그 의도는 성공을 했고요. 하지만 몇 가지 부작용이 나타났다고 합니다."

"부작용이라니 무슨 말입니까?"

"자세한 것은 모르지만 시바에게로 간 존재는 완전히 마고
의 지배에서 벗어나 버려 시바의 권속이 되었고, 다른 존재들
은 라에게서 좋지 않은 영향을 받은 듯합니다."

"강대한 존재에게서 영향을 받지 않을 수 없었을 테니 그
럴 수도 있었겠네요."

"문제는 다른 것이었습니다."

"다른 문제요?"

"예, 그것은 마고가 이미 그런 것까지 예상했다는 것입니
다."

"음……."

마고가 그런 것까지 예상했다는 말에 한철이 신음을 흘렸
다. 도저히 마고의 안배가 무엇인지 알 수가 없었던 까닭이
다.

"어르신께서도 그 점 때문에 적지 않게 고심을 하셨던 모
양입니다. 그런데 얼마 전 차원이 변화한 후 그 비밀을 푸셨
다고 합니다."

"뭔가가 있군요."

"그렇습니다. 마고는 가이아가 남긴 차원의 힘들을 일부나
마 전부 모으려고 했던 것 같다는 것이 어르신의 생각입니다.
차원이 변화하고 난 후 홉스굴 호수에 그것이 나타났으니 말
입니다."

"그것이라면……."

"바로 차원의 통로입니다."

"차원의 통로라면!!"

한철은 경악하지 않을 수 없었다. 가이아가 소멸한 이상 차원의 통로가 나타난 일은 불가능한 것이었기 때문이다.

"미약하지만 차원의 통로가 홉스굴 호수에 나타났습니다. 어르신께서는 그것이 바로 마고가 남긴 마지막 힘이자 최후의 안배라고 하시더군요."

"할아버지께선 마고가 새로운 차원을 열기 위한 준비를 했다는 것을 알아내신 것이군요."

"그렇습니다. 하지만 문제가 있다고 하시더군요. 마고의 권속들이 오염되어 버린 탓에 완전한 것이 아니시라고 하더군요. 해서 어르신께서는 오염된 마고의 권속들을 불러들이기로 하신 겁니다. 새로운 차원이 열리기 위해서는 그들에게 남아 있는 것으로 보이는 마고의 마지막 잔재가 필요하시다고 말입니다."

"할아버지께서 그런 준비를 하고 계셨을 줄이야……."

새로운 차원을 열 준비를 했다고는 생각하지 못한 한철은 매우 놀랐다. 할아버지의 생각대로 새로운 차원을 연다고 하면 지금까지 위협적이던 라와 시바는 아무런 해를 끼칠 수 없기 때문이다.

"하지만 도박이라고 하시더군요. 오염된 존재들에게 마고의 힘이 얼마나 남아 있을지 장담을 할 수 없다고 하시며 말입니다.”

“뭔가 문제가 있는 것이군요.”

“그렇습니다. 완전히 시바의 권속이 되어버린 조화령(造化靈)이 문제라고 합니다. 조화령에게는 마고가 남긴 힘의 잔재가 완전히 소멸되었을 테니 말입니다.”

한철도 조동원의 말에 고개를 끄덕였다. 조화령이 시바의 권속이 되었다면 마고의 흔적은 이미 눈을 씻고 찾아봐도 없을 것이 분명했다.

시바의 부활이 빨라진 것도 그 때문이 아닌가 싶었다. 아무리 차원의 질서가 완전히 흐트러졌다고는 하지만 라와 시바의 부활은 미네르바의 예상보다 훨씬 빨리 이루어졌던 것이다.

“그것뿐만이 아닙니다. 다른 놈들도 문제라고 합니다. 거의 희미하게 남은 마고의 흔적 때문에 놈들을 불러들이기는 했지만 다른 존재들의 힘도 만만치가 않을 것이라고 말씀 하셨습니다. 거기다가 놈들은 새로 열린 차원의 통로가 차원의 씨앗이라고 알고, 모든 것을 걸고 이곳으로 오고 있을 테니 우리도 만반의 준비를 해야 한다고 말씀하셨습니다.”

“그럴 겁니다. 차원의 씨앗을 얻으면 새로운 창조주가 될 수도 있다는 것을 모를 리 없을 테니 말입니다. 그런데 놈들을 맞을 준비는 끝난 겁니까?”

“어느 정도 안배를 하기는 했습니다만 그것으로 놈들을 막을 수는 없다고 하셨습니다. 해서 어르신께서는 최후의 수단으로 한 가지 안배를……."

조동원이 말끝을 흐렸다.

"으음, 저와 관계가 있군요."

주저하는 빛을 보이는 조동원을 보며 한철은 최후의 안배가 자신과 직접적인 관계가 있음을 직감할 수 있었다.

"그렇습니다. 어르신께서는 당신에게 기대를 걸고 있습니다. 최후가 될지, 최선의 선택이 될지는 모르지만 그동안 당신이 보여준 불가사의한 힘이라면 마고의 안배를 완성시킬 수 있을지도 모른다고 생각하고 계십니다."

"제 힘이요?"

"어르신께서는 당신이 차원의 씨앗을 얻었다고 생각하고 계십니다. 전에 국립박물관에서 보여주었던 당신의 행동을 저에게 들으시고 난 뒤에 그러시더군요. 만약 당신의 힘을 채울 수만 있다면 새로운 차원을 여는 것은 그다지 어렵지 않을 것이라고 말입니다."

"음, 할아버지께서는……."

자신의 힘을 가지고 차원의 통로를 확장시킬 생각을 가졌다면 결론은 한 가지였다. 아무리 차원 주관자라 하더라도 빠져나오지 못할 대책을 마련했다는 뜻이었다.

그 대책이 한철의 마음을 씁쓸하게 했다. 앞에 있는 조동원은 모르고 있었겠지만 아직 알려주지 않으려 한 할아버지의 뜻도 알 수 있었다.

'차원의 통로가 열렸다는 것은 내가 가지게 된 힘도 희생하겠다는 것이다. 그것으로 막을 수 있다면 좋겠지만…….'

가이아가 열었던 차원의 통로가 모두 다시 열린 것이 틀림없었다. 조화령이 담당했던 차원에 문제가 있었겠지만 분명히 연 것은 틀림없어 보였다.

거기다가 마고의 권속들이었던 존재들을 불러들이는 것을 보면 그들을 상대할 수 있는 방법을 마련했다고 보아야 할 것이다. 한철이 보기에 할아버지는 자신의 희생까지도 염두에 두고 있는 것이 분명해 보였다.

하지만 문제가 있었다. 자신이 가진 기운은 차원마다 있는 세계수의 가지를 이용해 힘을 얻은 것이 전부가 아니었다. 세계수가 가져온 기운은 오직 세 가지에 불과했다.

하이드내츄럴포스와 하이드마나포스, 그리고 사이코 매트릭스는 지구 차원의 기운이지만 넵코는 아니었다. 우주를 지탱하는 네 가지 절대력 중 하나인 넵코는 비슷한 것이 있기는 하지만 지구 차원에는 없는 기운인 것이다.

지구 차원에서 찾아볼 수 없는 전혀 다른 기운인 탓에 절대로 섞이지 않을 것이 분명했다. 오히려 커다란 반발을 불러올 것이 틀림없었다.

거기다가 어느 모로 보나 불가사의하다고 할 수밖에 없는 젠가이드가 자신에게 있었다. 젠가이드가 또다시 어떤 식으로 변형을 일으킬지 한철로서도 장담할 수가 없었다.

'무슨 안배를 마련했는지 일단은 가서 보기로 하자. 이곳에서 아무리 생각을 굴려봐야 소용없는 일이니까.'

만약 자신이 생각하는 변수가 할아버지의 안배를 물거품으로 만들어 버린다면 또 다른 혼란을 초래할지 몰라 염려가 되었다.

그렇지만 지금으로선 뾰족한 방법이 없었다. 한철은 안배를 보고 난 후 생각해 보기로 했다.

"무엇을 그리 생각하십니까?"

한참을 말없이 고심에 빠져 있는 한철을 바라보다 조동원이 물었다.

"할아버지께서 어떻게 이런 안배를 하셨는지 궁금해서 잠시 생각해 봤습니다."

"그러셨군요. 저도 잘 모르지만 어르신께서는 생애를 전부 이 일에 바치셨다고 합니다. 원장님께서도 그렇고요. 한 국가의 정보를 총괄하는 사람의 지원이 있는데다 오랜 세월 동안 비문들의 후원을 받으셨으니 가능했으리라 생각됩니다."

"김한석 원장님과 비문들의 도움이 있었다니……."

"어르신께서는 모든 비문들의 우상이십니다. 북한에서조차 어르신을 존경하고 있지요."

"북한에서요?"

자신의 할아버지가 북한에서도 존경을 받는다는 소리에 한철이 놀라 물었다.

"그렇습니다. 북한에도 비문이 존재합니다. 오래전 공산 치하에 들었지만 오랫동안 비문끼리는 교류를 가져왔습니다. 남북을 가로지르는 휴전선이야 비문의 고수들에게는 아무것도 아니니까요. 북한이 쉽게 전쟁을 하지 못하는 이유도 북한에 있는 비문의 고수들이 그것을 억제하기 때문입니다."

"대단한 분이시군요."

"맞습니다. 대단한 분이시지요. 거의 모든 비문의 비기들이 어르신의 손을 통해 재탄생되었으니까요."

"그렇게까지나?"

"사실입니다. 저만 하더라도 어르신의 손에 의해 재탄생한 비기를 익히고 있습니다. 아직 다 익히지 않았지만 그것만으로도 적수를 찾아보기가 힘들었지요."

"……."

한철은 새삼스럽게 알게 된 할아버지의 능력에 할 말을 잃었다. 조동원의 능력이 어떤 것인지 지금은 확실히 느낄 수 있었기 때문이다.

조동원의 능력은 자신들을 뒤쫓고 있는 정신체들을 살피고도 들키지 않은 것으로도 알 수 있었다. 뒤쫓고 있는 자들이 차원 주관자들의 힘을 이어받은 자들인데도 들키지 않은 것이다.

지하 요새에서 한번 겨루어보았던 조동원의 능력은 그가 가지고 있는 능력에 비하면 극히 일부에 지나지 않았던 것이다.

'어떻게 이런 능력을 가지게 된 것이지? 할아버지가 해놓으신 안배라는 것이 혹시?'

조동원의 상태를 다시 한 번 확인한 한철은 할아버지가 해놓은 안배라는 것에 대해 의혹을 느꼈다.

거의 극한에 다다른 육체와 정신체들도 존재를 느낄 수 없는 능력, 거기다 기이한 감응력까지. 이것은 마치 또 다른 차원 주관자를 보는 것 같았다.

조동원의 모습은 마치 알을 깨고 나오기 직전의 모습 같았다. 새로운 단계로의 도약을 위해 준비된 상태 같아 보였다.

어쩌면 할아버지가 조동원 같은 사람을 통해 새로운 차원의 주관자들을 만들어내려는 것이 아닌가 하는 생각이 들었다.

'아니다. 그럴 리가……'

아무리 생각해 봐도 지나친 비약이었다. 가이아가 사라졌다고는 하지만 새로운 차원을 창조한다는 것은 그리 쉬운 일이 아니었다.

차원의 통로를 여는 것까지는 이해할 수 있었다. 아직 차원 주관자들이 사라지지 않고 있으니 자신도 전력을 쏟는다면 불가능할 것도 없었다.

그러나 차원 주관자의 능력 정도라면 모를까 새로운 차원을 창조한다는 것은 있을 수 없는 일이었다.

창조신이 소멸하고 차원의 질서가 허물어진 이상 모든 것이 소멸해야 정상이었다. 그것이 우주의 인과율인 탓이다.

그리고 모든 것이 소멸하고 난 뒤 새로운 의지가 싹트고 혼돈으로부터 그 의지가 나와야만 새로운 차원이 만들어질 터였다. 그것이 순리이며 지구 차원의 인과율에 위배되지 않는 것이었다.

'무엇인지 모르지만 마고가 남긴 마지막 안배에 내가 알지 못하는 뭔가가 있다. 그것을 알지 못하는 이상 이 수수께끼를 푼다는 것은 불가능한 일이다.'

한철은 더 이상 심각하게 고민하지 않기로 했다. 이 자리에서 고민해 보았자 아무런 소용이 없다는 것을 느낀 것이다.

하지만 생각하는 것은 중단하지 않았다. 미네르바를 통해 차폐되었던 모든 지식들을 꺼내어 할아버지가 꾸미고 있는 일이 무엇인지 단서를 찾으려 애를 썼다.

모든 경우를 파악해야만 만약의 사태에 대비를 할 수 있기 때문이었다.

'고민이 많은가 보구나. 하지만 나도 더 이상 아는 것이 없으니… 나도 이런 사실을 이곳에 와서 처음 알았을 때 상당히 놀라지 않았던가. 그곳으로 가면 어르신께서 보다 상세하게

설명해 주실 테니 오늘은 더 이상 말씀드리지 않도록 하자.'

그렇게 한철이 고민하는 표정을 보며 조동원은 고개를 끄덕였다.

자신도 처음 이러한 사실들을 알고 얼마나 놀랐는지 몰랐었으니 말이다. 그도 이곳에 와서야 자신의 진정한 능력을 각성했고, 새로운 사실들을 알았던 것이다.

자신에게는 모든 것을 알려주지 않았지만 이번 계획의 중심에 서 있는 한철에게는 알려줄 것이기에 조동원은 다른 곳에 신경을 쓰기 시작했다.

두 사람은 말없이 꼬치에 꽂힌 고기를 먹기 시작했다.

이야기를 나누는 동안 들고 있던 꼬치의 고기가 다 식어버려 다시 불에 데워야 했지만 말은 더 이상 나누지 않았다.

한철은 자신의 머릿속에 들어 있는 우주의 진리들을 다시 살펴보며 할아버지가 무엇을 생각하고 있는지 알아보고 있는 동안, 조동원은 조용히 뒤따르는 존재들을 살피기 시작했다.

아직은 자신들이 쓸모가 있겠지만 어르신을 비롯한 여러 사람들이 있는 곳에 도착하면 무자비하게 손을 쓸 것이기에 세밀히 살피고 있었던 것이다.

뒤를 따르고 있는 존재들은 모두 세 무리였다.

하나는 자신도 익히 아는 흑룡회의 인물들이었다. 가장 많은 수의 실력자들이 온 것 같았다. 우려하는 자들 이외에 상당한 실력을 드러내 보이고 있는 자들이 느껴졌다.

또 하나의 무리는 모두 다섯 명이었다. 암천문에서 온 자들이 분명했다.

각자 모두 특이한 능력의 소유자였다. 아무리 다섯이라고는 하지만 그중 둘 이상을 제거한다는 것은 조동원에게도 거의 불가능한 일이었다.

마지막으로 아주 희미하게나마 존재감이 느껴지는 무리였다. 그들은 모두 세 명으로 구성되어 있었다. 지금의 조동원이 가진 능력으로도 숨어 있는 것을 파악할 수 없을 정도로 은밀한 기운을 흘리고 있는 이들이었다.

이중 조동원이 파악한 것은 흑룡회와 암천문의 인물들이었다. 하지만 장백령을 비롯한 죽련방의 인물들은 아직 파악을 하지 못하고 있었다.

하지만 한철은 이들 모두를 파악하고 있었다. 모두 한 번씩은 겪어본 존재들이었기에 알아내는 것은 그다지 어렵지 않았던 것이다.

새벽 별이 뜰 때까지 두 사람은 잠을 이루지 못했다, 한철은 할아버지의 안배에 대한 생각으로, 조동원은 뒤를 쫓는 자들에 대한 경계심 때문에 잠을 잘 수 없었다.

그렇게 시간이 지나 여명이 터 오르기 시작하자 조동원은 짐을 걷기 시작했다. 노숙을 하고 잠 한숨 자지 않았지만 이

미 초인의 반열에 든 이들이라 그다지 문제가 없었기에 곧바
로 떠나려는 것이었다.

짐은 금방 챙겼다. 거의 대부분의 짐을 그냥 두고 말을 타
고 가며 먹을 수 있는 요깃거리만 챙겼기 때문이다.

두 사람은 말에 오른 후 곧장 달렸다. 조동원은 예정보다
일찍 출발한 것이었다. 따라오는 자들 중에 자신이 알아차리
지 못한 자들이 있다는 것을 본능적으로 느끼고 있었기에 서
두른 것이다.

두 사람은 말이 지치면 다른 말로 갈아타며 빠르게 달렸다.
중간에 말에게 풀을 먹인 것을 제외하고는 아주 빠른 속도였
다.

12시가 안될 무렵 거대한 호수가 보이기 시작했다. 초원의
젖줄이라 불리는 홉스굴 호수였다. 조동원은 호숫가를 따라
바삐 말을 몰았다.

한참을 달린 후에 거대한 천막으로 이루어진 커다란 캠프
촌을 볼 수 있었다.

아침 일찍부터 서두른 탓에 저녁나절 도착할 거리를 좁혀
점심시간이 조금 지나 목적지에 도착할 수 있었던 것이다.

"저리로 가시죠."

조동원은 목적지에 도착하자 말에서 내려 한철을 이끌었다.

'드디어 할아버지를 만나는 것인가?'

한철의 가슴이 두근거렸다. 부모님이 돌아가신 후 천애고

아라고 생각했는데 친인을 만나게 됐으니 그럴 만도 했다.

"알겠습니다."

조동원은 커다란 막사를 향해 가고 있었기에 한철은 조용히 그의 뒤를 따랐다.

'모두가 보통 사람들이 아니다. 조 사무관에게는 못 미치지만 대단한 능력을 소유한 사람들이다.'

여기저기 캠프촌 근처에서 분주한 사람들을 보며 한철은 조금 놀랐다.

캠프촌에 머물고 있는 사람들 전부가 능력자였던 것이다. 캠프촌에 있는 사람들은 모두 50명이 넘었다. 그들 모두가 조동원에 버금가는 능력자라니 할아버지가 가진 힘이 새삼스럽게 다가왔다.

"여깁니다. 들어가시죠."

안으로 들어가자 상당수의 사람들이 뭔가를 가운데 두고 둘러앉아 있었다.

남쪽을 중심으로 김한석 원장이 앉아 있었고, 동과 서에는 날카로워 보이는 중년의 남자들이, 그리고 북쪽을 중심으로 허허로워 보이는 노인이 앉아 있었다.

'저분이 할아버지인가 보구나.'

자애로운 눈빛으로 자신을 바라보고 있는 것을 보니 북쪽에 앉아 있는 분이 할아버지 같았다. 한철은 생전 처음 보는 할아버지를 향해 절을 했다.

김한석 원장을 제외하고 그런 모습을 바라보는 두 중년인
은 자못 흥미롭다는 듯 한철을 바라보았다.

"왔느냐?"

"예."

"잘 컸구나."

"……."

의미가 함축되어 있는 말이었다. 안쓰러워하는 눈빛으로
바라보는 할아버지를 향해 한철은 아무 말도 할 수 없었다.

"하하, 저 아이가 유공의 손자인 모양이군요."

서쪽에 있는 이가 한철의 모습을 흥미롭게 바라보다 입을
열었다.

"그렇습니다. 한공."

"잘 큰 것 같습니다. 안으로 갈무리된 힘을 보면 상당한 경
지에 이른 것 같기도 하고 말입니다."

한공이라 불린 이는 한유상이라는 도인이었다. 백두산에
서 오랫동안 도를 닦아온 자로 한반도에 존재하는 고대비문
중 수위를 다투는 천선문(天仙門)의 도맥을 이은 자였다.

그가 한철에게 흥미를 보이는 이유는 이미 생사경의 경지
에 이른 자신의 능력으로도 정확히 파악하기 힘들다는 사실
때문이었다.

동쪽에 앉아 있는 박수성도 마찬가지였다. 비류문(秘流門)
이라 일컬어지는 비문의 수장인 그도 한철의 능력을 정확히

파악할 수 없자 한유상과 마찬가지로 흥미를 가지고 있었다.

"유공의 손자가 이미 우리들의 경지를 넘어섰나 봅니다."

"그것은 아닐 겁니다."

박수성의 의문에 짧게 대답한 한철의 할아버지는 좌중을 둘러보다가 다시 말을 이었다.

"저 아이는 마고께서 남기신 힘을 이어받았을 뿐, 성취 면에서는 여러 분들을 넘을 수는 없겠지요. 몇 가지 기예를 가지고 있겠으나 어찌 비문의 주인들만 하겠습니까."

"허어! 그러면……?"

박수성이 짧게 탄식했다. 고대하던 마고의 후예가 이제 자신의 앞에 있는 까닭이었다.

"그렇습니다. 저 아이가 우리들이 준비한 것을 이어받을 아이지요."

"그러면 이제 시작을 해야겠군요."

한유상이 나서며 말했다. 자신들이 찾아낸 힘을 전하기 위한 대상이 온 이상 머뭇거릴 시간이 없었기 때문이다.

"아직은 아닙니다."

"아직이시라면?"

한유상이 조심스럽게 되물었다.

"마고의 힘을 나누어 가진 이들이 아직 오지 않았으니 그들이 온 다음에 마지막 유산을 전해야 할 겁니다."

"혹여 방해가 되지 않겠습니까?"

한유상도 이곳으로 오고 있는 자들이 누구인지 알고 있었
다.

이곳으로 오고 있는 자들은 자신들과 같이 수련을 통해 경
지를 이룬 자들이 아니었다.

존재의 목적 자체가 초월적인 힘을 가진 존재들이었다.

마고의 마지막 유산을 찾아 새로운 존재로 거듭나기 위한
존재들이기에 자신들의 염원이 행여 이루어지지 않을까 노심
초사하는 것이 당연했다.

"하하하, 걱정하지 마십시오. 저 아이와 이것이 있는 이상
그들의 야욕은 한낱 물거품밖에는 되지 않을 겁니다."

"유공께서 그리 말씀하셨다면 그렇게 되겠지요."

밝게 웃으며 대답을 하는 것을 바라보며 한유상은 믿음이
가는 듯 표정이 풀렸다.

"한철아."

한유상을 비롯해 좌중에 있는 이들이 어느 정도 안심한 것
같아 보이자 한철의 할아버지가 입을 열었다.

"예, 할아버님."

"많이 궁금한 모양이로구나."

"그렇긴 합니다."

"잠시 기다려야 할 것이다. 마고의 힘을 얻기 위해서는 그
들이 필요하니 말이다."

"알겠습니다."

한철은 차분히 대답을 하고는 뒤로 물러났다. 생각할 것이 많았기 때문이다.

사람들의 중심에 있는 것은 커다란 원반처럼 생긴 흑색의 물체에서 특이한 기운이 느껴지기에 궁금증이 들었던 것이다.

'이상한 일이다. 저기에 있는 저 검은 원반이 무엇이기에…….'

한철은 막사 안으로 들어온 이후 계속 의문을 가지고 있었다. 막사 중앙에 있는 흑색의 원반에서 흘러나오는 기운이 자신이 잘 알고 있는 것 것과 쌍을 이룬 듯 닮아 있었기 때문이다.

'설마, 같은 것은 아니겠지. 그것은 겐트리온 우주의 원천이 되는 것인데…….'

한철이 의문을 가지고 있는 것은 젠가이드에서 나오는 기운과 비슷한 기운이 검은 원반에서도 느껴진다는 것이었다.

분명 같은 기운이 아니었다. 오히려 완전히 반대의 속성을 가진 기운이었다.

한철은 의심이 들어 다시 한 번 확인했다. 그렇지만 느껴지는 기운은 변함이 없었다.

'그렇다면 저것이 이 차원을 창조한 모태라는 말인가?

젠가이드가 일으킨 변화를 보면서 한철은 그것이 겐트리온 우주를 창조한 모체임을 어느 정도 짐작할 수 있었다.

그와 완벽히 반대의 쌍을 가진 존재라면 지금 보고 있는 것이 바로 지구 차원의 모태가 된 존재임을 어렵지 않게 짐작할 수 있었던 것이다.

'조 사무관의 말이 허황된 것이 아닐 수도 있다. 저것이 모체라면 차원의 통로를 만들어내는 것도 그리 어렵지는 않을 것이다. 그렇지만 젠가이드에 비해 완벽하지 않다는 것이 문제인데……'

검은 원반이 지구 차원을 만든 젠가이드라 확신한 한철은 여러 가지 가정을 세우고 있었다.

그중의 하나가 자신의 할아버지가 차원의 통로를 만들어 무엇을 하려고 하는지에 관한 것이었다.

'젠가이드가 제 기능을 발휘한다면 할아버지가 원하는 대로 새로운 차원을 창조할 수도 있을 것이다. 하지만 지금 상태로는 저 젠가이드는 무척이나 불완전하다. 무리해서 시도했다가는 어쩌면 모든 것이 한순간에 날아가 버릴 지도 모른다.'

가정을 세우고 상황을 유추하자 걱정이 들지 않을 수 없었다. 불완전한 것을 사용하다가는 큰 위험이 닥칠 가능성이 높았기 때문이다.

한철이 걱정을 하는 동안 사방에 앉은 네 사람은 한철이 들어오기 전에 의논하던 사항에 대해 다시 이야기하기 시작했다. 시간이 별로 없기에 일단 결론을 지어야 했던 것이다.

제일 먼저 입을 연 것은 한유상이었다.

“어떻게 하면 좋겠습니까?”

한유상은 한철의 할아버지를 바라보며 의견을 물었다.

“그들이 이곳으로 오고 있는 중이니 언제쯤 도착할지 아는 것이 우선일 겁니다.”

흑룡회와 암천문, 그리고 죽련방의 인물들이 오기까지 시간이 얼마 없었다. 결계를 쳐 놓았다고는 하지만 언제까지 유지할지 자신할 수 없었던 것이다.

자신이 세운 계획을 완벽하게 실행하려면 우선 그들이 도착할 시간을 추정하는 것이 무엇보다 중요했다.

잠시 생각하던 한철의 할아버지를 바라보다 김한석이 조동원을 불렀다.

“동원아!”

“예.”

“그들이 언제 도착할 것 같더냐?”

“결계가 깨지지 않는다고 가정하면 아마 6시간 정도 걸리지 않을까 생각됩니다.”

조동원의 대답에 김한석이 고개를 돌려 좌중을 돌아보았다.

“6시간이라……. 이곳에 마고가 남긴 차원의 씨앗이 있다고 알고 있는 이상 함부로 결계를 깨거나 하지는 않을 것이 분명하니 시간은 그 정도로 잡으면 될 것 같습니다, 어르신.”

"저 아이를 시켜 알아보게 했나 보군요, 김공."

박수성은 김한석이 미리 알아보게 한 것에 대해 매우 감탄한 표정이었다. 자칫 잘못하면 목숨을 잃는 일이라 자신의 수제자나 다름없는 조동원을 통해 알아보게 한 일은 그리 쉬운 일이 아니었던 것이다.

"그렇습니다. 다행히 위험은 없었던 듯합니다."

박수성을 비롯한 사방을 책임지는 비문의 주인들이 어려운 결정을 내린 자신을 바라보자 김한석은 아무 일도 아니라는 듯 대답했다.

"그렇다면 그에 맞추어 준비를 하면 될 것이네. 6시간이면 얼추 시간을 맞출 수 있을 테니 말이네."

"곧바로 시행하도록 할까요, 어르신?"

"그래야 할 걸세. 안전을 위해서나, 보다 완벽한 계획을 위해서는 그편이 나을 것이니 말이네."

한철의 할아버지가 결정을 내린 것으로, 계획을 빨리 시행하기로 합의가 나자 김한석은 한철을 바라보았다.

"유한철군, 잠시 이리로 오게나."

"……."

한철은 조심스럽게 김한석의 옆으로 다가갔다.

"자네도 분위기를 봐서 알겠지만 지금 우리가 하려는 일은 매우 중요하네. 일그러진 차원을 다시 정립하는 일이지. 만약 성공한다면 라나 시바와 같은 창조주에 근접한 차원 주관자들도 원래의 상태로 되돌릴 수 있는 일이니까."

"저것과 관계가 있는 것이군요."

"맞네. 이것과 관계가 있지."

김한석은 한철의 질문에 순순히 대답을 해주었다.

"이것은 혼돈의 거울이라고 하는 것이네. 가이아가 이 세상을 등지고 사라질 때 썼던 것으로 태초의 혼돈 상태를 만들어낼 수 있는 기물이지. 아마도 이것이 있기에 지금 우리가 살고 있는 세상이 만들어졌다고 해도 과언이 아닐 것이네."

"그렇습니까?"

대답에 거의 감정이 깃들어 있지를 않자 김한석은 의외라는 듯 한철을 바라보았다.

"그렇네. 그렇지만 이것은 아직 불완전한 상태네. 지금까지 수많은 사람들이 기운을 불어넣은 결과, 가이아가 만들어냈던 차원의 통로를 여는 것까지는 성공했으나 무척이나 불완전한 상태네. 가이아가 창조한 차원을 맡았던 이들의 기운이 모두 스며들지 않은 탓이지. 해서 자네에게 부탁할 것이 있네."

"저에게 말입니까?"

무엇을 부탁할지 알고 있었지만 한철은 짐짓 모르는 듯 대답을 했다.

"자네는 어르신의 안배로 마고가 남긴 힘을 이어받았을 걸세. 가이아가 창조한 차원의 세계를 지탱하는 세계수의 힘을 말일세."

"그렇다고 들었습니다."

"우린 그 힘이 필요하네. 자네가 이 혼돈의 거울에 그 힘을 불어넣기를 바란다는 뜻일세."

"그렇게 되면 어떻게 되는 것입니까?"

"혼돈의 거울에 자네가 힘을 불어넣으면 차원의 통로는 완벽하게 부활하네. 그러면 혼돈의 거울은 태초에 있었던 혼돈으로 돌아가기 시작하지. 혼돈의 기운이 완성되면 지금 지구에 붙어 있는 모든 차원의 찌꺼기들을 흡수할 것이네. 그 후에는 다시 새로운 차원을 생성해 내겠지."

"새로운 창조주가 탄생하는 것입니까?"

"아직 모르네. 하지만 분명한 것은 지금까지 존재하는 것은 무로 돌아가고 새로운 차원이 탄생한다는 것이네."

김한석도 거기까지는 미처 알고 있지 못한 듯 간단하게 대답을 했다.

"그렇게 되면 지구상의 인류는 어떻게 되는 것입니까?"

한철로서는 인류의 생존이 무엇보다 중요하기에 물었다.

"그것은 내가 대답을 해주마."

자신의 질문에 할아버지가 나서자 한철은 시선을 돌렸다.

"지금 지구 차원의 중심에 살고 있는 우리뿐만 아니라 전 차원의 생명체들이 살아날 확률은 반반이다. 우리가 이런 모험을 하는 것은 이렇게 하지 않으면 모든 것이 소멸하기 때문이지. 혼돈의 거울을 통해 차원의 통로를 연 것도 그것을 막기 위한 것이었다. 차원의 질서가 붕괴되기 시작했기에 어쩔 수 없는 선택을 한 것이지. 그렇지 않았다면 지구 차원은 이 광대한 우주에서 흔적도 없이 사라졌을 것이다."

"으음……."

한철이 신음을 흘렸다. 차원의 질서가 무너졌는데도 생각보다 큰 피해가 없었던 것에는 이유가 있었던 것이다.

"그럼, 한 가지 질문을 드리겠습니다. 말씀하시는 것으로 보아서는 마고의 권속으로 있던 차원 주관자들을 이곳으로 불러들이는 것 같은데 그것은 어째서입니까?"

한철은 궁금해하고 있는 것에 대해 직접적으로 물었다.

"네가 세계수로부터 얻은 힘을 혼돈의 거울에 불어넣는다고 해도 혼돈을 만들어내는 것은 그리 쉬운 일이 아니다. 엄청난 에너지가 필요한 일이지. 그들을 이곳으로 유인하는 것도 그들이 가지고 있는 차원 주관자들의 힘을 혼돈의 거울을 돌리는 에너지로 쓰기 위해서다."

"그렇군요."

자신이 예상한 것과 별다를 것이 없기에 한철은 고개를 끄덕였다.

'할아버지께서 저리 자신하는 것을 보니 가능성이 매우 높은 일인 것 같구나.'

한철은 혼돈의 거울을 둘러싸고 있는 이들의 얼굴에 나타

난 자신있는 표정을 보고는 상당한 가능성이 있다는 것을 알
았다.

'일단 할아버지 뜻에 따르자. 그때 얻은 힘은 내게 있어 거
의 있으나 마나 하니까.'

백무요에서 얻은 힘은 한철에게 그다지 필요가 없는 것이
었다. 젠트리온 우주를 창조한 젠가이드로 인해 새로운 힘을
얻었기 때문이다.

"알겠습니다. 제가 가진 힘을 불어넣도록 하지요. 원래부
터 제 것도 아니었으니 그다지 미련이 남는 힘은 아니니까
요."

"고맙다. 초월자에 버금가는 능력을 포기한다는 것이 쉽지
만은 않은 일인데 말이다."

"지구 차원을 되돌릴 수 있다는데 그까짓 것이 대수겠습니
까? 바로 시작하도록 하지요. 어떻게 하면 되는 겁니까?"

한철은 혼돈의 거울에 힘을 불어넣는 방법을 물었다. 한철
의 질문에 김한석이 앞으로 나섰다.

"저기 중간에 보면 희미하게 새겨진 글귀가 보일 것이네.
가림토 문자로 쓰여진 것으로, 혼돈의 거울을 움직이는 법문
이지. 자네는 저 법문에 가지고 있는 힘을 불어넣으며 되는
거네."

"알겠습니다. 그렇게 하도록 하지요."

한철은 두말하지 않고 혼돈의 거울 앞에 서더니 두 손을 내

밀었다. 그리고는 김한석이 가리킨 부분에 직접 손을 댔다.

'우선 힘을 분리하도록 하자.'

한철은 자신이 가지고 있는 우주의 절대력 중에서 세계수의 가지로부터 얻은 힘을 천천히 분리해 낸 후 혼돈의 거울 속으로 불어넣기 시작했다.

우우웅!!

혼돈의 거울이 떨기 시작했다. 강렬한 에너지 파장으로 인해 진동하기 시작한 것이다.

진동이 시작되자 네 사람은 자리에서 일어나 한철과 혼돈의 거울을 향해 빙 둘러섰다. 그리고는 자신들의 힘을 이용해 기운의 막을 치기 시작했다.

웅! 웅! 웅!!

진동이 격하게 일어나고 혼돈의 거울이 점차 허공에 떠오르기 시작했다.

잠시 후, 허공에 떠오른 혼돈의 거울로부터 묵빛 기운이 흘러나오기 시작했다. 지구 차원의 찌꺼기들을 흡수할 혼돈의 파장이 움직이기 시작한 것이다.

한철이 짚고 있는 법문에서 다시 금빛 기운이 흘러나왔다. 법문 자체가 발광하기 시작한 것이다.

'이것이 제법문이로구나.'

기운을 불어넣고 있던 한철은 몸이 떨렸다. 금빛으로 떠오른 가림토 문자가 머릿속에서 저절로 해석되고 있었던 것이다.

한철은 법문의 이름과 그것이 하는 역할이 어떤 것인지 알 수 있었다. 그리고 마고가 어째서 혼돈의 거울을 마지막 유산으로 남긴 것인지도 알 수 있었다.

제법문이라 불린 법문의 해석이 끝나고 난 뒤에 혼돈의 거울이 돌기 시작했다. 마치 UFO처럼 제자리에 떠서 회전을 시작한 것이다.

한철은 혼돈의 거울에서 손을 떼었다. 혼돈의 거울이 무엇인지 알아내기도 했지만 자신의 역할이 끝났기 때문이기도 했다.

혼돈의 거울을 활성화하기 위해 한철이 세계수의 힘을 모두 불어넣는데 걸렸던 시간은 거의 4시간이었다. 실로 엄청난 양의 에너지가 스며든 것이다.

"오오!!"

"성공했구나."

"다시 새로운 세상이 찾아오겠구나."

모두가 탄성을 터뜨리며 좋아했다. 한철이 가지고 있는 기운을 흡수하면 될 것이라 가정했지만 이렇게 성공할 줄은 그들도 크게 기대하지 않았던 것이다.

하지만 그 누구도 한철이 이토록 쉽사리 기운을 불어넣었다는 사실에 주목하는 이는 없었다.

"수고했다."

일차 계획이 성공하자 한철의 할아버지는 한철의 어깨를 두드리며 위로해 주었다.

"아닙니다."

자신이 해야 할 일을 다 마쳤기에 한철은 기쁜 마음으로 대답했다.

이 상태로 별일만 없다면 새로운 차원이 창조될 수도 있을 것이고 그로 인해 자신이 계획하고 있던 것보다 많은 사람을 살릴 수 있다는 사실이 그를 기쁘게 한 것이다.

"이제 그만 쉬도록 해라. 나머진 우리들이 알아서 하마."

"조심하십시오."

한철은 조심을 당부한 후 막사 끝 쪽에 마련된 의자에 가서 앉았다. 힘의 차이는 그다지 없지만 상당한 정신력을 소모하는 일이었기에 잠시 쉬려는 것이었다.

한철이 물선 후 네 사람은 두 손으로 수인을 그리며 뭔가를 하기 시작했다. 차원의 통로를 보다 구체화하기 시작한 것이다.

혼돈의 거울을 따라 검은 공간이 생겨나기 시작했다. 다른 차원으로 향하는 통로였다.

구체화되기 시작한 차원의 통로는 모두 36개였다. 가이아가 창조한 수만큼의 통로가 만들어진 것이다. 모든 차원의 통로를 구체화시키는 일이 상당히 힘든 듯 네 사람 모두 굵은 땀방울을 흘리고 있었다.

얼마의 시간이 지나자 나타났던 차원의 통로들이 혼돈의 거울 속으로 스미듯 사라져 갔다. 그렇게 하나둘 사라진 차원의 통로 중 마지막 통로가 사라진 것은 조동원이 예상한 시간을 얼마 남겨두지 않았을 때였다.

"모두들 잠깐 쉬도록 하는 것이 좋겠습니다."

상당한 정신력을 소모하기에 다들 지쳐 있었다. 김한석은 비문의 수장들을 향해 쉬기를 당부했다.

김한석의 제의에 세 사람은 한철과 같이 한쪽 구석으로 가 의자에 앉았다.

위이잉!

회전하던 혼돈의 거울이 점차 멈추기 시작했다. 뿜어지는 검은 기운도, 법문에서 흘러나오던 금빛도 모두 사라지고 한철이 처음 봤을 때와 같은 모습이었다.

한 가지 전과는 달라진 점이 있다면 이전에는 바닥에 놓여 있던 것이 지금은 허공에 둥둥 떠 있는 상태라는 것이었다.

"이제 준비를 마친 것 같습니다. 이대로라면 놈들도 이 혼돈의 거울이 무엇인지 절대로 알 수 없을 겁니다."

김한석의 말에 한철의 할아버지는 가장 큰 역할을 한 이를 바라보았다.

"이렇게 완벽하게 작동할 줄은 나도 몰랐다. 모두 네 덕분이다, 한철아!"

"아닙니다. 잘되었다니 다행이군요, 할아버님."
할아버지의 말에 한철은 기분이 좋아졌다. 할아버지로부
터 들은 첫 번째 칭찬이기 때문이다.

Chapter 6
새로운 차원으로의 진화

휴식을 취하는 동안 조동원은 막사 바깥으로 나갔다. 미리 지시가 있었던 듯 막사 밖이 부산스러워졌다.

'이곳을 중심으로 다시 결계를 치는 것이로군. 놈들이 올 시간이 그리 멀지 않으니 빨리 서둘러야 할 텐데…….'

한철의 생각은 기우나 다름없었다. 밖에서 움직이는 자들도 보통이 아닌 듯 흡스굴 호수로 오면서 보았던 것보다 몇 배나 강한 결계를 그야말로 순식간에 쳐버렸다.

준비가 끝난 것인지 조동원이 막사 안으로 들어왔다.

"준비가 모두 끝났습니다."

"수고했다. 놈들이 이곳에 도착하면 쓸데없이 자극은 하지 말도록 주지시키고 너도 다음 단계를 준비하도록 해라. 다시 한 번 말하지만 실수가 없어야 할 것이다.”

“명심하고 있습니다.”

김한석의 말에 조동원은 고개를 숙이며 대답을 했다.

'준비가 끝난 이상 놈들도 어쩔 수 없이 선택을 해야 할 것이다. 혼돈의 거울에 담기게 될 에너지를 통해 새로운 세상을 맞이할 것인지, 아니면 이대로 소멸할 것인지 말이다.'

조동원의 대답에 김한석은 결의를 다졌다.

자신에게 있어 마지막 결전이었다. 차원 주관자들의 에너지를 전이시키는 와중에 자신은 틀림없이 죽을 것이기 때문이다.

혼돈의 거울로 차원 주관자들의 에너지를 돌린다는 것은 쉽지만은 않은 일이다. 혼돈의 거울이 없다면 절대로 결행할 수 없는 일이다.

죽음은 분명히 찾아온다. 인간의 몸으로 초월의 영역에 어느 정도 발을 디뎠으나 차원 주관자들의 능력은 이미 그보다 먼 곳에 있으니 틀림없었다.

이런 생각을 하는 것은 다른 이들도 마찬가지였다. 모두들 죽음을 전제로 이번 계획을 진행시키는 것이었다.

하지만 죽음에 대한 감흥은 거의 없다고 해도 과언이 아니었다. 앞으로 있을 싸움에 대한 기대 때문이다.

모두 인간의 한계를 초월한 이들이었다. 오래전 초월자의 영역에 발을 디딘 후 세상을 주관하던 자들과 싸울 수 있다는 생각에 흥분마저 느끼고 있었다.

"이제 갑시다."

한철의 할아버지가 자리에서 일어났다. 멀리서 느껴지던 기운이 점차 가까이 다가왔기 때문이다.

"그러지요."

"재미있을 것 같습니다."

다른 이들 또한 광대한 기운을 품고 있는 존재들을 느꼈기에 따라서 자리에서 일어났다. 다들 즐거운 표정으로 자리에서 일어나고 있었다.

'가슴이 떨리도록 숨이 막히는 기운인데 어르신들은 이겨내신 모양이구나.'

고대비문의 주인들이라고는 하지만 이토록 덤덤하게 맞이할 줄 조동원도 몰랐다.

언제나 근엄한 얼굴을 하던 이들의 얼굴에 미소가 지어지는 것을 보며 조동원은 역시나 하는 생각이 들었다.

'우리도 준비를 해야겠구나. 놈들이 데리고 올 자들은 우리가 맡아야 하니까.'

생사를 초월한 표정을 보면서 조동원도 결의를 다졌다. 마고의 권속이었던 차원 주관자들은 혼자 오지 않았던 것이다. 조동원의 지시에 몇몇 사람이 은밀히 자리를 빠져나갔다.

"한철아."

“예.”

한철은 막사를 나서기 전 자신 앞에 선 할아버지를 바라보았다.

“지켜보기는 했다만 너로서는 나를 처음 보는 것일 텐데 만나자마자 이별이로구나.”

“예?”

한철은 할아버지의 말이 의아스러웠다.

“후후후, 이야기하지는 않았다만 차원을 주관하는 자들의 힘으로 혼돈의 거울을 돌리려면 우리 네 사람의 목숨이 필요하단다. 인간의 힘으로 그들의 에너지를 감당한다는 것은 아무리 우리라도 목숨을 걸지 않으면 불가능한 것이기 때문이다. 그동안 세계수가 가진 힘을 잘 지켜주었다. 네 덕분에 오랜 고심이 완성되었으니 네게 무척이나 고맙구나.”

“도, 돌아가신다는 말씀입니까?”

“그래, 하지만 괜찮다. 이것이 나에게 부여된 사명이니 말이다. 음! 이제 놈들이 왔구나. 내세에서 보도록 하자. 나는 기다리는 것에 익숙하니 너만큼은 한참 있다가 오도록 해라.”

더 말하려 했으나 한철의 할아버지는 유언과 같은 말을 남기고 밖으로 나섰다. 차원을 주관하는 자들이 이미 캠프로 진입했던 것이다.

한철은 할아버지를 쫓아 밖으로 나갔다. 정렬해 있는 사람들의 중심으로 할아버지를 비롯한 네 사람이 서 있었고, 강렬한 기운을 지닌 존재들이 그 맞은편에 서 있었다.

'다 몰려왔구나. 정신체로 있을 줄 알았는데 어디서 육체를 구했나 보구나.'

흑룡회의 인물들을 바라보니 육체를 가지고 있었다. 쉽지가 않았을 텐데 어디서 구했는지 의문이지만 자신들의 힘을 감당할 만한 육체를 지니고 있었다.

"우리를 유인한 것인가?"

흑룡회주가 앞으로 나서며 물었다.

이곳으로 오기 전 암묵적인 협약이 맺어졌다. 차원의 씨앗을 얻은 후에 서로가 결판을 내기로 했다. 그전까지는 공동으로 대응하기로 한 것이다.

대표는 흑룡회주가 맡기로 했다. 차원의 씨앗을 가지고 있는 것으로 보이는 자들이 한국에서 온 자들이란 이유 때문이다.

"유인한다고 올 것은 아니지 않았나?"

"그렇지, 차원의 씨앗이 뿜어내는 기운을 느끼지 못했다면 오지 않았겠지."

"내가 막을 것이라는 것도 알았지 않나?"

"하도 보이지 않아 소멸된 줄 알았는데 이곳에서 꿍꿍이를 꾸미고 있을 줄은 몰랐다."

흑룡회주와 한철의 할아버지는 오랜 친구처럼 대화를 나

누었다. 오래전부터 숙적으로 몇 번 부딪친 그들은 이번이 마지막 결전임을 알고 있기에 오랜 원한을 어느 정도 잊을 수 있었던 것이다.

"그럼 시작하지. 오늘은 오랜 세월 이어진 악연의 사슬을 끊어야 하니까."

"그러지. 이제 나도 지겨우니까."

흑룡회주도 동의하는 듯 앞으로 나섰다. 그를 따라 암천문의 암흑율사들과 죽련방의 인물들도 앞으로 나섰다.

두 사람의 대화 내용은 한국어로 진행되었지만 의미는 어느 정도 알아차렸기에 그들도 최후의 결전이 다가왔다는 것을 느낀 것이다.

흑룡회에서 넷, 죽련방에서 셋, 암천문에서 암흑율사 다섯이 나섰다. 모두들 차원 주관자들의 힘을 나누어 가진 자들이었다.

싸움이 임박했다는 것을 다 알고 있지만 누구하나 초조해하는 이는 없었다. 서로 간의 목적에 따라 운명을 건 한판이었기에 초조한 쪽이 지고 들어가는 것을 잘 알기 때문이다.

'장백령은 전에 봤으니 알겠고, 저자들이 죽련방의 핵심인물들인 모양이로군.'

한철은 죽련방에서 나온 이들을 주시했다. 다른 이들과는 달리 그들에게서 느껴지는 힘이 심상치 않았던 것이다.

'다른 자들은 차원 주관자들의 힘을 나누어 가진 것 같지만 저들은 아닌 것 같구나. 각자 차원을 주관하는 자들의 힘을 이은 것인가?'

예사로운 기운이 아니었다.

한철로서도 쉽게 측량하기 힘든 기운이었다. 흑암성체에서 느껴지던 것보다 더욱 강하고 은밀한 기운이 그들에게서 느껴졌다.

그랬다. 장백령을 비롯한 죽련방의 인물들은 한철의 생각과 같이 각자 차원 주관자들의 힘을 이은 자들이었다.

기세를 숨기고 있어 다들 눈치채지 못했지만 젠가이드를 가지고 있는 한철만이 세 사람의 진정한 정체를 어느 정도 알아차릴 수 있었던 것이다.

장백령이 고대비문의 주인들을 경계하는 동안 장백령의 의동생들인 서문도, 등조운은 만약의 사태에 대비한 듯 주위를 살피고 있었다.

이곳으로 오는 동안 펼쳐져 있던 결계의 기운으로 보아 심상치 않은 함정을 파놓고 있다고 생각한 까닭이었다.

이미 차원 주관자로서의 힘을 완벽히 갖춘 이들이라 그다지 위협이 될 것도 없는 일이었지만 만약의 사태라는 것이 있기에 주의를 기울이고 있는 것뿐이었다.

그리고 무엇보다도 그들은 자신들의 대형인 장백령의 힘을 믿고 있었다.

불필요한 마찰을 줄이기 위해 손을 잡기는 했지만 온전하지 못한 반편(半偏)이라고 할 수 있는 흑룡회나 암천문의 암흑율사들은 장백령 혼자서도 감당할 수 있다는 것을 잘 알고 있었던 것이다.

"조 사무관님, 대답하지 말고 듣기만 하십시오."

한철은 의지를 통해 조동원에게 이야기를 건넸다. 장백령과 같이 온 서문도와 등조운에 대해 주의를 주기 위해서였다.

'이건!! 뭔가 할 말이 있나 보구나.'

갑작스럽게 자신의 뇌리를 울리는 한철의 목소리에 당황스러울 만도 하건만 조동원은 아무런 내색을 하지 않고 한철의 목소리에 귀를 기울였다.

"그렇습니다. 그저 생각만 하시면 조 사무관님의 뜻을 알아들을 수 있으니 저들이 알아차리지 않도록 생각만 하시면 됩니다."

"알겠습니다."

"우선 왼쪽 편에 있는 세 사람을 조심하십시오. 아무래도 그들은 다른 자들과는 달리 이미 차원 주관자로서 완성된 존재인 것 같으니 말입니다."

놀라운 말이었지만 조동원은 내색을 하지 않았고 세 사람을 주목했다.

"죽련방에서 온 자들이로군요."

"아는 자들입니까?"

"알고 있습니다. 가운데 있는 자는 대형인 장백령이고, 왼쪽에 서 있는 자는 둘째인 서문도, 그리고 오른 쪽에 서 있는 자는 막내인 등조운입니다. 상당히 강한 무예를 익히고 있다고 알려져 있는 자들입니다. 그런데 저들이 차원 주관자라는 말입니까?'

아무리 기감을 열어 살펴봐도 그다지 특별한 힘은 느껴지지 않았기에 조동원은 의아하지 않을 수 없었다. 자신이 지금까지 보아온 바로는 한철은 절대 확신없는 이야기를 할 사람이 아니라는 것을 알고 있기에 묻지 않을 수 없었다.

"맞습니다. 차원 주관자가 아니라면 저런 능력을 가질 수 없으니까 말입니다."

"음, 흑룡회나 암천문의 암흑율사들의 비해 그다지 나을 것도 없는 자들인데, 알고 보니 차원 주관자라니 놈들이 중국을 장악한 것이 우연이 아니었군요."

한철의 대답에 조동원은 세 사람이 차원 주관자라는 것이 사실이라는 것을 확신할 수 있었다.

"놈들이 가진 힘이 어떤 것인지 파악하고 있는 중이지만 쉽지는 않을 것 같습니다. 좀 더 살펴봐야 할 것 같습니다. 놈들도 뭔가 준비하고 있는 것 같으니 모두들 조심하도록 해주십시오."

"알겠습니다."

한철의 부탁에 대답을 한 조동원은 주위를 살폈다. 자신에게는 아무것도 느껴지지 않았다. 그저 평범해 보일 뿐이었다.

'뭔가 내가 모르는 것을 느꼈을 수도 있으니 주의를 해야 겠구나.'

주의해서 나쁠 것은 없었다. 자신의 목숨이야 이미 대계를 위해 내놓은 상태였다. 아무리 강대한 존재라 할지라도 목숨 을 내놓고 싸우면 어디 한군데 박살 낼 자신은 있었다.

그렇지만 조동원은 한철의 말대로 그들에게 계속 주시를 해야겠다고 생각했다. 무엇보다 중요한 것은 계획이 틀어지 는 일은 없어야 한다는 사실 때문이었다.

그리고 자신과 함께 최후의 결계를 완성할 이들에게 알려 야 했다. 차원 주관자가 가지고 있는 힘을 온전히 가지고 있 다면 계획을 변경해야 할지도 모를 일이었다.

'일단 놈들에게 알려지지 않도록 해야 한다. 우리가 놈들 의 정체를 알고 있다는 것을 알면 어떻게 나올지 모르니까.'

자신과 고대비문의 후예들이 자신들에 대해 알고 있다는 것을 눈치채지 않도록 하는 것이 중요한 일이었다. 고대비문 의 주인들을 제외하고 가장 앞서 있었기에 조동원은 손을 뒤 로 돌려 한철에게 전해 받은 이야기를 간단히 풀어 동료들에 게 전했다.

조동원이 세 사람을 관찰하며 준비를 하고 있는 사이 흑룡 회주와 한철의 할아버지가 대화를 끝마쳤다. 도저히 메울 수 없는 간극이 존재하는 이상, 대화는 그저 말장난뿐이었기 때문이다.

흑룡회주가 앞으로 나서며 검은 기운을 줄기줄기 뿌리기 시작했다. 뭉클거리며 흘러나오는 것이 화재가 날 때 나오는 유독가스 같았다.

우르릉!

번개가 작렬하고 나서야 울리는 천둥소리가 들려왔다. 잠시 후 암흑을 밝히는 오색의 뇌전이 사방에 뿌려지기 시작했다.

번쩍!!

콰르르릉!!!

오색의 뇌전이 몰아치는 검은 기운은 이내 캠프촌 전역을 감싸 안았다.

스스슥!

흑룡회주가 힘을 방사하며 일대를 자신의 권역으로 만들자 그의 권속이나 다름없는 장로들이 함께 나섰다. 차원의 씨앗을 차지하기 위해서였다.

다른 존재들이 간섭하기 전에 단번에 끝내는 것이 좋겠다는 생각에 전력을 다하기로 한 것이다.

네 사람이 뿌려대는 암흑의 기운은 캠프촌을 넘어 결계의 가장자리까지 밀려 나갔다. 순식간에 흑룡회에게 유리한 암흑의 장이 마련된 것이다.

먼저 손을 쓰고 있는데도 불구하고 장백령을 위시한 죽련방이나 암천문의 암흑율사들은 아무런 손을 쓰지 않았다. 흑룡회가 손을 쓰기 시작한 이상 그로 인해 주변에 있을 함정이 발동하기를 기다린 것이다.

'대단하군. 저런 뇌전에 맞으면 아무리 나라 할지라도 상당한 충격을 받을 것이다.'

흑룡회주와 그의 권속들이라 할 수 있는 장로들이 뽑어내는 뇌전들은 인체는 물론 정신체에 심각한 타격을 줄 수 있는 힘을 지니고 있었다.

자신이 예상했던 것보다 더 큰 힘을 가지고 있었기에 장백령은 고심에 들어갔다.

번쩍!

흑룡회주의 몸에서 뽑어지는 오색의 뇌전을 향해 빛나는 백광이 다가서기 시작했다. 장로들이 자신들의 원정을 뽑아내 흑룡회주와 힘을 합치려는 것이다.

흑룡회주의 머리 위에서 거대한 뇌전들이 만들어지기 시작했다. 선명한 색깔을 지니고 있는 오색의 뇌전은 점차 그대 비문의 주인들을 향해 날아가기 시작했다.

지구상에 존재하는 에너지 중 그 짝을 찾을 수 없을 만큼 뇌전은 거대한 기운을 감추고 있었다.

콰르르릉!

천둥이 울리는 소리가 장내에 넘쳐 났다. 상대에게 정신적인 타격을 가할 만큼 커다란 굉음이었다.

번쩍!!

쐐애애액!!

천둥소리가 끝나자마자 네 사람을 향해 노란색의 뇌전을 제외한 뇌전들이 날기 시작했다.

뇌전이 전진하며 강렬한 파공음을 울려댔다.

쾅!

콰콰쾅!!

고대비문의 주인들 앞에서 다시금 강력한 폭발음이 생겨나며 방전현상을 일으켰다.

흑룡회주가 뿌린 뇌전들이 무엇인가에 막힌 듯 힘없이 지하로 쏟아져 내려갔다. 마치 폭포처럼 고대비문을 이끌고 있는 주인들의 몸을 타고 흘러내렸다.

"이럴 수가!!"

흑룡회주의 얼굴에 난색이 떠올랐다. 하나하나 차원 주관자들의 힘에 필적하는 힘을 가지고 있다고는 하지만 자신들의 공격을 이토록 쉽사리 무로 돌릴 줄은 몰랐다.

"어디 이것도 한번 받아보아라."

첫 번째 공격이 있은 후 흑룡회주의 머리에 있던 노란색의 뇌전은 몸집을 불리고 있었다. 처음 생겨났을 때보다 거의 열 배나 커져 거의 전주 정도의 크기만 한 상태였다.

꽈릉!

노란색의 뇌전이 움직이자 진동음과 함께 대지가 들썩였다. 파동의 여파로 들썩이던 뇌전들이 허공으로 튀어 올라 사방으로 비산했다.

심상치 않은 공격이 시작되자 고대비문의 주인들은 조금 전과는 달리 수인을 맺었다. 항마촉지인이었다.

수인이 맺어지자 순식간에 검은색의 막이 네 사람을 감싸안았다.

쾅!!!

보호막이 생긴 것과 동시에 뇌전이 폭발했다.

"컥!"

"으윽!"

충격이 심한 듯 고대비문의 주인들이 신음을 흘리며 휘청거렸다.

"으음……!"

자신이 예상한 것과는 다른 결과에 흑룡회주가 신음을 흘렸다.

'방금 전 내 공격을 막은 것은 무엇이지? 절대 막을 수 없는 공격이것만…….'

불가사의한 보호막이었다. 자신의 힘을 감추고 있었다지만 방금 전 시도한 공격은 차원 주관자들도 쉽게 막을 수 있는 것이 아니었다.

그런데 차원을 주관하는 자들의 힘이 아님에도 약간의 부상만 입고 막아냈다는 것이 믿어지지 않았다.

'이쯤에서 물러나도록 하자. 나만 힘을 뺐다가는 나중에 죽 쒀서 개주는 짝이 날 테니.'

흑룡회는 이만 물러서기로 했다. 죽련방과 암천문의 인물들에게 좋은 일을 시켜줄 필요가 없었던 것이다.

흑룡회주가 천천히 뒤로 물러서자 장로들도 뒤로 물러섰다.

뒤에서 지켜보고 있던 암천문의 암흑율사들이 앞으로 나섰다. 흑룡회주의 의도를 알지만 이곳으로 오는 동안 협약을 맺었기에 어쩔 수 없이 나선 것이다.

다섯 사람은 캠프촌에 들어서면서부터 오각형을 이루는 자리에 서 있었다. 지금 앞으로 나서는 순간에도 진형을 이룬 것은 변함이 없었다.

달라진 것이 있다면 아까는 다들 고대비문의 주인에게로 시선이 향했었는데 이번에는 달라졌다는 점뿐이었다.

그들은 안에 있는 중심을 축으로 마치 원을 그리듯 오각형을 만든 채 마주 보고 있었다. 결계를 치려는 것 같은 모습이었다.

다섯 사람은 자신의 손을 앞으로 내밀었다. 그러자 각자의 양손에서 흰빛이 쏟아지기 시작했다. 흰빛은 일정한 공간 안에만 머물렀다.

치치치직!!

소음과 함께 복선으로 겹쳐진 빛들이 중심을 향해 지나쳤다.

안쪽에 빛으로 이루어진 오망성이 만들어졌다. 오각형으로부터 뻗어 나온 빛들은 별을 만들고 그 중심부에는 오각형이 생겨났다.

이러한 반응은 무한히 계속되었다. 네 사람이 서 있는 중심에는 수도 없는 오각형과 별들이 만들어졌던 것이다.

오각형의 안쪽에는 별이, 그리고 별의 안쪽에는 오각형이 무한히 반복되면서 보여지고 있는 광경은 무척이나 신비로웠다.

마치 판타지 소설의 마법사들이 시전 하는 마법진과 같은 모습이었던 것이다.

암흑율사들이 심상치 않은 모습을 보이자 제일 먼저 행동한 것은 조동원을 비롯한 고대비문의 후예들이었다. 그들은 마치 사라지듯 그 자리에서 모습을 감추었다.

한철의 할아버지와 고대비문의 주인들도 마음의 준비를 하기 시작했다. 흑룡회주가 했던 공격에 비해 몇 배나 더 강력한 공격이었기에 안배를 발동시킬 생각이었던 것이다.

번쩍!

작렬하는 태양보다 더한 열기를 품은 것 같은 빛이 사방으로 뻗쳐 나왔다. 오망성을 이루는 암흑율사들이 있는 곳에서 흘러나오는 빛이었다.

　암천문의 암흑율사들은 마고가 남긴 힘이 고대비문의 주인들에게 깃들어 있다고 믿고 있었다. 마고를 비롯해 차원 주관자들의 힘은 인간이 아니면 전해질 수 없는 것이었기 때문이다.

　경쟁자가 있음에도 이들이 천조의 힘을 초반부터 꺼내 든 것은 바로 그 때문이었다.

　공격과 동시에 고대비문의 주인들이 가지고 있을 것으로 보이는 마고의 힘을 흡수하기 위해서였다.

　번쩍!!

　섬광과도 같은 빛이 무리를 이루더니 암흑율사들에게서 날아올랐다.

　초열지옥과 같은 열기가 고대비문들의 주인들에게 집중되었다. 무쇠 덩어리도 단숨에 녹여 버릴 듯한 열기로 인해 숨이 턱턱 막혔지만 고대비문의 주인들은 그럴 줄 알았다는 듯 담담히 막아냈다.

　화르르르!

　공격이 막히자 이번에는 커다란 불의 창이 허공에 떠올랐다. 다섯 개나 되는 불창들은 제 역할을 수행하기 위해 빠른 속도로 날아갔다.

　피핏! 피피핏!

　콰쾅!!

　동시에 날아온 창들이 이번에도 역시 뭔가에 가로막혔다.

극한의 열기와 파괴적인 물리력으로 10미터 두께의 강철도 단숨에 뚫어버리는 공격임에도 한 치의 물러섬도 없이 막아내는 것을 본 암천문의 암흑율사들은 무척이나 당혹스러웠다.

초월자의 힘이 느껴지지 않는 이들이 이런 공격을 막아낸다는 것은 거의 불가능한 일이었기 때문이다.

"어떻게 저렇게 할 수 있지?"

"공격이 들이치는 순간 순간적으로 결계의 막이 나타난 것을 보면 놈들은 차원의 씨앗이 가진 힘 중 일부를 상용할 수 있는 것 같다."

암흑율사들은 서로 의논을 해보았지만 고대비문들의 주인들이 발휘하는 힘이 무엇인지 알아차릴 수가 없었다. 그것은 그들에게 있어 한 번도 보지 못한 새로운 힘이었기 때문이었다.

"계속해서 공격을 해보고 놈들을 제압할 수 없다면 다음 단계로 들어서는 수밖에는 없다. 모든 힘을 드러낼 수는 없겠지만 다른 놈들의 기세로 보아 이쯤에서 하나가 되는 것이 좋을 것 같다."

"음, 그러는 것이 좋을 것 같군. 합체하는 순간 저놈들이 공격을 하지 않을 테니 위험부담을 덜 수 있을 테니까."

서로 의논을 하던 암천문의 암흑율사들은 이번이 자신들의 힘을 합칠 절호의 기회임을 깨달았다.

　이곳으로 오면서 만나 자들의 힘이 자신들에 비해 그리 뒤
지지 않다는 것을 안 이상 언제고 할 일이었지만 지금까지는
시간이 없었다.
　천조의 힘을 하나로 모으는 와중에 공격을 당한다면 그동
안의 고심이 물거품이 되기 때문이었다.
　‘머리를 굴리기는…….’
　암흑율사들은 빛에 휩싸여 있는 중이었다. 하지만 그 안을
꿰뚫어 보는 이들이 있었다. 이미 차원 주관자로서의 힘을 모
두 회복한 장백령과 그의 동생들이었다.
　‘네놈들이 아무리 그렇게 해도 저들이 펼치는 결계는 깰
수 없을 것이다. 저들이 펼치고 있는 것이 그리 간단한 것이
아니라는 것을 깨닫지 못하는 한 너희들은 좌절만 맛보아야
할 것이다.’
　장백령은 암흑율사들의 공격을 막아낸 힘을 주목하고 있
었다. 공격이 부딪치는 순간 강력한 힘들은 마치 뇌전처럼 지
하로 스며들었다. 그리고는 이내 흔적도 없이 사라져 버렸다.
무엇인가가 천조의 힘을 흡수하고 있다는 것을 뜻했다.
　비록 일부이기는 하지만 차원 주관자의 힘을 이렇게 간단
히 흡수하는 것을 보면 자신이 찾고 있는 것이 분명했다. 모
든 차원의 시작이자 끝인 차원의 씨앗이 아니라면 그럴 수 없
었던 것이다.
　‘조금 더 지켜보도록 하자. 아직은 백 퍼센트 확신할 수 없

는 일이니까.'

　장백령은 암흑율사들이 하는 대로 내버려 두기로 했다. 차원의 씨앗을 이용할 줄 안다면 뭔가 대비를 했다는 뜻이고, 자신이라 할지라도 섣불리 덤벼서는 좋을 것이 없다는 판단이 든 것이다.

　번쩍!

　우르르룽!

　장백령이 탐색하는 사이 백색의 뇌전과 같은 불길이 암흑율사들이 일으킨 빛무리에서 솟아올랐다. 흑룡회주가 일으킨 노란색의 뇌전과 비견될 만한 힘을 내포하고 있는 것이었다.

　쾅!!

　한철의 할아버지를 비롯한 고대비문의 주인들이 친 결계의 막을 강타한 백색의 뇌전은 강렬한 충돌음을 내며 멈추어 서 있었다.

　부르르!

　우우우웅!

　결계의 막에 꽂힌 채 보이지 않는 에너지 파장을 찢어내려는 듯 요동을 치자 대기가 진동하며 충격파를 발산하기 시작했다.

　고대비문의 주인들은 지금까지와는 달리 이마에 땀이 솟

기 시작했다. 에너지 파장이 미치는 영향으로 인해 자신들이
친 결계가 뚫리려는 것을 막아내야 했기 때문이다.

　막아내는 것을 성공한 듯 백색의 뇌전이 점차 수그러들기
시작했다. 촛불이 마지막 몸을 사르듯 섬광이 일며 점차 사라
져 갔다.

　'응?

　천조의 몸을 합쳐 가던 암흑율사들은 의아한 눈으로 자신
들의 공격을 막은 이들을 보았다.

　그들의 눈에는 의문이 가득했다. 각자 가진 힘만 상대했을
때는 막을 수 있을지 모르지만, 합친 힘을 이렇게 막아낼 수
없다는 것이 그들이 가진 생각이었기 때문이다.

　혼돈의 거울을 이런 식으로 이용할 줄 몰랐다는 한철의 눈
빛이 미미하게 흔들렸다.

　'당황하는군. 하기야 저런 식으로 자신들을 막을 줄은 몰
랐을 테니까. 할아버지께서 많은 준비를 하신 모양이로구나.
혼돈의 거울을 이용해 저들의 힘을 흡수하다니.'

　모습은 잘 보이지 않지만 자신들의 공격이 막혀 버리자 당
황한 듯했다. 자신들이 생각한 대로 일이 진행되지 않자 당혹
스러운 것이 분명했다.

　'놈들이 자신들의 힘이 어떻게 되는지 모르는 이상 할아버
님이나 저분들은 안전할 것이다. 문제는 저놈들인데……'

흑룡회주나 암흑율사들이 뿌린 힘은 이미 혼돈의 거울로 흡수된 상태였다.

마치 해파리처럼 혼돈의 거울로부터 나온 촉수들이 고대 비문의 주인들이 서 있는 바로 아래 지하에 촘촘히 뻗어 있었다. 혼돈의 거울은 촉수를 통해 차원 주관자들의 힘을 흡수하고 있었던 것이다.

힘을 흡수하는 것뿐만이 아니었다. 혼돈의 거울은 그들의 힘을 태초의 상태로 돌리고, 그중 일부를 고대비문의 주인들에게 보냈다. 공격이 계속될수록 고대비문이 주인들은 더욱 강해져 가고 있었던 것이다.

문제는 죽련방에서 온 자들이었다. 충돌한 에너지의 파장이 지하로 스며들자마자 흔적도 없이 사라진다는 것에 의문을 느낀 듯 묘한 눈으로 바닥을 바라보고 있었던 것이다.

'이제 저들도 각자의 힘만으로는 안 된다는 것을 느낀 모양이로군.'

장백령을 바라보던 한철은 암흑율사들에게 시선을 돌렸다. 암흑의 율사들이 변이와 합체를 통해 새로운 존재로 거듭 나려는 것을 느꼈기 때문이다.

실제로 육체 간에 합체가 일어나고 있었다. 육체를 가진 인간이 합체하는 것은 매우 특이했다. 세포 단위의 변이가 일어나고 세포와 세포는 서로가 짝을 찾고 합쳐져 진화하고 있었다.

인간의 육체라고는 볼 수 없는 새로운 육체가 만들어지고 있었다. 합체한 육체는 그 자체만으로도 가히 초인이라고 할 수 있는 능력이 잠재해 있었다.

정신체도 마찬가지였다. 처음 왔을 때는 약간 불안해 보이던 정신체들이 서로 간에 융화하며 보다 완벽해지고 있었다.

파동으로 볼 때 가지고 있는 힘의 크기도 기하급수적으로 늘어나고 있었다. 차원 주관자라 일컬어지는 초월자가 탄생한 것이다.

잠시 후, 빛무리가 점차 잦아들기 시작했다. 다섯이었던 빛무리는 어느새 하나만 남았고, 빛으로 가려졌던 다섯의 인영 중 하나만 남았다.

불완전하지만 천조의 힘을 온전히 발휘하기 위해 넷이 소멸하며 한 명에게 모든 힘을 몰아주었던 것이다.

'가네모토 때문에 완벽한 합체가 이루어지지 않은 것 같구나. 으음, 저 정도라면 충분히 상대할 수 있을 것이다.'

융합과 진화를 통해 새로운 존재로 거듭난 것 같지만 완벽하지 않았다. 그저 완벽에 가까운 것이었을 뿐이었다.

한철은 어느 정도 안심했다. 처음부터 이런 상태로 공격했으면 모를까, 섣불리 공격했던 것은 암천문의 주인이라고 할 수 있는 암흑율사들의 명백한 실수였다.

가지고 있는 에너지를 불필요하게 써버린 탓에 쉽게 끝낼 수 있는 일을 어렵게 끌고 간 것이다.

'본격적으로 붙을 모양이니 나는 저들이나 상대를 해야겠다. 놈들이 끼어들면 할아버님께서 다치실 테니까. 후후후, 그나저나 전에 청도에서는 결판을 내지 못했는데 이곳에서 결판을 낼 수 있겠군.'

암흑율사들은 할아버지와 고대비문의 주인들에게 맡겨두고 한철은 장백령을 비롯한 죽련방의 인물들을 상대하기로 했다. 흑룡회의 인물들이 있기는 하지만 비문의 후예들이라면 충분히 상대할 수 있을 것이라 판단했기 때문이다.

"저놈은!!"

한철이 발걸음을 옮기자 장백령의 눈초리가 사나워졌다.

차원의 씨앗을 가지고 있는 것으로 보이는 고대비문의 주인들에게 교묘히 가려져 있어 누구인지 확인할 수 없었다가 이제야 한철의 존재를 확인했기 때문이다.

"누굽니까?"

장백령의 분노에 왼편에 서 있던 서문도가 물었다.

"나에게 부상을 입혔던 놈이 바로 저놈이다."

"그러면 청허를 차지한 놈이……."

자신들의 기운을 더욱 공고하게 할 신녀들을 데리고 간 자가 이 자리에 나타난 것이 뜻밖인지 서문도는 한철을 주시했다.

"후후후, 잘됐다. 그렇지 않아도 이곳의 일이 끝나면 찾으려 했는데."

"그동안 한 번도 꼬리를 드러내지 않더니 이곳에 있는 것을 보면 저놈들과 오래전부터 우리를 주시하고 있었던 것 같습니다. 삼화신녀가 청허를 전승하고 있다는 것을 알고 있었던 것을 보면 놈들이 마고가 남긴 차원의 씨앗을 가지고 있는 것이 분명합니다."

서문도는 엉뚱한 오해를 하고 있었다.

하지만 상황이 너무도 공교로웠다. 마고가 남긴 차원의 씨앗이 있는 곳에 삼화신녀가 전승하고 있는 청허를 취한 것으로 보이는 한철이 나타났기 때문이다.

'우리와 미국 놈들의 싸움에도 저놈이 분명 관여했을 것이다. 약은 놈이 분명하니 도망을 칠 수도 있을 것이다. 그렇다면 조치를 취해야겠군. 대형의 다음 타깃은 저놈이 될 테니까.'

자신들의 일을 어렵게 만들었던 한철에 대해 분노가 일었지만 서문도는 자신의 할 일을 잊지 않았다.

서문도는 우선 한철의 얼굴을 확인했다. 만약 놓치게 된다면 찾지 못할 것 같다는 생각이 들었던 탓이다.

'후후후, 이제 나에게 기억된 이상 너는 독 안에 든 쥐나 다름없다.

그의 뇌리에 기억되어 있는 이상 어디로 가든 자신의 손길을 벗어날 수 없을 터였다. 권속으로 있는 수많은 눈들이 전 세계 어디에나 있었기 때문이다.

서문도가 한철을 기억하고 있는 사이 장백령이 한철에게
로 다가갔다.

"오랜만이군."

장백령의 목소리에는 적의가 실려 있지 않았다. 자신을 곤
란하게 했던 자에 대한 관심만 있을 뿐이었다.

"그렇군."

"삼화신녀는 어떻게 됐나?"

"후후후, 무엇인가를 내게 전해주더군. 덕분에 좋은 경험
을 할 수 있었다."

"그렇군."

장백령은 한철이 청허를 취했음을 확인할 수 있었다. 마고
의 제약으로 세상의 기운이 흐트러졌을 때 유일하게 남아 있
던 태초의 기운을 한철이 흡수했다는 것을 확인하자 남은 길
은 하나밖에 없었다.

차원의 씨앗을 얻는 것도 중요하지만 청허의 기운도 그 못
지않게 중요하기에 이번 기회에 취해야겠다고 생각했다.

"제법 강한 놈이니 반발이 있을 것이다. 너희들은 놈이 도
망가지 못하게 주위를 차단해라. 도망을 가면 찾기 쉽지 않을
테니까 말이다."

"대형, 이미 놈을 각인해 놓았습니다. 도망을 친다고 해도
바로 잡을 수 있으니 걱정하지 마십시오."

서문도는 이미 대비를 하고 있음을 알렸다. 장백령은 안심

할 수 있었다. 서문도의 능력이라면 충분히 찾아낼 수 있을 것이기 때문이었다.

스스슥!

서문도와 등조운이 거리를 벌리며 한철을 포위했다. 천지인을 가둔다는 삼재진이 펼쳐졌다. 세 명이 가장 효과적으로 적을 상대할 수 있는 진법이다.

한철은 죽련방의 인물들이 자신을 포위했음에도 무척이나 여유로웠다. 얼굴에 미소까지 머금고 있었다. 장백령들을 상대하러 나오면서 몇 가지 확인한 것이 기분을 좋게 한 것이다.

'데블나이트로 상대하며 놈들의 힘을 빼놔야겠다. 혼돈의 거울이 어떤 역할을 하는지 어느 정도 눈치채고 있으니 최대한 몰아쳐야겠군.'

한철은 데블나이트를 펼치기로 했다.

젠가이드를 자신의 것으로 만든 후 늘어난 능력이라면 아무리 차원 주관자들이라 하더라도 그리 어렵지 않게 상대할 수 있을 것이기 때문이다.

장백령은 자신의 허리띠를 풀었다. 자신의 애병을 꺼내 든 것이었다.

번쩍!

소리없이 뽑힌 연검이 햇빛을 반사했다. 예리하게 보이는 연검에는 보기에도 으스스한 기운이 뿜어져 나오는 것이 예사 물건이 아니었다.

'재미있는 검이로군. 다른 차원의 기운이 느껴지다니……'

지구 차원에는 없는 기운이 연검에서 느껴졌다.

36개 차원을 흐르는 기운을 전부 알고 있는 한철로서도 처음 보는 기운이었다. 연검뿐만이 아니었다. 장백령은 물론 그의 의제들도 이색적인 기운을 뿜어내고 있었다.

'그 옛날 삼황이라 불리던 이들이 차원을 주관하는 자들이었다고 하던데 다른 차원의 기운이라니 정말 모를 일이로군.'

삼황은 마고의 권속 중 중원이라 부르는 중국 대륙에 둥지를 튼 자들이다. 마고가 세상에 흩어진 후 제일 먼저 배신한 자들이지만 이전에는 누구보다 마고를 따르는 이들이다.

그만큼 그들이 가진 기운은 마고의 기운과 비슷하게 동화된 자들이다.

마고가 남긴 것과 함께 지구 차원에 흐르는 것과는 괘를 달리하는 기운을 가지고 있다는 것이 의문이 아닐 수 없었다.

'섣불리 상대할 자들이 아니니 움직여야겠다.'

더 캐보고 싶었지만 한철은 어쩔 수없이 움직여야 했다.

기운 대 기운으로 싸우고 있는 암흑율사와 고대비문의 주인들과는 달리 죽련방의 인물들과는 기(氣)를 동반한 기(技)

로 싸워야 하는 까닭이었다.

장백령은 은빛이 감도는 연검을, 서문도는 칠흑처럼 어두운 검은색의 도를, 그리고 등조운은 청동으로 만들어진 조(爪)를 무기로 사용했다.

세 가지 다 신기를 가진 듯 예사롭지 않은 기운을 흘려내고 있었다.

쉽지 않은 상대라는 것을 직감한 한철은 로테이트크루즈(자연순항력)를 이용해 자신의 몸을 제로 좌표로 돌렸다. 모든 공간의 축이 되는 베이스에 자신의 의지와 육체를 일치시켰다.

좌표에 일치시키는 순간 한철은 자신의 의지가 뻗어나가는 공간의 좌표를 모두 기억했다.

자신만의 공간이 만들어진 것이다. 흑암성체를 상대할 때 인위적으로 만들었던 공간과는 달리 이번에는 자연의 공간에 자신의 의지를 반영하여 자신의 것으로 만든 것이라 그다지 큰 힘이 필요치는 않았다.

공간 자체를 의지로 자신의 것으로 이끈 것이다.

찰나라고 할 만큼 워낙 빠른 시간에 공간을 장악하기도 했지만 지구 차원에 존재하지 않는 기운인 넵코를 사용했기에 장백령을 비롯한 세 사람은 이러한 사실을 알아차리지 못하고 있었다.

파파팟!

세 사람이 교차하듯 몰아쳤다. 서문도의 도가 허리를 향

해 쇄도하고 등조운의 푸르스름한 조가 머리를 향해 다가왔
다.

거기에 두 사람의 공세를 포용하며 장백령의 검이 전신을
휘감아왔다.

'부딪치는 순간 놈들의 기운이 터져 나갈 것이다. 놈들이
바라는 대로 할 수 있는 없지.'

먹이를 찾아 달려드는 독사의 독아(毒牙)처럼 빠른 속도로
날아오는 공격에도 불구하고 한철의 눈빛은 침착하게 가라앉
아 있었다.

세 사람이 노리는 바를 잘 알기에 대응도 침착했다. 공격이
다가오는 순간 한철의 몸이 순간적으로 사라졌다. 공간이동
이었다. 워프를 이용한 공간이동이 아니라 의지가 이는 동시
에 자신이 원하는 곳으로 이동한 것이었다.

공간장악에 자연순항력까지 겹쳐지자 세 사람의 거센 공
격은 아무런 힘도 쓰지 못하는 무용지물이었던 것이다.

'힘의 파장을 피해 이동하다니……'

장백령은 한철이 사라진 순간 흠칫하지 않을 수 없었다. 세
사람이 얽어 짠 그물은 공간이동마저 제약을 가하는 것이었
기 때문이다.

특히나 다른 차원의 힘마저 섞여 있어 지구 차원의 존재들
은 완전하게 피할 수 없는 것이었다.

하지만 공간을 한철이 먼저 선점했기에 그들로서도 제압

하기란 쉽지가 않은 일이었던 것이다.

파파팟!

한철이 피한 것을 안 세 사람은 어느새 자리를 이동해 포위를 했다.

"놈이 이상한 힘을 쓰고 있다."

나름의 공간장악력으로 상대를 묶어놓고 공격하고 있었는데도 불구하고 완벽하게 피해 버리자 장백령은 의동생들에게 의지를 전했다.

"이상한 힘이라니 무슨 말씀입니까, 대형?"

포위망을 단단히 구축하고 있었기에 시간을 얻은 서문도가 물었다.

"어쩌면 놈도 우리와 같이 다른 차원의 힘을 가지고 있을지도 모르니 주의를 해라. 놈의 특성을 모르는 이상 잘못하면 우리가 오히려 당할 수 있다."

"……."

"……."

세 사람의 힘은 지금 최고조에 이르러 있었다.

차원을 주관하는 자의 힘을 얻은 것에다가 다른 차원의 힘마저 얻은 만큼 공격 하나하나가 같은 반열의 차원 주관자라 할지라도 피할 수 없는 것이었다.

자신들이 쓰는 힘은 지구 차원의 존재들이 쓸 수 없는 힘으로, 파장 자체가 에너지의 파동을 억제하는 성질을 가졌기에 피한다는 것은 불가능했던 것이다.

그럼에도 한철이 피해 버리자 불길한 상상이 들었다. 기운을 더 끌어올려 단단히 포위망을 구축했지만 다시 빠져나갈 수 있을 것 같았다.

서문도와 등조운의 안색이 더할 나위 없이 굳어졌다.

"모든 힘을 개방한다. 그리고 단숨에 놈을 제압한다. 차원의 씨앗을 얻는 것도 중요하지만 놈이 가진 힘을 얻는 것도 중요하다. 아무래도 청허를 이용해 다른 차원의 힘도 손에 넣은 것 같으니 말이다."

"그래야겠군요. 청허를 이용해 이미 다른 차원의 힘을 흡수했다면 빠른 시간에 제압한 후 놈의 힘을 흡수해야 합니다."

서문도의 판단도 장백령과 같았다. 청허에서 빠져나왔을 것으로 보이는 다른 차원의 힘을 흡수하려면 시간이 걸렸다. 자신들도 시간이 걸렸지만 완전하게 흡수하기 위해 특별한 과정을 거쳐야 했다.

그런 과정을 거치지 않았다면 다른 차원의 힘을 완전히 자신의 것으로 만든다는 것은 불가능한 일이었던 것이다.

"그렇습니다. 놈이 우리처럼 만인혈을 얻을 수 있는 것도 아니니 지금 제압해 힘을 흡수해야 할 것 같습니다."

각자 만 명의 생혈 속에 어린 진기를 뽑아 다른 차원의 힘을 정착시켰었다. 한철로서는 그런 과정을 거치지 않았을 것이기에 등조운도 동조를 했다.

"좋다. 당초 계획과는 달라졌지만 우리를 막을 수 있는 존재는 없을 것이니 가지고 있는 힘을 모두 개방하고 이곳에 있는 자들을 모두 쓸어버린다."

함정이 준비되어 있는 것 같지만 상관하지 않기로 했다. 청허의 힘을 이용해 혼돈으로부터 다른 차원의 힘을 얻었다면 그것부터 얻어야 했던 것이다.

지이잉!

장백령의 눈이 자색으로 물들었다. 자신이 가지고 있는 힘을 모두 개방하고 있는 까닭이다.

서문도와 등조운의 눈도 자색으로 바뀌었다. 그들도 자신이 가진 모든 힘을 끌어냈다.

대기의 기운이 변해 버렸다. 무척이나 이질적인 세 사람의 기운으로 인한 현상이었다.

한창 싸우고 있는 중이라 다른 이들은 느끼지 못했지만 한철은 결계 밖의 세상이 변하고 있음을 느낄 수 있었다.

세 사람은 다른 차원의 힘을 얻으면서 각자 다섯 종류의 힘을 얻었다. 지구 차원의 주관자로 있었을 때 가지고 있던 힘이 변형을 일으키고 새로운 힘으로 진화했다.

그동안은 지구 차원의 힘에 억눌려 있어 제대로 사용하지 못했지만 차원의 질서가 무너진 후부터는 사용이 가능했다.

만 명의 생명을 담보로 새로운 힘으로 진화한 것이다.

그것은 파멸의 힘이었다. 지구 차원의 존재라면 걸리고 부딪치는 그 무엇이든 맞설 수 없는 강렬한 힘이었다.

그중 장백령이 얻은 힘이 제일 강했다. 서문도와 등조운도 일부 가지고 있는 힘으로 혼돈의 파멸지력이 담긴 힘이었다.

장백령은 그것을 파멸지안으로 불렀다. 이지의 표현이 눈빛으로 흘러나와 모든 것을 파괴시키는 까닭이었다.

한철을 처음 만났을 때 장백령의 파멸지안은 불완전한 것이었다.

하지만 이제는 완전한 것으로 변화된 후였다.

Chapter 7
파멸의 힘들

부글! 부글!!

홉스굴 호수가 끓어오르고 있었다. 많은 고기들이 허연 배를 내밀고 물 위로 떠올랐다. 이제는 끓는 물로 변해 버린 호수는 아무도 살 수 없는 공간이 되어버린 것이다.

호수가 끓어오르고 있는 이유는 결계 안에서 벌어지고 있는 싸움 때문이었다.

장장 50킬로미터에 걸쳐 펼쳐져 있는 결계였다. 이중삼중으로 쳐진 결계라 아무리 차원 주관자들이라고 해도 뚫기가 쉽지 않았다.

그런데 기운이 결계를 빠져나오고 있었다.

　고대비문의 주인들과 어둠에서 온 암흑율사들의 힘이 부딪치며 그 파장이 자연에 미치고 있었던 것이다.

　거대한 호수가 요동을 치고 있었다. 한철을 상대로 다른 차원의 힘을 끌어낸 장백령과 두 사람 때문이었다.

　세 사람의 힘을 집중적으로 받고 있는 한철도 무척이나 힘이 든 상태였다. 세 가닥 기운이 꼬리를 물고 이어지며 의식을 뒤흔들고 있었기 때문이다.

　겐트리온 우주의 절대 비밀을 간직한 의식의 5단계 차폐도 풀어버린 터라 강력한 정신의 힘을 가진 한철이었음에도 흔들리는 의지를 어찌할 수가 없었다.

　'크으, 저들이 사용하는 힘이 무엇이기에 이토록 의지를 흔든단 말인가?

　정신을 차리려고 해도 세 가닥 기운이 차례로 흔드는 것을 감당하기가 쉽지가 않았다. 의식의 깊은 곳까지 차례로 뒤흔드는 통에 정신을 추스르기가 쉽지 않았던 것이다.

　한철을 공격하고 있는 것은 의지를 통한 정신공격이었다. 무차별적으로 진행되는 것이라 막기가 쉽지가 않았던 것이다.

　장백령을 비롯한 세 사람이 사용하고 있는 힘은 원래의 가지고 있던 힘이 다른 차원을 통해 얻은 힘으로 인해 새롭게 진화된 힘이었다.

이들이 가진 힘은 원래 파멸지안(破滅之眼)이라 불리는 힘이다. 의지를 빛으로 만들어 상대의 정신과 의식을 장악하는 것으로 무소불위의 권능을 가진 것이었다.

원래 가이아가 차원을 열고 난 후 셋은 정신계통의 차원을 주관하고 이를 통해 얻었다.

만일 마고가 아니었다면 이들도 다른 차원을 권속으로 거느릴 수 있을 수도 있었던 강력한 힘인 것이다.

이들이 가진 힘은 진화를 거듭해 다섯 가지 힘으로 진화했다.

생명이 있는 존재는 물론 약간의 의지만 가지는 존재도 공포로 스스로 붕괴시키는 광겁압(恇怯眼).

윤회의 깊은 곳까지 들여다보고 업의 인연까지도 끊어버리는 전륜안(轉輪眼).

무의식의 우주인 아카식레코드에 접근해 모든 것을 앗아가 버리는 제혼안(制魂眼)은 그래도 괜찮은 편이었다.

하지만 무령안(無靈眼), 파천안(破天眼)은 아니었다.

무령안은 존재의 의미를 가진 모든 것을 소멸시켜 버린다. 지구 차원에 걸쳐 있는 모든 인연을 끊고, 육체는 물론 영혼까지 완벽히 소멸시키는 것이다.

파천안은 더 무서웠다. 파천안에 이르면 창조주와 같은 능력을 지니게 된다.

비록 창조하는 것은 불가능하지만 파괴적인 면에서 창조

주에 버금가는 능력을 발휘하게 된다. 의미를 지닌 존재를 넘어 차원조차 소멸시킬 수 있는 힘을 가지게 되는 것이다.

서문도와 등조운은 지금 제혼안까지 성취를 이루었다. 장백령은 그보다 한 단계 높은 무령안을 얻었다. 청허를 얻었다면 혼돈에서 또 다른 힘을 얻어 한 단계씩 진화했을 터였다.

가진바 힘을 완성하기 위해 세 사람은 한철을 제압해 청허의 힘과 혼돈에서 얻은 다른 차원의 힘을 빼앗아야 했던 것이다.

"크으!!"

한철은 자신의 의식을 파고드는 세 가닥 힘에 의해 급기야는 입으로 신음을 터뜨렸다. 의식이 계속해서 흔들리자 머리를 내려치는 듯한 고통이 함께 따라왔던 것이다.

장백령 등의 공격이 우주의 심연은 아니지만 지구 차원이 생겨난 근원에 다가갈 수 있는 아카식레코드에 접근하고 있었기 때문이다.

'이대로는 안 된다. 지구 차원에서 얻은 힘을 썼다가는 놈들에게 당한다. 놈들이 다른 차원의 힘을 쓰면 나도 다른 차원의 힘을 써야만 한다.'

무의식적으로 행해지던 선무화가 멈추었다. 그러자 다른 힘이 몸에 감돌기 시작했다. 한철이 대응을 하기도 전에 뭔가가 스스로 움직이기 시작한 것이다.

바로 젠가이드였다.

아카식레코드에 접근해 존재의 의미를 파괴하려는 힘이 나타나자 한철이 미처 움직이기도 전에 반응을 한 것이다.

젠가이드는 한철을 대신해 의식 곳곳을 파고드는 제혼안의 힘에 맞서 나갔다. 세 사람이 쏟아내는 공격적인 힘을 거두어들이고 난 후 새로운 힘으로 정화해 한철에게 내뿜기 시작했다.

우우우웅!

한철의 의식 깊은 곳에 자리 잡은 젠가이드가 반응을 시작하자 땅이 진동하기 시작했다. 젠가이드의 완벽한 반대쪽인 다른 젠가이드가 반응을 한 것이다.

지구에 펼쳐진 평면 차원과 반대되는 힘이 작용함에 따라 새로운 차원을 엮어나가던 혼돈의 거울이 이상 반응을 일으킨 것이다.

제일 먼저 여파가 나타난 것은 고대비문의 주인들과 암흑율사들의 싸움이었다. 창과 방패처럼 한쪽은 막고 한쪽은 공격하던 양상이 뒤바뀌어 버린 것이다.

혼돈의 거울은 더 이상 천조의 힘을 흡수하지 않았다. 고대비문의 주인들이 받았던 공격보다 더한 힘으로 천조의 화신을 공격하기 시작했다.

대기 중에 흩날리는 먼지는 날카로운 창이 되었고, 휘도는 바람은 날카로운 칼날이 되었다. 창과 칼날은 모든 것을 베어 버리고 찔러댔다.

천조로 화신한 암흑율사가 친 강막을 두부 자르듯 뚫고 들어가 그의 몸에 상처를 남겼다. 금강석보다 단단한 피부가 가뭄 끝에 갈라진 논바닥처럼 쩍쩍 갈라졌다.

갑작스러운 공격에 천조의 화신은 물러나기 바빴다. 손발을 휘저으며 공격을 막아내고 있었지만 완전한 천조의 화신이 아닌 그가 혼돈의 거울이 고대비문의 주인들을 통해 뻗어내는 공격을 막아내는 데는 한계가 있었다.

손이 떨어져 나갔다. 뒤이어 발도 떨어져 나갔다. 몸통만 남은 상태가 되어버린 천조의 화신은 미친 듯이 비명을 질러 댔다.

댕경!

급기야 목이 갈라지며 머리가 지면을 굴렀다. 허무하게 죽음에 이른 것이었다.

하지만 천조라는 존재가 소멸한 것은 아니었다. 그저 육체의 죽음뿐이었다. 잘라져 바닥을 구르는 머리에서 빛처럼 하얀 기운이 꿈틀거리며 흘러나오고 있었다. 육체를 잃고 정신체로 화한 천조였다.

정신체로 화하자 천조의 힘이 증가했다. 혼돈의 거울이 뿜어내는 강력한 공격도 정신체로 화한 천조에게 상처를 입힐 수는 없었다.

물리적인 공격으로는 정신체로 화한 천조에게 타격을 입힐 수 없었던 것이다.

"크아아아!"

천조는 분노했다.

어렵사리 얻은 육체였다. 마고의 제약으로 육체를 잃는다는 것이 어떤 것이라는 것을 알고 천 년이 넘는 긴 기간 동안 각고의 노력 끝에 얻은 육체였다.

편법이기는 하지만 새로운 육신으로 제약을 넘어 새로운 존재로 진화를 할 수 있을 것이란 기대가 깨진 탓에 분노할 수밖에 없었던 것이다.

천조의 정신체가 고대비문의 주인들에게 다가가기 시작했다. 분노를 불러일으킨 존재들을 소멸시키기 위해서였다.

어느 정도 자신을 제약하던 육체가 사라지고 정신체만 남아 있어 보다 강력한 힘을 발휘할 수 있었다. 천조의 공격을 막아내던 결계의 막이 조금씩 뚫리고 있었다.

"가만두지 않으리라."

천조의 공격이 시작되고 난 뒤 분노에 찬 고함이 터져 나왔다. 흑룡회주가 터뜨린 고함이었다.

천조와 마찬가지로 흑룡회주를 비롯한 흑룡회의 장로들도 분노하고 있었다. 천조의 싸움을 지켜보고 있다가 날벼락을 맞았기 때문이었다.

간신히 구한 육체가 혼돈의 거울이 뿜어내는 공격을 이기지 못하고 잘 다져진 고기처럼 변해 버렸던 것이다.

위기감을 느낀 것인지 정신체로 화한 흑룡회주가 고함을

터뜨린 뒤 장로들의 정신체를 흡수하기 시작했다. 뭉클거리는 검은 빛의 기운이 점차 커져 갔다.

장로들의 정신체를 모두 흡수한 흑룡회주는 분노를 내뿜으며 천조의 공격에 합세했다. 그 또한 육체의 제약이 없어진 지금 최고의 힘을 내뿜을 수 있기에 공격은 무척이나 거세고 난폭했다.

두 정신체의 공격은 무척이나 필사적이었다.

정신체 상태에서 권능을 쓰면 소멸에 이르는 시간이 급격히 빨라진다는 것을 알고 있기 때문이었다.

자신들을 막고 있는 존재들을 최대한 빨리 제거하고 차원의 씨앗을 얻어야만 했던 것이다.

쩌저적!

결계가 갈라졌다. 소멸을 도외시한 공격에 잘 견디고 있던 결계의 막이 사라진 것이다.

결계가 부서지자 고대비문의 주인들은 두 명씩 힘을 합쳐 천조와 흑룡회주에게 달려들었다.

우드득!

천조와 흑룡회주의 정신체를 양손으로 기운을 일으켜 가운데 가두고 있는 사람들의 전신에서 소름 끼치는 소리가 들려왔다.

강렬한 에너지의 파장을 견디지 못하고 근육들이 터져 나가는 소리였다.

그들의 옷 사이로 드러난 피부에서 핏물이 흐르기 시작했다. 파열된 근육과 피부를 뚫고 피가 쏟아지기 시작한 것이다.

고통스러운 표정이어야 하건만 네 사람의 표정은 누구보다 굳건했다. 혼돈의 거울이 이상을 일으켰고, 만약을 위해 쳐놓은 결계도 부서지기 일보직전이었다.

상황이 최악으로 변한 이상 자신들의 힘으로 감당해야만 한다는 것을 알기 때문이다.

두 정신체의 힘을 잡아두지 않는다면 그 피해는 자신들이 죽는 것만으로 끝나지 않는다는 것을 그들은 누구보다 잘 알고 있었다.

한철도 상황이 다급해졌다는 것을 인식했다. 사방을 가두고 있던 결계가 희미해지며 주변의 지형이 변하기 시작했다는 것을 느낀 것이다.

'이대로라면 파국을 맞을 것이다. 차원을 주관하는 자들이 다섯이나 된다. 이대로 힘이 겹쳐져 폭발한다면 어쩌면 지구 자체가 파괴될 수도 있다.'

맨틀을 지나 지저의 제일 아래쪽에 있는 핵 부분에 이상이 감지되고 있었다.

차원 주관자들이 흘리는 기운의 여파로 수십억 년 동안 제자리를 견고히 지켜왔던 지구의 핵이 유동을 시작한 것이다.

한철은 내부로 피어오른 젠가이드를 이용해 장백령들이

흘리는 기운을 빠르게 정화시켰다.

하지만 그것도 얼마가지 않아 한계에 부딪쳤다. 흑암성체를 상대할 때와는 달리 세 존재가 뿜어내는 기운이 너무도 강대했기 때문이다.

정화시키는 양에 비해 밀려드는 기운의 양이 너무 컸다. 젠가이드로서도 한계가 있는 듯 빠르게 소화시키지 못하고 있었던 것이다.

"미네르바!"

한철은 결계가 희미해진 것을 인식하고 우선 미네르바를 불렀다. 지금 상태에서는 도움을 청할 만한 존재가 미네르바밖에 없었던 것이다.

ㅡ하, 함장님.

갑작스러운 교신에 미네르바가 놀란 듯 대답을 했다. 드러난 상황이 무척이나 놀라운 것이었기 때문이다.

"나와 상대하고 있는 놈들이 지구와는 다른 차원의 힘을 사용하고 있는 것 같다. 계산해 낼 수 있겠어?"

ㅡ계산은 가능합니다만……

미네르바는 한철의 의도를 알 수 있었다. 한철이 죽련방의 인물들이 뿜어내는 힘을 골든나이트로 돌리려 하는 것을 곧바로 알아차린 것이다.

"어서 서둘러! 크으, 더 이상 버티기 힘들 것 같아."

ㅡ조금만 참으십시오.

어떤 차원인지는 모르지만 골든나이트와 자신이라면 충분히 에너지를 흡수할 수 있을 것이라 판단했다. 미네르바는 빠르게 계산을 시작했다.

―어, 어떻게 이런 일이!!

"무슨 일이야!"

당황한 듯한 미네르바의 음성에 한철이 물었다. 초자아 컴퓨터가 이렇게 당황스러운 목소리를 낼 리가 없었기 때문이다.

―함장님, 놈들이 사용하고 있는 힘은 겐트리온 우주의 힘입니다. 어떻게 저들이 겐트리온 우주의 힘을 사용할 수 있게 된 것인지 모르겠습니다.

"정말이야?"

―사실입니다.

한철도 미네르바의 말에 무척이나 놀랐다. 난데없이 겐트리온 우주를 지배하는 차원의 힘이 나타나다니 말이다.

"가능하겠어?"

―가능합니다. 저들은 지금 넵코와 지구 차원의 에너지를 융합해 사용하고 있습니다. 제가 넵코를 흡수하게 되면 함장님께서는 놈들이 사용하고 있는 하이드내츄럴포스를 흡수하십시오. 어려우시겠지만 지금과 같이 젠가이드가 도와줄 겁니다.

"알았어."

이어지는 대답에 한철은 미네르바의 행동을 기다렸다.

잠시 후, 죽련방의 인물들이 가진 기운이 서서히 분리되기 시작했다. 분리되기 시작한 힘을 가만히 지켜본 한철은 미네르바의 말대로 두 가지 힘이 융합되어 있다는 것을 알 수 있었다.

우주의 절대력 네 가지는 결코 한 차원에 동등하게 존속할 수가 없다. 어느 한 힘이 중심축이 되고 나머지 힘이 보조역할을 하는 것이다.

지구는 하이드내츄널포스가 중심축이고 나머지는 보조다. 겐트리온 우주는 넵코가 중심축이고 나머지는 보조를 이룬다.

한철의 경우와 같이 모든 힘을 동등하게 가지고 있는 예외적인 경우는 우주가 창조된 이래 처음 있는 현상이나 마찬가지였다.

지구 차원의 중심 기운이자 죽련방이 융합한 힘으로 분리된 하이드내츄럴포스를 흡수하는 것은 그리 어렵지 않았다.

미네르바의 말대로 젠가이드가 알아서 정화한 뒤 한철에게 전해주기 시작했다.

미네르바도 마찬가지였다. 분리된 넵코를 빠르게 흡수한 후 골든나이트로 전송하고 있었다.

장백령을 비롯한 세 사람의 얼굴이 일그러졌다. 자신들이 가진 힘이 마치 물에 떨어진 잉크처럼 확산되며 사라지는 현상을 느꼈기 때문이었다.

한철에게 집중되기는 했지만 넘쳐 버려 밖으로 빠져나가는 기운도 이제는 없었다. 모든 것이 한철에게로 빨려들고 있었던 것이다.

웅웅! 우우우!

지하에서 진동이 일어나기 시작했다. 폭주하던 혼돈의 거울에서 나오는 소음이었다. 갑자기 주변의 둘러싼 기운이 변화를 일으키자 한껏 폭주하던 혼돈의 거울이 변화를 일으킨 것이다.

혼돈의 거울은 어느 정도 이지를 가진 존재다. 자신의 위험을 인식해 폭주를 멈추고 자신을 위협하는 존재를 경계하기 시작한 것이다.

혼돈의 거울을 위협하는 존재는 다름 아닌 한철이었다. 죽련방의 인물들이 내뿜는 기운을 흡수하고 있는 것 때문에 이상이 생긴 것이다.

죽련방의 인물들이 힘을 빼앗기고 있는 것과 같이 혼돈의 거울에 담겨 있는 기운들도 차례로 빨려 나가고 있었다.

처음에는 미미했지만 시간이 지날수록 더욱 커져 갔다. 혼돈의 거울은 빨려 나가는 힘을 다시 회수하려 했지만 그럴 수가 없었다.

자신보다 강대한 어떤 존재가 그것을 가로막고 있었던 것이다. 혼돈의 거울을 가로막고 있는 것은 다름 아닌 젠가이드였다.

혼돈의 거울과는 달리 이미 완성된 존재인 한철의 젠가이드는 여유롭게 상대하며 힘을 야금야금 빼앗아가고 있었다.

힘을 빼앗기는 것을 막을 수 없었던 혼돈의 거울은 천조와 흑룡회주의 정신체로 시선을 돌렸다. 빼앗기고 있는 힘만큼 빼앗으면 된다고 판단한 것이다.

두 정신체를 막고 있는 고대비문의 주인들의 몸으로 스며들고 있는 두 존재의 힘을 흡수하기 시작했다.

혼돈의 거울은 무척이나 탐욕스러웠다. 추호도 봐주지 않고 천조와 흑룡회주의 기운을 빠르게 흡수했다.

덕분에 죽어나는 것은 한철의 할아버지를 비롯한 네 사람이었다.

두 정신체는 힘을 빼앗기지 않으려고 발버둥을 쳤고, 혼돈의 거울은 두 존재의 힘을 빼앗으려는 통에 네 사람의 몸속은 지금 전쟁터나 마찬가지로 변해 버린 것이다.

"끄으으!!"

"으으!"

그동안 참아왔던 인내력에 한계가 다가왔는지 신음을 토해냈다. 초인의 육체와 힘을 가졌지만 초월자들의 힘에다가 폭주하는 혼돈의 거울이 내뿜는 힘을 버텨낸다는 것이 무리였던 것이다.

한철은 다급했다. 장백령을 비롯한 다른 자들을 빨리 처리하지 못하면 할아버지를 비롯해 고대비문의 주인들이 모두 죽음을 면치 못할 것이기 때문이었다.

'모든 것을 동시에 돌린다면 최대한 빠르게 놈들의 힘을 흡수할 수 있을 것이다.'

한철은 자신이 알고 있는 것을 모두 동원하기로 했다. 선무도에 이어 선무화, 그리고 천부경으로 인해 얻게 된 힘을 동원했다. 그리고 혼돈의 거울을 통해 알게 된 힘도 모두 이용했다.

위험한 선택이었지만 탁월한 결정이기도 했다. 젠가이드의 반응이 가히 폭발적이었던 것이다.

젠가이드가 활성화되기 시작하며 전신으로 퍼져 나갔다. 이전에는 느끼지 못했던 황홀한 기분마저 들었다.

갑작스럽게 막대한 힘이 빠져나가자 간신히 막고 있었던 장백령과 두 사람은 마지막 선택을 해야 했다. 이대로 가다가는 한철에게 모든 것을 빼앗길 것이 틀림없었기 때문이다.

장백령의 눈빛이 투명하게 가라앉았다. 자색으로 빛나던 눈빛이 어느새 초록색으로 변하고 있었다. 형제들의 힘을 끌어모아 파천안을 펼친 것이다.

서문도와 등조운의 몸이 쪼그라들기 시작했다. 생기가 빨려 나간 미이라처럼 점차 말라붙었다.

두 사람의 눈에는 불신의 빛이 어렸다. 언제나 같이 하자던 대형이 자신들을 희생시키려 한다는 것이 믿어지지 않았던 것이다.

장백령이 이런 결정을 내린 것은 이대로 한철을 막는다는 것은 불가능했기 때문이다.

투투툭!

서문도와 등조운의 육신이 말라비틀어진 나무의 가지처럼 부서져 나갔다. 이미 차원 주관자의 힘을 잃고 말라 버린 육신이 주변에 휘몰아치고 있는 기운을 감당하지 못했기 때문이다.

선택이 옳았던 때문인지 젠가이드가 흡수하는 속도가 현저하게 줄기 시작했다. 장백령의 힘이 점점 강대해져 가며 한철이 흡수하는 것을 막기 시작한 것이다.

어느새 흐름이 완전히 막혀 버렸다.

"크크크, 네놈 때문에 형제들을 잃었다. 네놈에게 죽지도 살지도 못하는 억겁의 고통을 줄 것이다."

광포한 눈길에서 쏟아지는 기운만큼이나 장백령의 목소리는 분노하고 있었다. 생사고락과 모든 영광을 함께 나누기로 맹세한 동생들을 자신의 손으로 죽여야 했기에 그의 분노는 클 수밖에 없었다.

상황이 역전되자 장백령은 파천안을 돌렸다. 차원이 소멸되든, 아니면 창조주로서 완벽하게 부활하든 둘 중에 하나를 택하는 도박을 건 것이다.

우르르룽!!

강렬한 충격파가 한철의 내부로 쏟아졌다. 외부에서 일어난 충격이라면 충분히 견딜 만한 것이었지만 흡수하던 힘의 길을 따라 내부로 흘러 들어온 충격이라 한철은 막을 수가 없었다.

"큭, 쿨럭!!"

한철이 신음과 함께 피를 내뱉었다. 커다란 반발력이 밀려 들어와 그만 내상을 입고 만 것이다. 차원마저 소멸시킬 수 있는 힘의 반발이란 무시할 수 없는 것이었다.

'크윽, 내가 가진 힘을 빼앗기면 정말이지 큰일이다. 놈이 이토록 강하다니… 어떻게 해서든지 놈이 가진 힘을 모두 흡수하거나 제거해야 한다.'

고통으로 인해 인상을 찡그렸지만 한철은 멈추지 않았다. 이대로 멈춘다면 모두가 소멸되고 말기 때문이었다. 빠져나가는 힘의 속도가 조금씩 줄기 시작했다.

하지만 그것은 염원뿐이었다. 장백령이 소멸을 각오한 채 파천안을 다시 돌려 버렸던 것이다. 얼마 지나지 않아 한철이 흡수했던 힘들이 처음보다 빠르게 역류하기 시작했다. 가속이 붙자 동질의 기운을 찾아 역행을 시작한 것이다.

"컥!! 막아야 한다."

한철은 파천안의 힘을 막고자 젠가이드와 자신이 알고 있는 것을 최대한 운용했다.

그렇게 막으려 노력했지만 허사였다. 차원을 소멸시킬 만한 거대한 힘을 막아내는 것이 쉽지 않았던 것이다.

한철의 눈과 코에서 피가 흐르기 시작했다. 빠르게 빠져나가는 힘으로 인해 정신이 타격을 입은 까닭이었다.

─함장님, 정신 차리십시오!!

미네르바도 도울 수가 없었다. 죽련방의 인물들에게서 흡수해 골든나이트로 전송하던 넵코가 중단되었다. 파천안이 펼쳐지고 난 뒤에는 오히려 골든나이트에 저장되어 있었던 넵코가 다시 장백령에게로 빠져나가고 있었기 때문이다.

그저 자신의 호소로 한철이 의지를 회복해 정신을 차리기를 바랄 수밖에 없었다.

한철로서는 최대의 위기였다. 최대한 막는 수밖에는 다른 도리가 없었다.

"미, 네르바!"

의지에 직접 전해지는 미네르바의 목소리에 한철은 꺼져가는 정신을 간신히 차릴 수 있었다.

"크윽!"

어떻게든 해야 했기에 한철은 자신이 알고 있는 모든 것을 다시 한 번 운용했다. 죽기 아니면 까무러치기였다.

차원 주관자 셋을 한꺼번에 상대한다는 것이 이토록 어려운 것인 줄 알았다면 시도하지 않았을 테지만 이미 엎질러진 물이었다.

한철이 그토록 애를 썼지만 상황이 그리 호전되지는 않았다. 간신히 정신만 차리고 있을 뿐이었다.

넵코가 빨려 나가는 속도가 전혀 줄지 않았다. 오히려 더 빨라진 느낌이다. 다행히 다른 기운들이 빠져나가는 속도가 한층 줄기는 했지만 심각한 불균형을 초래했다.

우우우웅!!

몸이 진동하기 시작했다. 위험을 느낀 젠가이드가 의식 깊은 곳에서 최후의 힘을 뽑아내기 시작했기 때문이다.

젠가이드가 발악하듯 뽑아낸 힘으로 파천안의 힘을 막아가고 있었다. 젠가이드가 조금씩 부서지는 느낌이 들었지만 한철은 기회를 놓칠 수 없었다. 모든 힘을 다해 이번 위기를 넘겨야 했던 것이다.

콰직!!

급기야 젠가이드가 부서져 나갔다. 형체가 있는 것은 아니지만 머릿속 깊은 곳에 산산이 부서져 나가고 있다는 것을 한철은 또렷이 느낄 수 있었다.

다행히 젠가이드가 최후의 선택을 해준 덕분에 한숨 돌릴 수 있었지만 위기가 끝난 것은 아니다. 장백령이 펼친 파천안의 공격은 그리 간단한 것이 아니었던 것이다.

우드득!

젠가이드가 사라지자 한철의 몸에 타격이 오기 시작했다. 파천안이 전해오는 강렬한 기운을 막아주던 방패막이가 없어지자 제일 먼저 육체가 무너지기 시작한 것이다.

한철의 신형이 점차 기울기 시작했다. 전신에 전해지는 압력으로 인해 한철의 무릎이 점차 꺾여지고 있었다.

'크으, 이제 끝인가?'

한철은 이대로 자신이 소멸되는 것이 안타까웠다.

'이대로 끝낼 수는 없다. 내가 죽는 것은 억울하지 않지만 그로 인해 인류와 지구의 생명들은 모두 소멸한다.'

한철에게는 사명이 있었다. 가이아와 차원 주관자들에 대한 일을 알고 이미 생명에 대한 미련을 버린 지 오래였다. 그저 자신의 힘으로 지구의 생명들을 많이 구하는 것이 자신의 사명이었다.

'크크크, 라와 시바도 있는데 고작 저런 놈에게 쓰러질 수 없지.'

자신의 몸에서 흘러내리는 피를 보면서 한철은 의지를 다졌다. 이대로 허무하게 끝낼 수는 없는 일이었다.

다시 무릎을 펴가는 한철의 눈동자가 훨훨 불타오르기 시작했다. 미네르바와 인연을 맺고 난 후 처음으로 가져보는 강력한 의지였다.

그것은 삶에 대한 열망이었다. 혼자의 안위가 아닌 지구 차원의 생명들을 살리고자 하는 열망이었다.

한철의 몸에서 오색의 빛이 새어 나오기 시작했다. 생명을 도외시한 채 자신이 가지고 있는 모든 힘을 개방한 것이다.

우르르릉!

한철이 기운을 뿜어내기 시작하자 혼돈의 거울이 있던 막사에서 천지가 개벽하는 소리가 들렸다. 그리고 막사에서 뭔가가 솟아올랐는지 천막들이 내동댕이쳐졌다.

혼돈의 거울이었다. 혼돈의 거울이 스스로 움직이기 시작했던 것이다.

막사 안에 자리한 채 지하 깊숙이 촉수를 뻗어 천조와 흑룡회주의 기운을 흡수하던 혼돈의 거울이 무엇 때문인지 모르지만 움직이고 있었던 것이다.

혼돈의 거울은 한철을 향해 다가가고 있었다. 뿌리처럼 매달린 촉수들의 움직임에 의해 떠밀리듯 한철을 향해 다가갔다.

파천안으로 인해 강력한 에너지장이 펼쳐져 있건만 혼돈의 거울이 움직이는 속도는 줄지 않았다.

다이아몬드조차 먼지처럼 부서지고 마는 강한 압력에도 불구하고 혼돈의 거울은 아무렇지 않은 듯 움직여 한철의 등 뒤에 이르렀다.

혼돈의 거울은 한철의 등위에 붙었다. 마치 어린아이가 어미에게 업혀 있는 것 같은 모습이었다.

콰지지직!

땅거죽이 일어나기 시작했다. 수십 킬로미터 뻗어 있던 촉수들이 세상으로 모습을 드러내기 시작한 것이다.

수만 가닥으로 이루어진 촉수들이 지상으로 올라왔다. 놀랍게도 촉수에는 흙 한 점 묻어 있지 않았다. 은빛으로 빛나며 허공을 너울거렸다.

연약해 보이는 모습이었지만 파천안의 기세 속에서도 촉수들의 움직임은 무척이나 자유스러웠다.

촉수들이 줄어들며 한철의 육체를 감싸기 시작했다. 그것은 마치 누에가 고치가 되기 위한 과정과 비슷했다.

'시원하다.'

혼돈의 거울에서 뻗어 나온 촉수들이 몸을 감싸자 고통이 사라지고 시원한 청량감이 몰려들었다.

이상을 일으킨 혼돈의 거울이 움직이기 시작했을 때만 해도 모든 것이 끝났다고 생각했던 한철은 활기를 되찾을 수 있었다.

활기 정도가 아니었다. 막대한 힘이 등 어림을 통해 흘러들고 있었다.

'이, 이게 어떻게 된 거지?'

믿을 수가 없었다. 산산이 부서졌던 젠가이드가 다시 복구되고 있었다. 그뿐만이 아니었다. 그동안 함께 운용하고 있었지만 어딘가 따로 놀고 있던 기운의 운용법이 하나가 되어가고 있었다. 데블나이트도, 선무화도 모두가 하나로 통합되어가고 있었다.

그러다가 한철의 의식 너머로 떠올랐다. 그것은 거대한 지구였다. 의식 전체가 지구로 꽉 들어찼다.

그뿐만이 아니었다. 지구에 생존하는 모든 생명체의 의식
이 생생하게 느껴졌다. 각각의 생명체가 의식하고 느끼는 것
이 하나하나 확연히 느껴졌다.

의식이 확장되기 시작했다. 미네르바가 베푼 5단계 차폐의
의식을 훨씬 뛰어넘는 확장이었다.

그렇게 모든 의식을 받아들이기 시작하자 이제는 지구가
점점 작아져 갔다. 화성을 지나고, 목성을 지나 태양계가 의
식 안으로 전부 들어왔다.

의식은 계속 확장해 갔다. 태양계를 넘어 은하 우주의 가장
자리까지 끝없이 확장을 해버렸다.

은하에는 무수한 생명의 존재들이 각자의 삶을 영위하고
있었고, 한철은 그들의 의식을 모두 읽을 수 있었다.

그것은 신세계였고, 미지의 세계였다. 지구의 차원에 겹쳐
져 있는 36개의 차원에 존재하는 모든 의지를 뛰어넘는 생명
의 의지들이었다.

그렇게 한철의 의식이 우주로 경계를 높이고 있을 무렵, 한
철의 몸 주변에도 기이한 현상이 생겨났다. 검은 기운이 맹렬
히 회전하더니 주변에 감도는 기운들을 흡수하기 시작했다.

"끄으으!"

장백령이 신음을 흘리기 시작했다, 검은 기운이 생기고 난
직후였다.

"커억!! 초, 초월자로 진화하는 것이냐?"

믿을 수 없다는 듯한 목소리가 장백령의 입에서 튀어나왔
다. 한철에게 지금 벌어지고 있는 현상은 초월의 존재가 탄생
하는 순간 발생하는 현상이었던 것이다.

'단순히 초월자로 진화하는 것이 아니다. 저놈의 몸에서
만들어진 것은 블랙홀이다, 모든 것을 빨아들이는 블랙홀!!'

의동생들을 희생시켜 가며 얻은 파천안의 힘으로 거의 다
끌어당기던 기운이 폭포수처럼 다시 한철에게로 흘러들어 가
고 있었다.

자신의 육체와 정신이 변하고 있었다. 순식간에 가진 힘을
빼앗기고 서서히 붕괴의 조짐을 보이고 있었던 것이다.

'크으윽, 이대로 소멸할 것이다. 저것은 그 무엇으로도 막
을 수 없는 힘이다.'

장백령은 한철의 몸에 만들어진 것이 블랙홀임을 확신했
다. 파천안을 펼치던 장백령의 몸이 한철의 몸에서 발현된 기
이한 기운으로 인해 붕괴되어 갔다.

그것은 그의 의식도 마찬가지였다. 육체가 죽더라도 정신
체는 남아 힘을 발휘할 수 있음에도 그러지를 못했다. 정신체
또한 의지를 잃기 시작하고 서서히 한철의 몸에서 만들어진
블랙홀로 빨려들고 있었던 것이다.

'이대로 당할 수만은 없다. 이대로!'

장백령의 정신체는 최후의 힘을 발휘하기 시작했다. 조금
전 파천안으로 인해 모든 것을 빼앗길 뻔했던 한철처럼 자신

이 가진 모든 역량과 권능을 쏟아부으려 한 것이다.

"끄아아악!!"

폐부를 뚫는 듯한 고통스러운 비명이 정신체에게서 흘러나왔다. 한철의 주변에서 휘도는 블랙홀로 인해 그의 정신체가 갈가리 찢겨지고 있었던 것이다.

물리적인 블랙홀이 아닌, 정신과 의식을 빨아들이는 파멸의 블랙홀이 장백령의 의식과 의지를 빨아들이는 것은 그야말로 순식간이었다.

이로써 차원 주관자 셋이 한꺼번에 사라진 것이었다.

한철의 블랙홀은 장백령을 꿀꺽 삼켜놓고도 그 힘을 다하지 않았다. 오히려 더욱 확장된 기운으로 다른 정신체들을 끌어내고 있었다.

한철에 의해 끌려 나온 것은 고대비문의 주인들이 대치하고 있던 천조와 흑룡회주였다.

그들 또한 별반 다르지 않았다. 그들의 정신체가 어느새 한철에게로 빨려들고 있었던 것이다.

"끄아아악!!"

"아아아아아악!!"

처절한 비명과 함께 천조와 흑룡회주의 정신체들이 하수구 구멍으로 물이 빠지듯 블랙홀로 빨려 들어갔다.

그럼에도 블랙홀은 멈추지 않았다. 세상의 모든 것을 빨아들이려는 듯 강한 바람이 블랙홀을 향해 몰려들었다. 다행인 것은 다른 이들은 빨려들지 않는다는 것이었다.

차원 주관자들의 정신체만 빨아들였을 뿐 그 외의 사람들이나 다른 것들은 거센 바람에 몸을 가누지 못할 뿐이었다.

"크으으, 저것은?"

강한 바람에 중심을 잡기 위해 애를 쓰던 사람들은 블랙홀로 뭔가가 빨려 들어가는 것을 볼 수 있었다.

그것은 일정한 경지를 넘어선 자들만이 볼 수 있는 것들이었다. 지구라는 차원을 채우고 있는 기운들이 그 안으로 빨려들고 있었던 것이다.

처음에는 몰랐었다, 그렇지만 무형의 기운들이 유형화되기 시작하자 알아볼 수 있었다. 오색의 기운들이 찬란한 빛을 뿌리며 빨려들고 있었던 것이다.

마고의 마지막 숨결을 지키고 있는 고대비문의 주인들은 그것이 무엇인지 알 수 있었다.

마고가 자신의 존재를 소멸시키며 세상에 뿌려놓은 기운들이 블랙홀 속으로 빨려 들어가고 있었던 것이다.

차원 주관자들에게는 제약이 되는 기운이었지만 세상을 살아가는 생명들에게는 존재의 의미가 되었던 기운이 바로 마고가 남긴 기운이다.

바람은 한없이 불었다. 세상의 모든 바람이 블랙홀 속으로 빨려 들어가는 것처럼 느껴졌다.

블랙홀은 멈추지 않았다. 하루가 지나고 이틀이 지나도 끊임없이 기운을 빨아 들였다.

한철의 모습을 지켜보는 고대비문의 주인들은 떠나지 않고 자리를 지켰다.

차원 주관자들과 함께 쳐들어온 권속들을 상대하고 끝내 모두 처치해 버린 조동원을 비롯한 고대비문의 후예들도 함께 자리를 지켰다.

그들이 지켜보고 있는 현상은 오랜 세월 그토록 염원하던 마고의 마지막 소망이 이루어지는 현상이었기 때문이다.

블랙홀이 멈춘 것은 정확히 나흘째 되는 날이었다. 세상에 흩어진 마고의 기운을 남김없이 흡수한 후에야 멈추어 선 것이다.

지그시 감겨져 있던 한철의 눈이 떠졌다. 아무것도 없는 듯한 허무한 눈길이지만 세상의 모든 것을 담고 있을 것 같은 신비로운 빛이 한철의 눈에서 흘러나왔다.

'이것이 마고의 마지막 안배로구나.'

지난 나흘 동안 한철은 무척 변했다. 자신이 상상도 못할 존재로 변해 버렸다.

세상에 흩어놓은 힘을 자신의 후예에게 온전히 전하려 한 마고의 안배를 알 수 있었다. 창조주에 버금가는 능력을 자신에게 전한 뜻을 알 수 있었던 것이다.

'이제 얼마 있지 않아 오겠군.'

한철은 마고의 안배로 지구 차원에 남겨진 모든 비밀을 알수 있었다. 가이아가 남긴 마지막 안배는 물론, 최후에 숨겨진 비밀의 패까지 알 수 있었다.

'오랜 굴레를 벗어버릴 수 있게 되었으니 좋은 일이다. 수천 년을 거듭해 살며 오직 한 가지 일만 해오신 분이니 이제는 편안하게 사실 때도 됐다.'

한철은 자신의 할아버지를 보았다. 오늘 자신을 있게 만든존재이자 마고의 권속으로서 오랜 세월 충실히 그 뜻을 받들어온 존재에 대한 존경과 경외가 한철의 눈에 담겨 있었다.

"현암(玄暗)의 희생에 언제나 감사할 뿐입니다, 할아버님!"

"오오오!"

한철이 고개를 숙이며 감사를 하자 한철의 할아버지는 경탄과 함께 눈물을 쏟았다.

자신의 진정한 정체를 알게 됐다면 마고의 오랜 염원이 이루어졌다는 것이기 때문이었다.

"마고의 위대한 후예는 현암의 희생으로 이루어진 것이나마찬가지입니다."

한철은 무릎을 꿇고 있는 할아버지에게 다가가 그의 손을잡고 일으켜 세웠다.

"세상을 주관하실 존재께서는 말씀을 낮추십시오."

주름진 노안에 눈물을 흘리던 한철의 할아버지는 한철에

게 공대를 했다.

한철과 인간의 연으로 맺어진 사이지만 이제는 세상의 모든 인연을 초탈한 존재가 되어버린 까닭이었다.

"후후후, 제아무리 제가 변했다고는 하나 할아버지의 자손인 것은 틀림없습니다. 세상의 정화가 끝나는 날이라면 모를까, 지금은 할아버지의 손자로 남고 싶습니다."

"하하하하, 고생했다. 네가 마고께서 남긴 차원의 씨앗일 줄은 나도 정말 몰랐었다."

한철의 뜻을 아는 듯 한철의 할아버지는 너털웃음을 흘리며 좋아했다. 세상의 어둠을 몰아내고 올바른 질서를 잡아줄 존재가 자신으로부터 비롯됐다는 것이 기쁘기 그지없었던 것이다.

"후후, 인연이라 해야겠지요. 그건 그렇고 다들 이곳을 떠나 지리산으로 가십시오. 이제 얼마 있지 않아 전쟁이 시작될 테니 말입니다."

"같이 싸울 것이다. 아무리 마고의 힘을 통해 새로운 존재로 거듭났다고 해도 놈들은 강하다. 이미 자신들이 거느린 권속들의 힘을 모두 흡수했을 테니 말이다."

"아닙니다. 저 혼자만으로도 충분합니다. 그리고 저는 이곳에서 기다려야 할 존재들이 있어서 말입니다. 지리산에서 준비하는 일이 끝나야만 저도 안심하고 싸울 수 있을 것 같습니다."

　라와 시바의 행보에 대해 어느 정도 짐작하고 있었기에 같이 싸우자고 했지만 한철의 할아버지는 손자의 말에 뜻을 접어야 했다.

　이제는 인간이나 차원 주관자의 영역을 넘어선 존재들의 싸움이었다. 자신들이 방해가 될 수도 있을 것이기에 아쉽게도 뜻을 접어야 했던 것이다.

　"미네르바!"

　한철은 감추지 않고 목소리를 내어 미네르바를 불렀다.

　"말씀하십시오, 함장님!"

　갑작스러운 호출에도 불구하고 미네르바가 차분히 대답을 했다. 허공에서 울려 퍼지는 미네르바의 대답에 다들 놀란 눈으로 한철을 바라보았다. 그것은 마치 천사의 메아리 같았기 때문이다.

　"모두 백무요로 옮기도록 해. 난 기다려야 할 존재들이 있으니까."

　"염려 마십시오."

　미네르바의 대답이 끝나자 한철은 다시 할아버지를 쳐다보았다.

　"할아버지, 곧바로 워프될 겁니다. 가시면 제가 계획을 하고 있는 것에 대해 설명을 해줄 사람이 있을 겁니다. 만약의 사태를 대비한 것이니 그들을 좀 도와주십시오."

　"알겠다. 그렇게 하도록 하마."

“그럼!”

한철은 할아버지의 손을 놓고 뒤로 물러났다.

번쩍!

강렬한 섬광이 곳곳에서 일어나며 사람들이 전부 사라져 버렸다. 미네르바에 의해 대단위 워프가 이루어진 것이다.

“지금 이곳에서 기다리면 되는 것인가?”

한철은 가부좌를 틀고 앉았다. 기다리는 사람들이 올 때까지 변해 버린 자신을 한번 되돌아보기 위해서였다.

‘젠가이드가 새로이 생성되었구나.’

박살 나버렸던 젠가이드가 의식 안에서 확연히 느껴졌다. 그리고 혼돈의 거울이라 불렸던 상극 젠가이드도 그의 의식 안에 들어와 있었다.

더욱이 놀라운 것은 두 개의 젠가이드가 하나가 되었다는 것이다. 각각 차원을 여는 힘을 간직하고 있었고, 전혀 다른 차원을 창조한 물건들이지만 완벽하게 하나가 되어 있었던 것이다.

한철의 몸에 잠재했던 절대의 힘들도 하나의 흐름으로 흐르고 있었다. 우주의 네 가지 절대력도 완벽하게 균형을 맞춘 채였다.

Chapter 8
최후에 남는 것

　나에게 부여된 놀라운 힘을 음미하며 생각에 잠겨 있을 무렵 멀리서 다가오는 힘들을 느낄 수 있었다. 그중 다섯은 무척이나 친근했다.

　"그 아이도 가이아가 남긴 존재였던가?"

　에이미와 삼화신녀라 불린 이들의 기운과 함께 나에게 처음으로 친절을 베푼 존재의 기운도 느껴졌다. 고대비문을 이어받고 있는 것으로 보였던 강천우의 딸 미연이었다.

　"나머지 다섯은 좀 색다르군. 넷은 가이아의 기운을 품고 있는 것 같고, 으음! 그중 하나는 예상대로 시바와 관계가 있는 것인가?"

에이미를 비롯한 이들과 더불어 이곳으로 향하고 있는 다른 존재들이 흥미로웠다.

네 명은 온전히 가이아의 기운을 내뿜고 있었다. 에이미가 말한 것처럼 열이 전부 모여야 가이아의 권능이 드러나는 것은 아닌 모양이었다.

특히나 시바의 권능을 함께 가진 것으로 보이는 존재가 흥미로웠다. 마고가 세상을 위해 자신을 희생할 때 가이아가 혼돈의 너머로 넘어가며 무엇인가 장난을 친 것이 분명했다.

"후후후, 마고는 이런 것마저 알았던 것인가? 가이아는 물론이고 시바나 라도 자신들의 의지로 살아가는 생명들에게 관심이 없었다는 것을……."

이제는 최후의 결판을 낼 때였다. 마고가 마지막으로 남긴 예언 중에 정화의 날이 오늘 바로 시작되는 것이다.

"미네르바!"

"말씀하십시오, 함장님!"

할아버지를 비롯해 모든 이들을 워프시키고 나에게 모든 신경을 집중시키고 있었던 것인지 미네르바가 곧장 대답을 했다.

"준비한 것은 바로 끝날 수 있겠지?"

"모두 끝났습니다. 함장님이 보내주신 권능으로 그들에게 물들지 않은 존재들만 선별했습니다."

"좋아, 그럼 이동을 시작해라. 그들의 권속들이 알면 사람들이 일제히 하늘의 부름을 받는 휴거가 일어났다고 떠들 테지만 오염된 자식들은 새로운 세상에 남겨둘 수 없는 일이니까."

"알겠습니다. 그럼 지금부터 전부 이동시키겠습니다. 함장님의 무운을 빌겠습니다."

미네르바의 마지막 대답과 함께 연결되어 있던 모든 것들이 끊어졌다. 미네르바와 연결되어 있다면 놈들이 싸우는 도중에 그것을 통해 달아날 수도 있기 때문이었다.

이제부터 새로운 세상이 시작되는 시간이었기에, 지구 차원의 새로운 창조주가 된 나이기에 모든 불결한 것들이 끼어드는 것을 용납할 생각이 없었던 것이다.

파파팟!

하얀 빛줄기들이 빠른 속도로 몽골의 평원을 가로지르고 있었다. 한철이 알고 있는 것처럼 에이미를 비롯한 사람들과 그와 상반된 기운을 뿌리고 있는 다섯 존재였다.

그중 하나는 밀림 속에서 자신과 같은 존재들을 모두 흡수해 새로운 존재로 거듭난 시바의 화신이었다.

그들은 모두 가이아의 안배에 따라 세상의 변화가 찾아온 것을 가장 처음 느낀 존재들이었다.

자신을 배신한 차원 주관자들을 벌하기 위해 가이아가 숨겨놓았던 마지막 창들이었다.

가이아는 절대로 용서할 생각이 없었다. 자신의 뜻에 동조해 안배를 남긴 마고 또한 그 안에 포함되어 있었다. 자신의 뜻을 정면으로 배반한 라와 시바는 물론, 불경하게도 자신에 필적하는 권능을 가지게 된 마고 또한 용서할 수 없었다.

그래서 남긴 존재들이 바로 지금 한철에게 다가오는 열 개의 창이었다.

차원을 주관하는 존재들이더라도 자신의 소멸과 함께 영원의 나락으로 떨어뜨릴 수 있는 존재들을 만들어낸 것이다.

차원을 주관하는 존재였지만 혼돈의 힘으로 새로운 존재가 되어버린 그들이 한철을 향해 다가오고 있었던 것이다.

"후후후, 마고가 이미 알고 있었다는 것을 가이아도 몰랐다는 것이 그나마 다행이다. 다섯은 건질 수 있을 테니까."

한철은 그다지 걱정하지 않았다. 가이아가 세상을 소멸시킬 생각으로 만들어낸 창들이었지만 마고에 의해 다섯은 새로운 존재가 되어 있었던 것이다.

가이아의 힘을 넘어서 새로운 창조주가 되려고 각축이 일어났을 무렵, 마고는 이미 창조라는 차원에 접근해 있었다.

마음만 먹으면 가이아를 제치고 새로운 지구 차원의 창조주가 될 수도 있었던 것이다.

하지만 마고는 그럴 수 없었다. 새로운 창조주가 되려면 지구 차원에 존재하는 의지를 가진 모든 존재들을 소멸시켜야 했기 때문이었다.

자신이 주관하는 차원은 물론, 모든 차원의 존재를 소멸시
킨다는 것은 마고가 가지고 있는 존재의 의미를 상실하는 것
이었다.

널리 세상을 이롭게 하고자 하는 그녀의 생각은 극단적인
선택을 자제하게 했다.

그리고 선택한 것이 자신을 희생시키는 것이었다. 단 하나
의 의지조차 살리고자 했던 것이다.

그녀가 그런 생각을 한 것은 대차원의 의지를 일부나마 엿
보았기 때문이었다. 차원을 창조하는 창조주의 근원이 바로
그 존재의 의지로부터 비롯된다는 것을 알아버렸던 것이다.

한철이 혼돈의 거울이 가진 힘을 흡수하며 지구를 넘어서
은하의 가장자리까지 의식을 확장시켰을 때 보았던 것도 바
로 그것이었다.

무한한 대차원도 각 차원에 속해 있는 작은 의지의 집합이
이루어낸 힘에 의해 창조되었다는 것을 한철도 알게 된 것이
다.

모든 것을 가질 수 있음에도 전부 포기하고 존재의 의지를
지키고자 했던 마고의 뜻은 한철에게로 이어졌다.

한철도 마고의 의지대로 행할 생각이었다. 마고와 같이 대
차원의 의지를 엿본 이상 그것이 순리이며 가장 합당한 길이
었기 때문이다.

그리고 오늘 그 의지를 실천할 때가 다가왔다.

한철은 점점 더 다가오는 존재들의 기운을 느끼며 가부좌를 풀고 자리에서 일어났다.

"분명 라도 기회를 놓치지 않을 것이다. 시바가 움직인 이상 그 힘을 느꼈을 테니 보다 완벽한 기회를 기다리고 있겠지."

자신이 속한 차원에 숨어서 오지 않고 시바가 곧장 다가오고 있었다. 반면 라는 자신의 차원에 몸을 숨기고 있는 것이 분명했다. 가이아의 의지가 소멸한 이상 라가 숨은 차원을 찾아낸다는 것은 지금의 한철로서도 힘들었다.

자신도 창조주로서의 능력을 얻었지만 지구 차원은 차원 창조주가 다른 까닭이었다.

"너희들은 정화가 무엇인지 오늘 진정한 의미를 느낄 것이다."

한철은 자신의 힘을 끌어모았다. 아니, 끌어모으려 할 필요도 없었다. 의지가 일자 전신으로 무한한 힘이 소용돌이쳤다. 태양계가 속한 은하를 움직이는 힘이자 창조주의 권능을 발휘하는 힘이었다.

한철의 전신이 은빛으로 물들었다. 머리카락은 물론 피부조차 은빛으로 변해갔다. 마치 잘 조각해 놓은 조각상을 보는 것 같았다.

그리고 잠시 후 검은 빛이 맴돌기 시작했다. 머리에서부터 시작한 검은 빛은 전신으로 물들어 흑옥으로 만든 조각상 같은 모습이 되어버렸다.

창조의 힘과 더불어 창조주에게 허락된 파멸의 힘을 끌어올린 것이다.

한철은 활성화된 창조주의 힘을 전신으로 갈무리했다. 그와 동시에 한철의 몸이 원래의 빛을 찾았다.

라와 시바가 이 힘을 느낀다면 자신이 찾을 수 없는 혼돈 속으로 몸을 숨길지 몰라서였다.

파파팟!

한철이 제 모습을 찾는 것과 동시에 열 개의 인영이 한철이 있는 곳에 나타났다.

"역시 마고도 다른 생각을 가지고 있었군."

현장에 나타나 제일 먼저 입을 연 것은 바로 시바의 화신이었다. 가이아의 안배에 따라 성향이 변해 버린 탓에 시바는 가이아의 의지 중 상당 부분 가지고 있었던 것이다.

"시바를 빌어서 세상을 소멸시키고자 했나?"

"호호호, 그러면 안 되는 것인가? 내가 창조한 세상, 내가 부숴 버리는 것인데. 네 녀석이 마고의 힘을 이은 모양이다만 내 뜻을 따라라. 어차피 이 지구 차원에 존재하는 의지들은 가치가 없는 것들이니."

"이제는 파멸의 의지만 남은 것이로군."

“라와 시바, 그리고 마고가 나의 권능을 넘어서려 한 때부터 난 파멸의 의지만 남았었다. 그리고 오늘, 오랜 기다림 끝에 끝을 볼 때가 되었던 거지.”

“말이 필요없겠군. 대차원의 의지를 저버린 존재는 이미 창조주로서의 자격을 잃은 것이나 마찬가지니까.”

“호오! 대차원을 엿보았다는 것이냐? 그럼 창조주로서의 씨앗을 가진 것이로군. 차원의 씨앗은 마고가 준 것이냐?”

“……”

한철은 대답하지 않았다. 가이아는 창조주였다. 새로운 차원에 대한 실마리라도 얻게 되면 세상이 어떻게 변해 버릴지 자신이 없어서였다.

간단한 실마리라도 그녀를 새롭게 진화시킬 수 있었기 때문이다.

“후후후, 마고로부터 단단히 세뇌를 받은 모양이로군. 대답을 하지 않아도 소용이 없는 일이다. 난 이미 시바가 가지고 있는 힘을 모두 얻었다. 그리고 내 권속으로 있던 아이들의 힘을 얻으면 이따위 차원이야 단번에 소멸시킬 수 있다. 너도 말이다.”

“후후후!”

가이아의 화신이나 마찬가지인 시바가 협박을 해오자 한철은 웃기만 했다. 정말이지 웃기는 이야기였기 때문이다.

하지만 한철의 웃음에 가이아는 그렇지 않은 모양이었다.

"내가 만든 차원을 소멸시키고 새롭게 창조하게 되면 너에게 기회를 주겠다. 네가 알고 있는 대차원의 의지에 대해 네게 알려 준다면 영원한 동반자로서 내 옆에 서 있도록 해주겠다. 영원히 말이다."

"창조주로서 너의 의지를 오염시킨 것이 무엇이지? 넌 원래부터 불완전한 존재였나? 한낱 피조물인 나에게 그런 것을 물어보다니 말이다."

썩은 냄새가 진동했다.

차원을 창조한 창조주였다. 아무리 자신의 권능을 넘어선 존재가 생겼다고는 하지만 이렇게까지 변한 데에는 이유가 있을 것이기에 한철이 물었다.

"호호호, 나는 대차원의 의지가 생겨나는 것을 보았다. 한낱 미물의 의지까지도 차원의 창조주가 될 수 있다는 사실이 무엇보다 소중했지. 나도 대차원을 창조하고 싶었다. 그래서 차원 주관자들을 키웠지. 하지만 놈들이 나를 배반하는 순간, 모든 것이 산산이 조각났다. 나의 의지로서 키워진 존재들이 나의 권능을 거역한 순간부터 꿈이 박살 나버렸다."

"그래서 이렇게 하는 것인가? 당신이 만든 차원을 소멸시키려는 것이 당신의 진정한 뜻인가?"

"그렇다. 내가 창조하지 못하면 정복이라도 해야겠지. 대차원을 정복해 기필코 대차원의 창조주가 될 것이다."

"허!"

말이 나오지 않았다. 차원을 창조했다면 이미 초월한 존재였다. 그런데 이런 행태를 보이는 것은 이미 그 존재의 의미를 상실했다고 보아야 했다.

가이아는 이제 창조주가 아니라 한낱 마물에 지나지 않았다.

"내 말이 믿기지 않는 모양이로구나."

한철의 허탈한 웃음을 다른 뜻으로 해석했는지 가이아의 화신인 시바가 노려보았다.

"……."

"이곳을 떠나 혼돈으로 숨어든 나는 새로운 힘을 얻었다. 그리고 다시 나와 새로운 존재들을 키우기로 했다. 차원을 정복할 진정한 투사들을 만든 것이다. 그들은 잘 커나갔다. 몇 개 되지 않는 차원이었지만 내가 원하는 대로 쑥쑥 커나갔지. 수많은 전쟁과 약탈 속에 차원을 주관하는 존재마저 어쩔 수 없을 정도로 커나갔지. 전 차원을 약탈한 전사들로 말이다. 머지않아 방해하는 떨거지들이 사라지면 그들은 차원정복전쟁을 시작할 것이다. 혼돈의 힘을 사용하는 그들을 막을 존재는 그 어디에도 없을 것이다. 너도 얼마 전 겪어보았을 것이다. 혼돈의 힘을 사용하는 자들의 힘을! 어떠냐, 나에게로 오는 것이?"

"으음……!"

한철은 장백령과 대결하며 끝내 풀리지 않았던 의문을 풀 수 있었다. 장백령을 비롯한 세 사람이 어떻게 넵코와 융합된 힘을 쓸 수 있었는지 깨달은 것이다.

정황상 젠트리온 우주에서 벌어지고 있는 차원 간의 전쟁 또한 가이아로 인한 것이 분명했다. 이것은 새로운 문제였다.

그리고 가이아는 잘못 알고 있었다. 어떻게 젠트리온 우주의 질서를 잡고 있는 넵코에 대해 알게 되었는지 모르지만 그것은 혼돈의 힘이 아니었다.

우주의 절대법칙을 지배하는 네 가지 힘 중 하나일 뿐이었다.

정말로 혼돈의 힘이 사용되어진다면 이것은 지구 차원의 문제가 아니었다. 지구와 같은 차원이 수천만 개 겹쳐져 있는 대차원조차도 혼돈의 힘에 파멸될 것이기 때문이다.

"거절하겠소. 당신이 이 지구 차원을 창조했을지 모르지만 당신은 이제 자격이 없소. 당신은 이제 창조주가 아니라 한낱 사념에 지나지 않소. 어떤 힘을 지녔든 난 당신을 막을 것이오."

"호호호, 그럴 줄 알았다. 마고의 권능을 이은 자가 쉽게 굴복한다면 의미가 없지. 하지만 너는 내게 굴복해 차원전쟁을 여는 선봉장이 될 것이다."

한철이 한 말에 대해 아무런 의미를 가지지 못한 듯 가이아는 손을 내밀었다. 그러자 주변이 암록색의 빛으로 물들며 가이아와 함께 온 존재들이 천천히 가이아를 향해 다가갔다.

에이미는 물론 석가령을 비롯한 세 사람과 강미연까지도

아무런 표정 없이 가이아에게로 향했다.

"이제부터 첫 번째 창이 너를 상대할 것이다. 몇 개의 차원까지 집어삼켰는지 모르지만 오늘로서 너와 마고의 잔재는 영원히 사라질 것이다."

가이아의 말이 끝나기도 전에 제일 앞에 서 있던 여자의 몸에서 붉은 기운이 치솟았다. 대기를 자신의 빛깔과 같이 물들였다. 대기가 물드는 것은 순식간이었다.

그리고 그 미치는 영역 또한 광대하기 그지없었다. 지구 밖 우주에서 지구를 바라본다면 푸른 모습은 간데없고 온통 붉은 모습밖에 보이지 않을 정도로 빠르게 확산됐다.

"으음!"

지구 차원의 질서가 다시 한 번 변형되기 시작했다. 새로운 차원이 겹쳐지고 있었던 것이다. 그것은 가이아가 권속으로 거느리고 있는 차원 주관자의 차원이었다.

지구 차원과 평행을 달리하는 차원이 지구 차원과 겹쳐져 하나가 되고 있었던 것이다. 그것은 36차원 중 하나인 혈망원(血望願)의 차원이었다.

앞으로 나선 존재는 창이라 불리기는 했지만 엄연히 차원 주관자였다. 자신이 다스리는 차원에서는 무소불위의 권능을 가진 존재다.

'쉽지 않겠구나.'

자신의 차원이 있을 경우 그의 힘은 창조주에게 버금가게 된다. 그 무엇이든지 의지로만 가능한 것이다.

콰르르르!

완전히 겹쳐진 듯 대지가 갈라지며 지형을 바꾸기 시작했다. 겹쳐진 차원의 반발력으로 인해 지구는 온통 들썩거리고 있었다.

콰르르룽!

하늘이 온통 빨갛게 물들고 난 후, 창공이라 불리기도 부끄러운 정도로 붉은 하늘에서 붉디붉은 뇌전이 땅으로 떨어지기 시작했다.

수십만 개의 뇌전은 오직 한곳을 때리고 있었다. 그곳은 바로 한철의 정수리였다.

피할 만도 하건만 한철은 그러지 않았다.

지구를 흔들리게 하는 강력한 에너지의 파장이 휩쓸었지만 한철은 조용히 앞으로 나선 존재를 응시했다.

한철이 손을 들자 정수리로 몰려들던 뇌전이 그의 손길을 따라 가는 곳으로 떨어졌다.

'마음을 연다. 그리고 대차원이 베푼 무한 속으로 저 힘을 이끈다.'

전 같으면 상대하지 못할 테지만 한철은 지금 그 어느 때보다 여유로웠다.

대해에 한 알의 모래가 떨어진다고 변하지 않듯 한철의 내부는 지금 대차원과 맞먹는 광범위한 차원의 우주가 펼쳐져 있었던 것이다.

붉은 뇌전은 한철의 몸속으로 흘러든 후 광활한 대차원의 우주로 산산이 흩어졌다. 자신의 몸으로 받아들여 의식 속에 펼쳐진 무한한 우주로 뇌전을 흘려보낸 것이다.

그렇게 힘을 흩어놓자 창이라 불린 혈망원의 차원 주관자의 얼굴이 창백하게 변해갔다.

혈망원은 공격을 멈추지 않았다. 마치 그것이 자신이 해야 할 모든 것인 양 거침없이 공격을 퍼부었다.

공격의 기세는 살벌하기 그지없지만 표정은 아니었다. 무척이나 고통스러운 듯 얼굴을 씰룩이고 있었지만 애써 참으며 한철에게 공격을 퍼부었다.

혈망원의 공세가 점차 약해지기 시작했다. 자신이 가진 기운이 줄어가기 때문이었다. 그것을 증명하듯 기운이 빠져나가는지 몸이 점점 줄어들기 시작했다.

쾅!

콰르르르르!! 콰쾅!!!

마지막인지 갑자기 거센 힘이 밀려들었다. 혈망원의 정신체가 깃들인 공격이었다.

그렇게 혈망원은 사라져 갔다. 마신을 태우고 빛을 발하는 양초처럼 공격이 끝났을 무렵엔 혈망원의 육체는 어느 곳에도 남아 있지 않았다.

한철은 말없이 정신체의 기운을 받아들여 기운을 의식의

우주로 흩어놓기 시작했다.

'뭐지?'

혈망원의 정신체가 흩어지며 뭔가 알 수 없는 사념을 한철
에게 보내왔다. 뜻은 알 수 없지만 뭔가 절실함이 담겨 있는
사념이었다.

'마지막 발악인가?'

사념이 보내온 뜻이 무엇인지 잠시 생각을 하던 한철은 가
이아의 목소리에 상념을 접어야 했다.

"다음은 너다."

혈망원이 소멸됐음에도 아무렇지 않은 듯 가이아가 명령
을 내렸다. 그러자 다른 존재가 나섰다.

그녀는 혈망원과는 다른 힘을 불러냈다.

이번에는 피처럼 붉은 비였다. 혈우는 사방에서 몰아쳐 한
철에게로 달려들었다. 혈우가 몰아치며 모든 것을 녹여 버렸
다.

일반적인 독과는 성질이 다른 듯 나무면 나무, 돌이면 돌
모두 녹여 버리고는 한철을 향해 악마처럼 달려들었다.

진득하게 달라붙은 혈우로 인해 한철의 몸은 이내 혈인으
로 변해 버렸다.

한철은 이번에도 역시 의식 속의 거대한 우주로 혈우에 담
긴 기운을 풀어놓았다. 엄청난 에너지가 담긴 혈우였지만 무
한의 우주에 흩어놓자 그것은 대해를 떠도는 낙엽에 지나지

않았다.

혈우를 통해 공격을 하던 존재도 혈망원과 같이 사라져 갔다. 자신의 힘을 모두 소진하자 소멸해 버린 것이다.

'이번에는 또 뭐지?'

이번에도 뭔가 사념이 전해왔다. 마지막으로 남기는 염원이었다. 뜻 모를 사념에 곤혹스러운 한철을 아랑곳 하지 않고 가이아는 공격을 멈추지 않았다.

다시금 다른 존재로 하여금 한철을 공격하게 한 것이다.

다른 존재의 공격이 시작되고 그녀 또한 소멸해 버렸다. 역시 그녀에게서도 사념이 전달되었다.

그렇게 내리 다섯이 소멸되고 있음에도 불구하고 가이아는 미소를 잃지 않았다. 사념이 전해온 대로 한철을 공격하는 것에는 또 다른 의미가 있음이 분명해 보였다.

'그런 뜻이었군. 저 미소를 보니 확실하다. 이 세계의 창조주이건만 교활하기가 악마보다 더하구나.'

소멸되며 사라지는 존재들이 남기는 사념으로 인해 한철은 가이아가 어떤 일을 꾸미는지 알 수 있었다. 그로 인해 분노의 감정이 치밀어 올랐다.

"다음은 너다."

다섯이 소멸되고 난 뒤 가이아가 지목한 것은 에이미였다. 그녀는 지목을 받은 후 원래의 자리에서 발걸음을 옮겼다.

'가이아가 그런 목적을 가지고 있다면 에이미를 비롯해 저

사람들을 희생시켜서는 안 된다.'

한철은 가이아의 음모에 의해 에이미를 희생시킬 수는 없었다. 무한에 가까운 우주에 풀어놓았던 정신을 빠르게 거두어들이고 에이미에게 집중했다.

"네년이!!"

가이아의 목소리가 노화로 물들었다. 에이미는 공격을 하지 않고 다른 존재들과는 달리 한철에게로 다가가고 있었던 것이다. 한철의 힘에 의해 가이아가 지배하던 금제가 풀려 버린 것이다.

"고마워요."

에이미는 한철을 스치며 눈인사를 하며 말했다.

"얼른 이 자리를 벗어나도록 하십시오. 그렇지 않으면 가이아의 뜻대로 될 테니까. 나를 지나쳐 가면 이 자리를 벗어날 수 있을 거요."

"알았어요."

한철이 전하는 의지대로 에이미는 한철을 지나쳐 걸어갔다. 그러자 그녀의 신형이 소리없이 사라졌다. 한철에 의해 모종의 장소로 이동을 한 것이다.

다른 사람들도 마찬가지였다. 한철의 의지로 정신을 차린 석가령과 백소빙, 주민과 강미연도 발걸음을 옮겨 한철의 곁을 스쳐 지나간 후 소리없이 사라졌다.

"이이이!"

가이아는 분노 때문인지 머리카락을 펄럭이고 있었다. 노화가 뻗쳐 가지고 있는 기운이 정수리를 통해 뿜어져 나오고 있었기 때문이다.

"네놈이 한 짓이냐?"

"기회를 줘서 고마웠다. 그렇지 않으면 저들을 살릴 수 없었거든! 그리고 미안해서 어쩌지? 너의 계획은 모조리 무산되었는데 말이다."

한철이 비아냥대며 가이아를 자극했다. 가이아가 어째서 권속들로 하여금 무모한 공격을 하게 했는지 너무도 잘 알고 있었던 것이다.

"어떻게 알았느냐?"

"당신으로 인해 소멸된 존재들이 그러더군. 내가 얻은 차원의 씨앗을 물들여 대차원을 파멸로 이끌려고 한다고 말이야."

"그, 그럴 리 없다!"

가이아는 부정을 했다. 혼돈의 힘으로 물들은 이상 절대로 자신을 배신할 리 없었던 것이다.

"네가 사용한 것은 혼돈의 힘이 아니다. 우주의 균형을 맞추는 힘이지. 이제는 그만 소멸해야 할 것 같구나."

"흥! 그럼 어디 내 힘도 받아보아라."

가이아가 분노 때문인지 자신이 가진 모든 힘을 드러냈다. 그것은 붉디붉은 힘이었다.

어딘지 모르게 파괴적이고 사이한 기운을 내뿜고 있는 기운은 가이아가 창조주로 지구 차원을 창조했을 때와는 무척이나 달라져 있었다.

가이아의 힘이 발현된 후 나타난 것은 붉은 십자가였다. 사방이 날카로운 창으로 이루어진 붉은 십자가는 마치 화염이 타오르는 듯 진홍의 기운이 넘실거리고 있었다.

"으!!"

한철은 진홍의 십자가로부터 강한 압력을 느꼈다. 권속들로 하여금 공격하게 했을 때와는 달랐다.

'이대로는 곤란하다.'

가이아의 권속들이 뿌려대던 힘처럼 의식의 차원에 흩어놓는다는 것은 불가능해 보였다.

'가이아의 힘이 겐트리온 우주의 주축인 넵코를 융합해 이용하고 있다면 데블나이트로 승부를 본다.'

한철이 우주까지 의식을 팽창시킨 후 얻게 된 수확 중에 하나가 바로 데블나이트의 진정한 힘을 알게 된 것이었다.

데블나이트는 전투기술이 아니었다. 그것은 숨겨진 힘이었고 의지의 발로였다. 겐트리온 우주에 살다 간 수많은 의지의 산물이었고 생명에 대한 예찬이었다.

존재의 의지를 지키고자 스스로 최선을 다한 이들이 남긴 마지막 유산이었던 것이다.

한철은 데블나이트의 기술인 라이징글레어를 펼치기로

했다.

그의 손에서 빛줄기가 줄기줄기 뻗어 나왔다. 그저 넵코라는 에너지로만 만들어진 빛줄기가 아니었다. 그 안에는 의지의 집합체인 사이코 매트릭스와 우주를 생성하는 초기 에너지인 하이드내츄럴포스, 그리고 하이드마나포스가 깃들어 있었다.

우주의 절대력들이 조화롭게 갈무리된 힘이었다. 태초에 존재했던 혼돈으로부터 온전히 빠져나와 우주를 생성했던 힘이 빛줄기를 따라 흘렀다.

'모든 것을 순리에 따라 질서로 흐르게 해줄 것이다.'

한철은 데블나이트를 믿었다. 자신의 의지로만 발현되는 데블나이트라면 무시무시한 기운을 뿜어내고 있는 진홍의 십자가를 충분히 상대할 수 있을 것이라 생각한 것이다.

가이아가 진홍의 십자가를 날렸다. 회전하며 날아오는 십자가가 대기를 말아 올렸다.

한철의 손도 움직였다. 강렬한 빛줄기가 사선으로 움직였다.

쾅!

대기가 울렸다. 지구가 진동했다. 지구 차원의 창조주와 지구 차원에서 의지를 키워 새롭게 창조주가 되어가는 존재의 힘이 부딪친 결과는 재앙이었다.

대지가 갈라지고 여기저기서 융기 현상이 일어났다. 충격의 여파로 먼 바다에서는 수백 미터에 이르는 대해일이 일어났다.

콰쾅!! 콰콰쾅!!

가이아의 공격은 그녀의 성정만큼이나 계속 이어졌고 재앙 또한 그 뒤를 따랐다.

대지의 가장 깊은 곳까지 충격파가 전해졌고, 갈라지고 융기한 지면을 따라 붉은 화염이 넘실거렸다.

충격으로 들끓은 마그마들이 지표면으로 치솟기 시작한 것이다.

"호호호호호!!!"

간드러진 교소가 가이아의 입을 타고 흘렀다.

천진함 속에 감추어진 악마의 얼굴이 저럴까?

희열에 찬 가이아의 얼굴은 마치 세상 모든 것을 다 가진 어린아이의 얼굴이었다.

"책임을 지지도 못할 거면서 왜 차원을 창조했느냐?!"

한철이 소리를 질렀다. 자신이 창조한 것을 부수면서 희열에 찬 가이아를 더 이상 참을 수 없었기 때문이다.

"호호호, 너도 즐겁지 않나? 파괴의 아름다움은 창조의 아름다움을 넘어서는 것을 진정 모른다는 말이냐?"

가이아는 미쳐 있었다. 파괴가 불러오는 잔혹한 광기에 사로잡혀 있었다. 더 이상 창조주가 아니었다.

'이렇게 되면 어쩔 수가 없다. 가이아의 광분으로 완전히 소멸하고 말 것이다. 라란 놈도 그렇게 되면 어쩔 수 없이 차원의 틈에서 몸을 빼낼 터 그때 승부를 본다.'

한철도 알고 있었다. 가이아와 부딪치게 되면 나타나게 될 결과에 대해서 누구보다 잘 알고 있었다. 그래서 힘을 조절했다. 한순간 차원을 소멸시켜 버릴 수 있는 힘의 충돌을 자제했지만 이대로 가다가는 모두 소멸되기에 자신이 가진 힘을 드러내기로 했다.

차원의 틈새를 오가며 모습을 감추고 있는 라가 있었지만 이제는 승부를 걸어야 했던 것이다.

번쩍!

라이징글레어로 펼쳐진 조화의 힘이 수십 갈래로 갈라졌다. 갈라진 힘은 다시 수십 갈래로 그렇게 그물처럼 뻗어간 빛의 힘이 세상에 펼쳐졌다.

"나의 뜻에 따라 새로운 차원의 질서를 세우나니! 기존의 질서는 나의 의지에 따라 소멸하라!"

지구를 뒤덮은 자신의 힘을 이용해 한철은 언령을 발했다.

콰지직!!

가이아가 휘둘러 대던 진홍의 십자가가 갈라지기 시작했다.

"크크크크!"

무로부터 나와 유를 이루어 형체를 갖춘 진홍의 십자가가 갈라지자 가이아의 입에서 지금까지와는 달리 끔직한 괴소가 흘러나왔다.

"네놈은 대차원의 의지를 엿본 것이 아니라 얻었던 것이로구나. 크카카카!!"

같은 시공간 안에 차원의 창조주가 둘이 될 수는 없었다. 있다면 한 가지 경우뿐이다.

한철이 단순히 마고의 힘만을 얻은 것이 아님을 가이아도 이제는 알게 되었다.

자신도 감히 넘보지 못한 대차원의 의지를 한철이 이었다는 생각이 들자 그나마 간직하고 있던 이성의 끈을 놓았다.

가이아의 몸에서 붉은 기운이 불타오르고 있었다. 자신이 제어할 수 있는 부분을 넘어서 가지고 있는 힘을 모두 개방해 버린 것이다.

가이아는 지금 폭주하고 있었다. 융합되지 않았던 힘까지 모두 개방해 버린 것이다.

콰지직!!

가이아가 창조한 차원들이 찢어지기 시작했다. 갈라놓았던 모든 차원을 합해 폭발을 일으키려는 것이다.

이질적인 힘이 폭주 상태에서 합쳐진다면 소멸밖에는 남는 것이 없었다. 이대로 폭주한다면 지구를 둘러싼 차원들이 암흑의 블랙홀이 되어버릴 것이기 때문이다.

모든 존재의 의지를 말살하고 급기야 태양계는 물론이고 지구가 속한 은하마저도 송두리째 삼켜 버릴 파멸의 존재가 되는 것이다.

"그렇게 만들 수는 없다."

가이아가 극단적인 선택을 해버렸다는 것을 안 한철은 다급했다. 어딘가에 숨어 있을 라를 염려할 겨를이 없었다. 일단 가이아의 폭주부터 막아야 했다.

한철은 자신이 가지고 있는 모든 힘을 끌어올렸다. 창조의 힘을 이용해 가이아가 불러온 파멸의 힘을 정화시키려고 하는 것이다.

웅웅웅!!

파멸의 힘과 창조의 힘이 부딪치자 공명이 일어났다. 둘 다 같은 범위의 힘을 지녔기에 일어난 현상이다.

36개로 갈라졌던 차원들이 하나로 합쳐지고 있었지만 지구에는 그다지 영향을 미치지 않고 있었다. 한철의 조절로 완벽한 힘의 균형 상태가 찾아오고 있었기 때문이다.

곤란해진 것은 라였다. 차원의 틈새를 돌아다니며 기회를 엿보고 있다가 갑작스러운 가이아의 선택에 그만 그 틈바구니에 갇혀 버린 것이다.

차원이 합쳐지기 시작했다. 차원 간의 간격은 조금씩 좁혀졌고, 라의 육체가 일그러지기 시작했다.

강력한 힘으로 육체의 붕괴를 막고 있었지만 하나하나 합쳐지는 차원을 막을 수는 없었다.

콰지직!

　권속들을 흡수해 새로운 육체를 창조했지만 허무하게도 부서지기 시작했다. 차원 주관자로서 창조주에 버금가는 능력을 가지게 됐지만 아직은 진정한 창조주가 아니었기에 한철과 가이아의 힘에 견디지를 못한 것이다.

　"크아아아!! 이대로 끝날 수는 없다. 내가 얻지 못하면 모든 것을 소멸시킬 것이다!"

　육체가 소멸하자 라도 폭주를 시작했다. 아무리 발버둥쳐도 두 창조주의 힘으로 인해 차원의 틈바구니를 벗어날 수 없자 가이아와 같이 극단의 선택을 한 것이다.

　우르르릉!!

　균형을 이루어가던 상태가 라의 폭주로 깨어지기 시작했다. 다시금 지구가 몸살을 앓기 시작했다.

　거대한 대륙들이 바다로 침몰하고 바닷속에 잠겨 있던 대륙붕들이 떠올라 새로운 대륙이 되어가기 시작했다.

　지구 차원에 존재하는 생명체들의 의지가 순식간에 감소하기 시작했다. 도저히 견딜 수 없는 자연의 재앙에 소멸하기 시작한 것이다.

　"드디어 모습을 드러낸 것인가? 차원의 틈바구니가 사라지니 견딜 수 없었겠지."

　균형이 깨지는 것을 느낀 한철은 라가 모습을 드러냈다는 것을 알 수 있었다.

한철의 예상대로 폭주를 시작한 라가 차원의 틈바구니를
빠져나와 모습을 드러냈다.

핏빛 화염과 붉은 기운을 흘리는 가이아와 백색의 태양과
같은 빛을 뿌리는 라, 그리고 색깔을 알 수 없는 오색의 빛을
뿌리는 한철. 이렇게 세 존재가 품자 형태로 마주했다.

"크크크, 아마겟돈의 시작이군."

자신이 오래전 권속들에게 예언했던 마지막 전쟁이 시작
됐음을 라가 알렸다.

"파멸의 시작일 뿐이다."

라의 말에 가이아가 냉소를 지었다. 아마겟돈은 승자와 패
자가 정해지는 게임이었지만 자신은 모든 것의 소멸을 원했
기 때문이다.

"파멸의 존재들은 너희들이다. 존재의 의무마저도 잊어버
린 너희들은 그런 말을 할 자격이 없다."

파멸을 원하는 것 같은 두 존재의 말에 한철은 짜증이 치밀
었다. 이런 존재들이 세상을 주관했다는 것이, 그리고 수많은
생명이 사라진다는 것이 분노를 부추겼다.

"크크크, 시바는 가이아에게 먹혀 버린 것 같은데 마고가
제대로 된 놈을 남겼군. 그럼 시작해야겠지. 파멸로 가는 전
주곡을 말이야."

라의 말이 끝남과 동시에 희디흰 빛이 퍼지며 대지로 뻗어 나갔다.

라는 자신의 힘을 지하로 침투시켰다. 지구를 소멸시키면 가이아가 창조한 차원이 붕괴되기 때문이다.

수많은 세월 동안 자신을 숨어 지내게 만들었던 지구 차원에 대한 혐오는 지구를 소멸시킴으로써 완전한 파멸로 가기를 원했던 것이다.

"호호호호!! 같이 가자꾸나. 내가 창조한 것들이니 나에 뜻에 따라 영원히 소멸되어야 할 것이다."

라의 뜻을 알아차린 가이아 또한 자신의 힘을 지하로 퍼부었다. 한철과 대치하며 자신을 지키고 있던 힘마저도 전부 쏟아부었다.

콰직!!

콰지직!

시바의 육체가 라와 마찬가지로 모래가 흘러내리듯 부서져 바닥으로 흘러내리기 시작했다.

소멸을 도외시한 채 자신을 지키던 힘마저도 모두 쏟아부은 탓에 한철이 펼치고 있는 힘의 압력을 견디지 못한 것이다.

자신이 뿜어내는 기운의 여파로 인해 이리저리 휘날리는 가이아와 라의 잔재들을 바라보던 한철의 눈빛이 심유하게 변했다.

이대로 가다가는 스타쉽과 화성의 우주돔에 대피시킨 마지막 생존자들도 모두 소멸될 수 있기에 최후의 결심을 단행한 것이다.

"후후후, 또 다른 젠가이드인 혼돈의 거울에 새겨진 뜻이 이것이었나? 내 스스로 모든 것을 가두고 소멸하는 것이 최선의 방법이라니… 미네르바에게 미안하게 됐군. 겐트리온에는 같이 가지 못할 것 같으니. 그나마 겐트리온 우주의 종말을 가져온 것이 가이아였다니 평화를 되찾을 수 있을 것이다."

혼돈의 거울에 남겨진 것은 제법문이기도 했지만 우주의 비밀이 담겨 있는 천조신경(天造神經)이기도 했다. 하늘의 조화를 담은 경전이자 지구 차원의 조화를 이끌 수 있는 방법이 적혀 있는 경전이었던 것이다.

천부경과 합쳐진 제법문은 천조신경을 찾을 수 있는 열쇠였던 것이다.

천부경과 제법문, 그리고 천조신경은 새로운 대차원을 창조할 수 있도록 남겨진 것으로 대차원에 존재하는 모든 존재가 가진 의지의 산물이었다.

존재들의 의지가 살아난다면 라나 가이아의 폭주는 한순간에 줄어들 것이다. 둘은 모르지만 그들이 가진 힘의 원천이 바로 그것이었기 때문이다.

하지만 존재들의 의지를 불러일으키기 위해서는 엄청난

에너지가 필요했다. 한철이 가지고 있는 차원의 씨앗이 가진 힘은 물론 조화롭게 균형을 이루고 있는 우주의 네 가지 절대력도 모두 필요했다.

한철은 망설이지 않았다. 자신의 희생으로 억겁의 세월을 살아온 존재의 의지를 불러일으킨다면 자신의 소명을 다한 것이라고 생각한 것이다.

다만 미안한 것은 미네르바였다. 살아남은 생명들은 다시 지구에서 새로운 시대를 열어가면 그만이지만 가이아로 인해 엄청난 환란을 겪었을 겐트리온 우주를 같이 복구해 주지 못하는 것이 미안했던 것이다.

"미네르바!!"

한철은 닫아놓았던 채널을 열고 미네르바를 불렀다.

"예, 함장님."

"그동안 고마웠다."

"……."

소멸의 위기를 맞은 이때에 자신에게 고맙다는 한철의 말에 미네르바는 할 말을 잃었다.

"내가 없어도 골든나이트와 함께라면 겐트리온 우주를 재건하는 데 문제는 없을 것이다."

"하, 함장님!"

"내 의지가 소멸되지 않는다면 또 볼지도… 안녕!!"

"함장님!! 함장님!! 하……."

한철은 미네르바와의 채널을 닫았다. 더 이상 미련을 두지 않기 위해서였다.

스르르르!

한철의 몸이 허물어지듯 사라져 갔다. 그리고 그 자리에 오색의 기운만이 남았다. 오색의 기운은 한순간에 퍼져 지구를 감쌌다.

“어떻게 되는 거지?”

스타쉽의 조종실에 있던 사람들은 지구가 온통 오색의 빛깔로 뒤덮이자 불안해졌다. 이대로 지구가 폭발한다면 태양계 또한 무사하지 못할 것이라는 것을 잘 알기 때문이다.

번쩍!!

지구로부터 섬광이 뻗어 나왔다. 강렬한 섬광에 조종실에 있던 사람들이 일제히 눈을 감았다.

우르르르!

빛이 사라지고 난 후 지구로부터 오색의 광채가 뻗어 나와 스타쉽을 스쳐 빠르게 태양계를 벗어났다. 태양계를 벗어난 오색의 광채는 빛의 속도를 능가하는 속도로 은하를 덮어갔다.

“아아!!”

“저, 저건!!”

사람들이 탄성을 질렀다. 조금 전 용암이 들끓고 파괴되어

가던 지구의 모습 때문이었다.

스타쉽에 도착한 후 보았던 푸른 지구의 모습이 더욱 푸르게 보였던 것이다.

"아!! 지구가 달라졌구나."

한태호는 지구의 지형이 많이 달라졌음을 알 수 있었다. 그가 알고 있던 대륙의 모습은 그 어디에도 없었던 것이다.

지구본에서 보았던 아시아도, 아메리카도 지구에는 존재하지 않았다. 거대한 두 개의 대륙이 녹색의 색깔로 뒤덮여 있었고, 나머지는 푸른 바다로 찬란한 광채를 뿜어내고 있었다.

"하, 한철이는 우리들을 위해 자신을 희생한 것인가?"

눈물을 흘리며 유진이 떨리는 목소리로 말했다. 유준뿐만이 아니라 다른 사람들도 한철이 자신들을 위해 희생되었다는 것을 알고 있는지 눈물을 흘리고 있었다.

생존의 기쁨과 자신들을 위해 희생한 한철로 인한 슬픔에 눈물을 흘리던 사람들은 한쪽 구석에서 희미하게 반짝이던 빛을 보지 못했다.

"모두 정신들 차려라. 지금부터 지구로 귀환한다. 한철이의 희생을 헛되이 하지 않으려면 지구문명을 새롭게 일으켜야 하니까."

어느새 정신을 차린 한태호가 사람들을 일깨웠다. 예전의 잔재가 모두 사라져 버린 지구에서 이제부터 새롭게 시작해야 했기 때문이다.

얼마의 시간이 지난 후 스타쉽에서 스페이스셔틀이 빠져 나오기 시작했다. 대변혁이 일어나 지구에서 살아남은 생존자들이 살 수 있을지 확인하려는 탐사대였다.

탐사대가 출발하고 일주일이 지난 후부터 사람들의 이주가 시작되었다.

온통 원시림으로 변해 버린 대륙에서 사람들이 살 만한 곳에는 어김없이 스페이스셔틀을 비롯한 사람들이 내려섰다.

스타쉽에서 자재들이 날라지고 도시들이 건설되기 시작했다. 미네르바에 의해 만들어진 로봇들이 작업을 도운 탓에 도시의 건설은 한 달이라는 짧은 시간 안에 끝이 났다.

도시 간의 통신이 개시되고 난 뒤 우주돔에 있던 사람들이 지구로 옮겨졌다.

그렇게 새롭게 태어난 지구에 새로운 문명이 뿌리내리기 시작했다.

*　　　　*　　　　*

"미네르바!"

지난 몇 달간 지구인의 재정착을 도와왔던 포바인 중장은 그동안 일만 할 뿐 말이 없어진 미네르바를 불렀다.

"말씀하십시오."

미네르바는 포바인 중장에게 함장의 칭호를 붙이지 않았다. 지구인의 재정착을 도우며 골든나이트의 모든 것을 흡수한 지금 스스로 존재할 뿐 자신을 지휘할 존재는 사라진 때문이었다.

"이제 지구를 떠날 때가 되지 않았나?"

"젠가이드도 다시 회수했으니 가야겠지요."

"그럼 출발 준비를 서둘러주도록!"

"알겠습니다."

한철의 마지막이 있고 난 후 미네르바는 지구 전체를 수색했다.

지구의 대변혁과 함께 인공위성으로 만들어진 천상천이 모두 사라졌지만 새롭게 진화한 미네르바에게는 그다지 어렵지 않은 일이었다.

지구 전체를 뒤졌지만 한철은 존재하지 않았다. 그나마 다행인 것은 전과는 다른 색을 가지고 있었지만 한철이 가지고 있던 젠가이드가 소멸되지 않고 남아 있다는 것이었다.

젠가이드만 남아 있다는 사실에 한철이 소멸됐음을 확인한 미네르바는 한때 시름에 잠겼었지만 한철이 남긴 유지를 지켰다. 지구인의 정착을 최대한 도운 것이다.

한 달이라는 짧은 시간에 지구에 도시를 건설하고 정착할 수 있었던 것도 미네르바가 가진 역량을 최대한 동원했기 때문이었다.

‘이제는 떠나야 할 시간입니다. 함장님, 함장님의 말씀대로 존재의 의지가 소멸되지 않았다면 다시 보고 싶군요.’

미네르바는 다른 모든 이들을 위해 자신을 희생한 한철이 그리웠다. 언제고 다시 볼 수 있으면 좋겠다는 생각이 들었다.

“지금부터 젠가이드를 적재합니다. 네르키즈에 탑승한 선원들은 에너지 파동에 준비하시기 바랍니다.”

미네르바는 네르키즈의 선원들에게 상황을 전파했다.

간섭을 피하기 위해 골든나이트가 있던 화성의 사이코 매트릭스에 보관되어 있던 젠가이드를 옮겨오기 위해서였다.

“워프!!”

미네르바의 실행 명령과 함께 특별히 만들어진 젠가이드의 적재 창고에 희미한 빛이 일었다.

워프로 이동되어 있는 젠가이드는 한철이 마지막으로 개방했던 힘처럼 오색의 색깔을 가지고 있었다.

“에너지탱크로 젠가이드를 적재합니다. 충격에 대비하십시오.”

젠가이드가 다른 차원으로 옮겨지기 위해서는 막대한 에너지가 필요하기에 에너지탱크에 보관해야 했다.

에너지탱크에 젠가이드가 들어가면 반발력이 생겨 네르키즈에도 충격이 오기에 미네르바가 경고를 한 것이다.

“적재!!”

쿠쿵!!

에너지탱크로부터 발생한 충격이 네르키즈 전체로 퍼졌다. 이미 한번 겪은 일이었기에 네르키즈에 승선해 있던 선원들은 별다른 표정이 없었다.

"지금부터 겐트리온을 향해 항해를 시작합니다. 워프를 통해 태양계를 벗어난 후, 초공간이동을 실시합니다. 초공간이동 시 임계속도에 도달하면 시간을 뛰어넘을 예정입니다. 모두 계기판을 점검하고 항해 준비를 시작하십시오."

미네르바의 말에 선원들은 각종 계기를 확인했다. 이상 유무에 대한 보고가 포바인 중장에게 이어졌다,

"모두 이상이 없다. 항해를 시작하도록!"

"그럼 지금부터 항해를 시작하겠습니다. 워프!!"

화성의 뒤에 있던 네르키즈가 소리없이 사라졌다. 지구에 있던 사람들은 밤하늘에서 한순간 밝게 빛나는 화성을 볼 수 있었다.

네르키즈가 오랜 탐사를 마치고 얻고자 하는 것과는 다르게 변해 버렸지만 오색의 젠가이드를 싣고 겐트리온으로의 귀향을 시작한 것이다.

'함장님! 소멸되지 않고 남아 있는 젠가이드에 함장님의 의지가 조금이라도 남아 있기를 기원합니다.'

태양계를 벗어나 초공간이동을 시작한 미네르바는 속으로 빌었다. 지구 차원을 새롭게 태어나게 한 한철의 의지가 젠가

이드에 남아 있기를 간절히 염원했다.

미네르바의 염원이 닿은 듯 머나먼 우주를 향해 항해를 시작한 네르키즈의 가장 중요한 공간 속에서는 오색의 찬란한 광채가 뻗어지고 있었다.

『디멘션 워』 완결

저작권 보호!!
장르문학의 성장에 힘이 되어주십시오.

저작물의 무단 전재와 복제, 불법 다운로드!
이것은 관심이 아니라 무관심입니다!

작가님들은 창의적 열정과 시간을 투자해 자신의 꿈과 생계를 유지합니다.
한 권의 책을 만들어 많은 사람들은 자신의 인생과 미래를 설계합니다.

저작물 속에는 여러 사람의 노력과 희망이
담겨 있습니다!

저작물의 무단 전재와 복제, 불법 다운로드는 여러 사람들의 꿈과 생계를
위협함으로써 장르문학을 심각한 상황에 빠뜨리고 있습니다.

이제는 무관심이 아니라 관심으로 장르문학의
성장에 힘이 되어주세요.

[도서출판 **청어람**은 항시적인 저작권 보호를 통해 장르문학과
여러분의 희망을 지키겠습니다.]

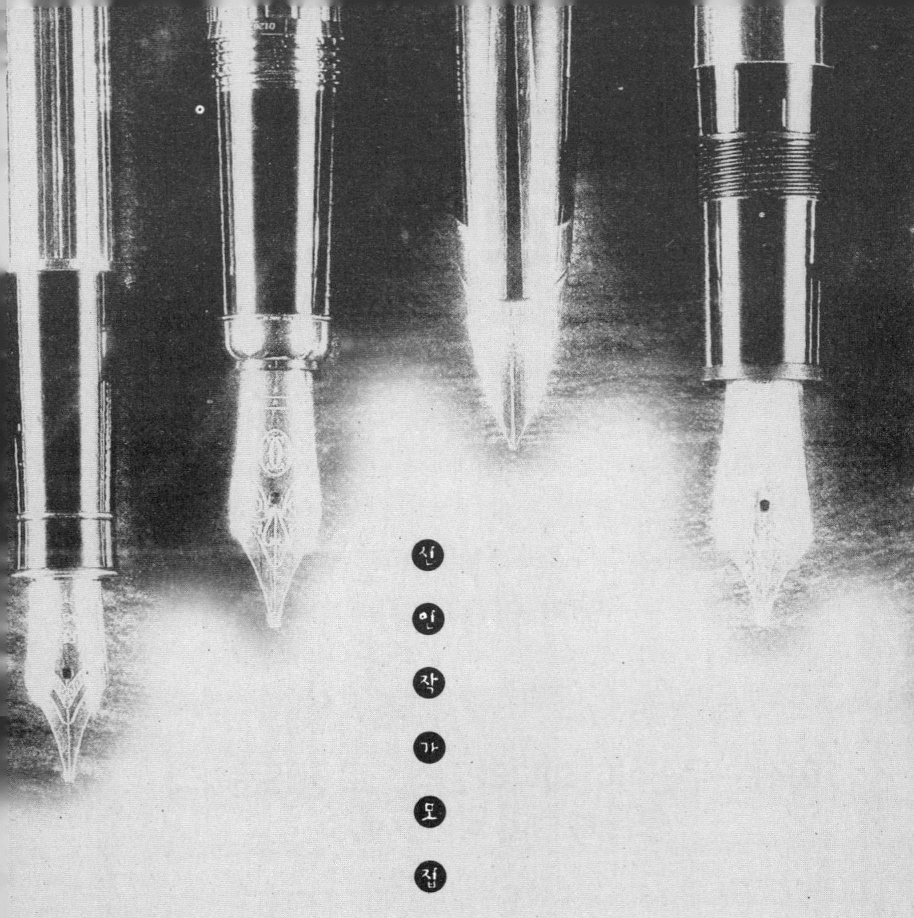

共同傳人
공동전인

설경구 新무협 판타지 소설

마교를 재건하라.

혈미옥에 갇히며 마교 장로들의 공동전인이 된 사무진에게 주어진 과제.
역사상 가장 착한 마교의 교주.
하지만 역사상 가장 강한 마교의 교주가 되고 싶다.

고정관념을 버려요.
마교도라고 해서 꼭 나쁜 놈일 필요는 없잖아요.

지금까지와는 다른 마교.
이제 사무진이 만들어가는 새로운 마교가 모습을 드러낸다.

설 봉 新무협 판타지 소설

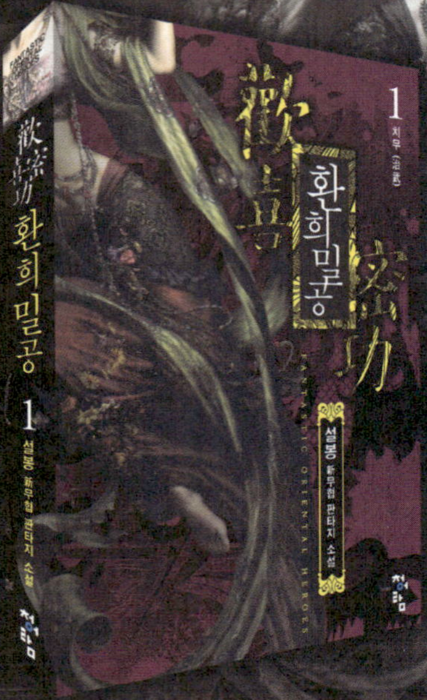

환희밀공

무유칠덕(武有七德), 금폭(禁暴), 집병(戢兵), 보대(保大),
정공(定功), 안민(安民), 화중(和衆), 풍재(豊財), 자야(者也).
〈좌전(左傳), 선공 십이년(宣公 十二年)〉

무에는 일곱 가지 덕이 있다.
첫째, 난폭을 금지한다. 둘째, 무기를 거두어들인다. 셋째, 큰 나라를 보전한다.
넷째, 공적을 정한다. 다섯째, 백성을 편안하게 한다. 여섯째, 대중을 화합하게 한다.
일곱째, 물자를 풍부하게 한다.

섬서성(陜西省) 육반산(六盤山)에 신력(神力)을 바탕으로
패공(覇功)을 구사하는 가문(家門), 육반루가(六盤婁家).
세상에게 외면받고 멸시당하는 환희교(歡喜敎).
육반루가의 후손과 환희교 교주의 운명적인 만남.

"넌 환희교를 지키는 수문장(守門將)이 될 거야.
강하게, 아주 강하게 키워주마."
'아버지처럼 죽지 않을 거야. 아무도 날 죽일 수 없어.
세상에서 최고로 강한 사람이 될 거야.'

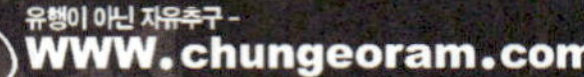

Book Publishing CHUNGEORAM